SEINE GEHEIME LIEBE

EINE HAREM BAD BOY ROMANZE - DAS GEHEIME BEGEHREN DES MILLIARDÄRS BUCH 1

JESSICA F.

INHALT

Veröffentlicht in Deutschland:

Von: Jessica F.

© Copyright 2021

ISBN: 978-1-64808-955-8

✿ Erstellt mit Vellum

KLAPPENTEXT

* * *

Als Sängerin India Blue den Superstar Massimo Verdi trifft, fühlen sich beide sofort sexuell zueinander hingezogen, und diese Anziehungskraft ist fast überwältigend.
Aber India wird von einem dunklen Geheimnis geplagt und als ihr Leben bedroht wird, wird die Liebe der zwei von Gefahr überschattet.
Dazu kommt noch erschwerend Indias enge Freundschaft zu dem koreanischen Popstar Sun hinzu, der sich auch in Aufruhr befindet.
Nachdem Fotos von Massimo, auf denen er seine Ex-Freundin küsst, das Internet fluten, flieht India nach Seoul, wo sie mit dem verzweifelten Sun ihre sexuelle Beziehung wieder aufleben lässt.
Mit den zwei Männern in ihrem Herzen und einem weiteren, der fest dazu entschlossen ist, sie zu ermorden, versinkt India in Unsicherheit und Depression. Als sie und Massimo wieder in Verbindung treten, fängt sie an, einen Weg aus ihrer Traurigkeit zu sehen und verliebt sich in ihn ...
... doch ihr rachsüchtiger Psychopath ist niemals weit weg. Als mehr Geheimnisse ans Licht kommen, muss India sich entscheiden, wen sie liebt – und wem sie vertraut.

* * *

Massimo Verdi, internationaler Playboy und einer der heißesten Schauspieler der Welt, ist nach dem Beenden einer jahrelangen Beziehung immer noch Single, als er die amerikanische Sängerin India Blue trifft, und ist sofort ganz und gar verzaubert von ihr.
Frustriert über Indias Sprunghaftigkeit versucht Massimo sie zu vergessen und wird in einen Skandal gefangen, den seine manipulative Exfreundin Valentina inszeniert hat.
Nachdem Fotos von ihnen veröffentlicht wurden, auf denen sie sich

küssen, glaubt Massimo, dass er India für immer verloren hat, aber als sie ihn um Hilfe bittet, blüht ihre Freundschaft wieder auf und wird bald darauf zu einer Romanze.

Doch so sehr er sie auch liebt, Massimo sieht, dass Indias Leben kompliziert ist, und er hat Angst, dass er die Frau, die er liebt, an einen verrückten Stalker verliert.

Kann er sein Herz aufs Spiel setzen? Was ist mit Indias geheimer Vergangenheit und ihrer Liebe zu einem anderen Mann in einem anderen Land? Kann Massimo ihr vertrauen, dass sie nur ihn liebt, oder muss er sein Ego vergessen, um das Herz der Frau zu gewinnen, die die tollste Frau ist, die er jemals getroffen hat?

KAPITEL EINS – WICKED GAME

India Blue atmete so viel Sauerstoff durch ihre Nase ein wie nur möglich und stieß die Luft dann langsam durch ihren Mund wieder aus. Der Atem kam zitternd und bebend, klang fast schon wie ein Zischen. Es war immer schon so gewesen: das Lampenfieber vor dem Konzert setzte ein, die schreckliche halbe Stunde aus Selbstzweifel. Ihr Lampenfieber war weithin bekannt, und das tröstete sie etwas. Die Menschen, die dafür bezahlt hatten, sie singen zu hören, wussten, dass die Panik sie übermannte. Wenn sie anständige Menschen waren, dann würden sie sie ganz besonders anfeuern, um ihr Adrenalin zum Kochen zu bringen.

Zumindest hoffte sie darauf – dass sie nett waren. Sogar nach all dieser Zeit hatte sie Probleme an all den Jubel und die Freude zu glauben, die sie empfing, wenn sie Tausenden von Fans zuwinkte. Sie war sich wie ein seltsamer, schüchterner Teenager vorgekommen, als das alles angefangen hatte – als sie nach dem Vorfall wieder in der Lage gewesen war, normal zu funktionieren.

Himmel. Warum denkst du ausgerechnet jetzt daran?

India schmeckte Galle und stand kurz vor einer ausgewachsenen Panikattacke. Keine gute Sache, da sie in fünf Minuten auf der Bühne stehen musste. Sie nahm ihre langen dunklen Haare zu einem losen Pferdeschwanz zusammen – sie hatte keinen Stylisten und auch niemanden, der ihr Make-up machte – sie zog es vor, ihr Make-up selbst aufzulegen und ihr Haar so zu tragen, wie sie es für richtig befand. Sie war noch nie an Mode interessiert gewesen und hasste all die großen Designer, die sich darum rissen, das schöne, junge indisch-amerikanische Mädchen unter Vertrag zu bekommen. India überprüfte ihr Spiegelbild: große dunkelbraune Augen, ein rosa Mund, goldene Haut. Die Menschen fanden sie schön, aber der gehetzte Ausdruck in ihren Augen verschwand nie, und genau das war alles, was sie an ihrem Spiegelbild wahrnahm.

India nahm ihr Handy, um zu sehen, wie spät es war. Vier Minuten bis sich der Vorhang hob. Sie durfte im La Fenice, Venedigs berühmten Opernhaus, auftreten. Sie war eine der wenigen nicht-klassischen Künstler, denen das gestattet wurde. Ihre unverkennbare Mischung aus Pop, Country und Jazz war ohne Zweifel einzigartig, aber sie hatte es ohnehin nie gemocht, in ein bestimmtes Genre eingeordnet zu werden.

„Hey, Bubba.“

Sobald India die Stimme ihres Bruders hörte, wich die Spannung aus ihr. Eigentlich war Lazlo Schuler kein Blutsverwandter, aber er war derjenige, dem sie am meisten vertraute – und da gab es nicht viele.

„Hey, Brüderchen. Ich muss gleich raus.“

Lazlo gluckste. „Ich wünschte, ich könnte dort draußen sein, um dich zu sehen, Bubba. Das ist ein ganz besonderer Abend.“

India seufzte. „Schon gut, Laz. Ich verstehe, mit was du es dort drüben zu tun hast.“

„Wie kommt es, dass du die einzige Klientin bist, mit der ich nie irgendwelche Schwierigkeiten habe?“

Lazlo lachte. Er war ihr Manager, ihr Publizist, ihr ein und alles, aber er hatte noch andere Klienten zu betreuen – Klienten, die Tag und Nacht seine Aufmerksamkeit verlangten. Mit neunundvierzig war

Lazlo immer noch überzeugter Single, war ausschließlich mit seinem Job verheiratet. Er war einer der Besten im Geschäft. „Hast du von Gabe gehört, Bubba?" Lazlos Bruder arbeitete in Los Angeles.

„Er hat eine Nachricht geschickt. Er und Selena trennen sich wirklich, hm?"

Lazlo seufzte. „Es ist wahrscheinlich das Beste für beide. Die ganzen vergeblichen Bemühungen und alles. Hör zu, ich dränge dich nur ungern, aber laut meiner Uhr hättest du schon vor einer Minute auf der Bühne sein sollen."

India warf einen Blick auf ihre Uhr. „Mist. Danke, Laz. Ich rufe dich später an."

„Ich liebe dich, Bubba. Und hey – grüße Diana und Grey von mir."

India grinste. „Das werde ich. Ich hab dich lieb, Brüderchen."

Als sie auf die Bühne ging, weniger nervös, nachdem sie mit Lazlo gesprochen hatte, dachte sie an ihre Pläne nach der Show. Sie würde mit ihren besten Freunden Diana Harper und Grey Lynch zu Abend essen und danach etwas trinken. Die beiden waren ein verheiratetes Paar, zwei englische Schauspieler, mit denen sie seit Jahren eng befreundet war. Damals hatte sie in einem von Dianas Filmen mitgespielt, als diese selbst noch ein Musikstar gewesen war, und sie waren seither befreundet. Diana war kokett, lebhaft und lustig und 22 Jahre älter als die achtundzwanzigjährige India, doch für India war sie wie eine Schwester. Diana hatte ihr durch ein paar schwere Zeiten geholfen, und ihr Ehemann Grey, ein entspannter, supernetter Kerl, war auch zu einem engen Freund geworden.

Später an diesem Abend würde sie die beiden zusammen mit deren Freund Massimo treffen. Indias Herz fing an, etwas schneller zu schlagen. Massimo Verdi war Italiens größter Filmstar: attraktiv, dunkelbraune Locken, leuchtend grüne Augen, ein unglaublich toller Körper und eine tiefe, männliche Stimme, die ihr Schauer über den Rücken jagte. Sie hatte ihn noch niemals persönlich getroffen. Diana war eng mit ihm befreundet, und er hatte gebeten, sie kennenlernen zu dürfen, sehr zu Indias Überraschung. Ihr erster Instinkt war es gewesen, Nein zu sagen. Das niederschmetternde Gewicht ihrer tragischen Vergangenheit lastete auf ihr. Diana hatte gesehen, dass sie sich unwohl fühlte, und hatte sie auf einen Stuhl gedrückt.

„Süße ... das ist nur ein Abendessen. Massimo ist ein lieber Kerl ... wenn du erst mal über sein Machogetue und sein schönes Gesicht hinweg bist. Er ist ein Fan von dir und möchte dich gern kennenlernen. Und ich bin mir sicher, dass du ihn mögen wirst."

Also hatte sie sich einverstanden erklärt, sehr zu Dianas Freude. Vor ein paar Tagen war sie in Rom gewesen, und Diana hatte ihr einen von Massimos Filmen gezeigt. Diana hatte recht, er war göttlich. Die Rolle, die er spielte, war die eines gequälten Künstlers, der von den Frauen, die er liebte, manipuliert wurde. Er war hypnotisierend in seiner Rolle, und seither musste sie ständig an ihn denken.

„Hey, India, bist du bereit? Sie warten mit Schaum vor dem Mund auf dich."

India lächelte den Bühnenarbeiter an, schob ihre Gedanken an Massimo Verdi ganz nach hinten und betrat die Bühne.

Massimo umarmte Diana und Grey zur Begrüßung, und sie begaben sich direkt an ihren Privattisch, um die Show zu sehen. Die Lichter waren bereits aus, als sie sich setzten und die ersten Töne der Musik erklangen. Massimo lächelte Diana an.

„Ich habe mich sehr auf diesen Tag gefreut."

Diana erwiderte sein Grinsen. „Gut! India steht wahrscheinlich direkt auf der anderen Seite der Bühne und kämpft damit, sich nicht zu übergeben."

Massimo lachte. „Ich kenne das Gefühl."

Diana rollte mit den Augen. „Sicher doch."

Massimo grinste schief und zuckte mit den Schultern. Sein Gesicht, sein Körper, seine Stimme waren ausdrucksstark. Sein Selbstbewusstsein war wohlverdient, und er verbarg oftmals, wie schüchtern er in Wirklichkeit war.

Die Musik wurde lauter, und die Schreie und der Applaus der Fans wurden unerträglich laut, als India in das Rampenlicht trat. Das Brüllen des Publikums, zusammen mit ihrem Körper in Fleisch und Blut, der dramatisch von den Bühnenlichtern angestrahlt wurde, schickte Adrenalin durch seine Adern. Er beugte sich weiter nach vorn.

Der erste Ton, den sie sang, jagte ihm einen Schauer über den Rücken. So rein und klar. Im Verlauf des Liedes kam die berühmte Rauheit in ihrer Stimme zum Vorschein – so viel Gefühl, so viel Herrlichkeit. Massimo war verzaubert. Sie war zierlich, hatte aber lange Beine und unglaubliche Kurven mit einer schmalen Taille. Die Art wie ihre Haare sich hinten aus dem Pferdeschwanz lösten, machte ihn wahnsinnig. Er spürte, wie sich seine Hoden zusammenzogen, während er sie beobachtete. Sie war keine Sängerin mit einer enorm stilisierten Show, Backgroundtänzern oder komplizierten, gut einstudierten Tanzbewegungen. Stattdessen wiegte sie sich im Rhythmus, wenn sie am Mikrofon stand. Und wenn sie am Piano saß, schien ihr gesamter Körper mit dem Instrument zu verschmelzen. Es war nichts Sexuelles, und ihr Wiegen war auch nicht dazu gedacht zu verführen. India Blue war so sehr mit ihrer Musik verbunden, dass sie alles, was sie empfand, in ihren Auftritt legte.

Für Massimo war es das Erotischste, was er jemals gesehen hatte, und er wusste ohne Zweifel, dass er India Blue in seinem Bett und Leben haben wollte.

India klatschte jedes Mitglied ihrer Crew ab und sorgte dafür, dass auch diese ihren Applaus bekamen. Es war einer der Gründe, warum sich Musiker darum rissen, mit ihr zuarbeiten: sie bezahlte mehr als üblich, sie bezog sie mit ein, und das Beste war, dass sie liebte. Sie behandelte sie wie ihre Familie und stellte sich niemals über sie, auch wenn es ihr Name auf den Postern war, der das Publikum – und das Geld – brachte.

Als sie zur Zugabe überging, warf sie einen Blick zu dem Tisch, von dem sie wusste, dass Diana, Grey und Massimo dort saßen. Sie lächelte und winkte ihnen zu, und dann sah sie Massimo direkt an. Er starrte sie an, und sie konnte ihre Augen nicht von ihm losreißen. Bei der ersten Strophe des Liedes – ein langsames, sinnliches Cover von Chris Isaaks „Wicked Game" – gab es plötzlich nur noch sie beide in dem großen Raum.

The world was on fire and all that could save me was you ...

Die Welt stand in Flammen und nur du konntest mich retten ...

India hatte niemals eine passendere Zeile gesungen.

KAPITEL ZWEI – I'LL BE SEEING YOU

*I*ndia duschte schnell und mit pochendem Herzen. In ein paar Momenten würde sie den Mann treffen, für den sie ein verdammtes *Liebeslied* vor tausenden Menschen gesungen hatte.

Was hast du dir dabei gedacht?, schimpfte sie mit sich, während sie ihre Haare trocknete und sie locker um ihr Gesicht fallen ließ, damit sie sich dahinter verstecken konnte. Sie schlüpfte in ein locker sitzendes, fliederfarbenes Kleid, das ihre langen Beine und den zimtfarbenen Ton ihrer Haut zur Geltung brachte. Eine zierliche lange Kette hing zwischen ihren Brüsten, und ihr Gesicht war nur mit einem Hauch von Make-up bedeckt. India warf einen Blick in den Spiegel. Der gehetzte Ausdruck lag immer noch in ihren Augen. Doch da war noch etwas anderes. Etwas Neues. Aufregung.

Bevor sie sich dazu entschließen konnte abzusagen, nahm sie ihre Tasche und zog los, um sich mit ihren Freunden zu treffen – und dem Mann, wegen dem sie so aufgeregt war.

Enttäuschung machte sich in ihr breit, als Diana und Grey allein waren. *Du hast ihn verjagt.* Sie schluckte und begrüßte fröhlich ihre Freunde. Diana strahlte sie an. „Du warst fantastisch, Liebling, und vollkommen bezaubernd." Sie senkte ihre Stimme zu einem Flüstern.

„Du hast auf unseren italienischen Freund einen ganz schönen Eindruck gemacht."

India wurde rot, und Grey warf seiner Frau lächelnd einen warnenden Blick zu. „Lass das arme Mädchen in Ruhe. Tut mir leid, Liebes." Grey küsste India auf die Wange. „Ich habe eine Kupplerin geheiratet. Massi musste kurz auf die Toilette."

„Und da ist er schon wieder!", krähte Diana plötzlich, und Indias Magen verknotete sich, als sie seine Stimme hinter sich hörte.

„Buona sera." Seine Stimme klang in persona noch tiefer, wie dunkle Schokolade. India drehte sich zu ihm um, hoffte, dass die Lust, die sie empfand, nicht zu offensichtlich war. Er war groß, mindestens ein Meter neunzig und überragte sie haushoch. Seine Augen musterten ihr Gesicht auf eine Art, bei der sie sich nackt vorkam. Er roch förmlich nach Sex. Er hatte eine gefährliche Ausstrahlung an sich, die ihn wütend, bedrohlich, aussehen ließ ... und dann lächelte er.

Oh du lieber Himmel ... dieses Lächeln. Sein Gesichtsausdruck wechselte im Bruchteil einer Sekunde von männlich zu jungenhaft – von gefährlich zu süß. *Verdammt.* India starrte ihn mit offenem Mund an und hoffte, dass ihr die Spucke nicht aus dem Mund lief. Sie erwiderte sein Lächeln zögernd. „Hallo. Schön dich endlich kennenzulernen."

Massimo Verdi beugte sich vor und küsste sie auf die Wange, verblieb eine Sekunde zu lange in der Position. Er roch würzig und sauber, mit einem winzigen Hauch von teurem Tabak. Sein Mund war perfekt geformt und weich an ihrer Wange.

India holte Luft, um sich zu sammeln, sah zu Diana und Grey, die sich unterhielten. In den Augen ihrer Freundin lag ein Glimmen, als sie sich ihr wieder zuwandte. „Wollen wir gehen und essen? Ich bin am Verhungern."

Diana war eine Expertin in unschuldiger Manipulation, dachte Massimo grinsend bei sich, als seine Freundin sie so am Tisch platzierte, dass er neben India saß. Nicht dass es ihn gestört hätte – India Blue war genauso, wie er sie sich vorgestellt hatte, und noch viel besser. Sie sanfte Schönheit ihrer Züge – diese dunklen Augen und diese Lippen – er träumte schon von ihrem rosa Mund.

Er bemerkte, dass Diana India unter dem Tisch ein Handy reichte, und India tippte ohne hinzuschauen etwas ein und gab es zurück. Massimo grinste, als er Indias Blick erwiderte. Sie legte unbemerkt einen Finger an ihre Lippen. Es war offenbar eine Art Streich. Er zwinkerte ihr zu und nickte leicht – *ich sage nichts*.

Als sie neben ihm saß, fiel ihm die nackte Haut an ihrem Oberschenkel auf – so eine wunderbar goldene Farbe. Er wollte mit der Hand über ihre glatte Haut fahren ...

„Massi?"

Massimo riss seine Aufmerksamkeit von Indias Oberschenkel los. Diana lächelte ihn an. „Massi, wir haben neulich Sole Scuro angeschaut, und ich muss dir sagen – entschuldige wenn ich dich verrate, Indy –, am Ende hat Indy wie verrückt den Fernseher angeschrien."

India und Grey lachten, und Massimo lächelte und wandte sich der Frau an seiner Seite zu. „Hast du das?"

Sie nickte. „Der Kerl hat dich die ganze Zeit verarscht! Es war offensichtlich!" Massimo amüsierte sich über ihre Empörung.

„Sie hat gerufen: 'Nein! Lass ihn das nicht tun!', auch wenn sie sich etwas barscher dabei ausgedrückt hat." Grey schüttelte in gespielter Enttäuschung seinen Kopf.

India beugte sich zu Massimo. „Sie mussten mich tatsächlich daran erinnern, dass das nur ein Film war."

Massimo lachte. „Nun, das hoffe ich doch! Ich bin am Ende des Films gestorben."

Diana kicherte, und India lachte laut. „Du herzloses Frauenzimmer."

Die Männer fielen in das Lachen ein, als Diana mit den Händen abwinkte. „Nein, darüber amüsiere ich mich nicht, nur über die Erinnerung an jemanden, der geweint hat."

Sie sah India bedeutungsvoll an, die hochrot wurde.

„Ja. Das war Grey."

„Schwindlerin." Diana rollte mit den Augen und grinste Massimo an.

Grey versuchte India zu helfen. „Ich muss zugeben, dass es wirklich traurig war."

„Siehst du?" India sah so aufgebracht aus, dass Massimo ihr kurz die Hand an die Wange legte.

„Ich bin gerührt, dass es dir gefallen hat."

India lächelte ihn dankbar an. „Du warst unglaublich, Massimo, ganz im Ernst. Faszinierend!"

Ihre Blicke trafen sich und blieben für einen kurzen Moment aneinander hängen. Sie wurden vom Kellner unterbrochen, der das Essen brachte, aber das Eis war gebrochen.

Massimo war Diana dankbar. Die Frau wusste, wie man eine Situation natürlich und lustig aussehen lassen konnte. Er lächelte sie bewundernd an, und sie sah ihn fragend an. *Magst du sie?* Er nickte. Eine kleine Bewegung, die ihr sagte, ja, er mochte diese junge Frau, die neben ihm saß.

Alle vier plauderten und lachten den Rest des Abends und verweilten dann noch bei ein paar Drinks. Für Massimo war es schön mit Freunden zusammen zu entspannen und nicht von der Presse belästigt zu werden. Er bezog India in ihre Gespräche mit ein, sprach darüber, wie sehr ihm ihr Konzert gefallen hatte.

„Deine Stimme ist wie flüssige Seide", sagte er nachdenklich. „Und dann liegt noch dieser tiefe Klang darin. Wie scharfe Chili in Schokolade. Sinnlich, dunkel, berührend."

India wurde rot, und ihm gefiel das Rosa auf ihrer goldenen Haut.

„Danke, das höre ich gern."

„Ich habe Massimo von deinem Musikprojekt erzählt", sagte Diana unschuldig, aber ihre Augen funkelten. „Indy, wäre Massi nicht der perfekte Mann für die männliche Hauptbesetzung?"

Indias Gesicht wurde rot, aber sie strahlte und sah Massimo an. „Das wärst du tatsächlich." Ihre Stimme zitterte leicht. „Aber ich kann nicht davon ausgehen ..."

„Ich würde gern", sagte er und schob den Gedanken an seine Agentin beiseite, die ihn umbringen würde, weil er bei etwas zusagte, ohne sie mit hinzuzuziehen. Aber zur Hölle damit – er würde alles tun, um mehr Zeit mit dieser wunderbaren Frau zu verbringen. „Wir sollten eine Zeit vereinbaren, um darüber zu sprechen, solange du noch hier im Land bist. Wie lange wirst du noch bleiben?"

Sie zögerte. „Eine Weile. Ich bin mir nicht ganz sicher bis wann, aber mindestens noch einen Monat."

Massimo entspannte sich. „Dann haben wir alle Zeit der Welt." Erneut verschmolzen ihre Blicke und wenn Diana und Grey nicht da gewesen wären, hätte er sich zu ihr gebeugt und seine Lippen auf ihre gedrückt ...

Plötzlich erklang eine blecherne Musik, als Greys Handy laut „I'm too sexy" plärrte. „Du kleine Hexe", sagte er zu India, die loskicherte. „Wie zur Hölle hast du es geschafft, meinen Klingelton schon wieder zu ändern?" Er schüttelte seinen Kopf und unterdrückte ein Lächeln, und Massimo wurde klar, was India und Diana vorher getan hatten. „Sie macht das jedes Mal, und ich konnte sie noch nie dabei erwischen!", erläuterte Grey Massimo, der angefangen hatte zu lachen. Diana sah ihn unschuldig an, aber India warf Grey freudestrahlend eine Kusshand zu.

„Ich habe meine Mittel und Wege. Magische Hände."

„Magische irgendwas", grummelte Grey und grinste seine jüngere Freundin dann an. „Ich denke dennoch, dass ‚I'm too sexy' besser ist als das, was du das letzte Mal eingestellt hast." Er stellte das Handy neu ein. „Sie hat es auf ‚Ain't nothing like Gangbang' geändert", erzählte er Massimo, der sich an seinem Getränk verschluckte. „Und mein Agent hat mich angerufen ... vor meiner Mutter!"

India jubelte, schlug Diana ab und grinste Grey an, der in gespielter Verzweiflung knurrte. Massimo lächelte. Das waren nette Menschen: lustig und ohne falsche Starallüren. Ihr Tisch zog eine Menge Aufmerksamkeit auf sich, aber Gott sei Dank ließ man sie in Ruhe, und sie konnten den Abend genießen.

„Also sag mir", wandte er sich an India, die über das Gelingen ihres kleinen Streichs immer noch bezaubernd rot war. „Dieses Projekt ... ist es ein Musikvideo?"

India nickte. „Eigentlich ist es mehr ein Kurzfilm, die Geschichte einer Beziehung in vier Liedern. Es handelt von Betrug, Herzeleid, Trennung und Tragödie. Nicht unbedingt originell, aber ich hoffe, dass die Bilder und die Musik die Originalität liefern. Ich würde gern hier in Venedig filmen und Masken verwenden."

„Hast du eines der Lieder heute Abend gesungen?"

India schüttelte ihren Kopf. „Nein, sie sind noch nicht ganz fertig ... ich habe ein paar Clips auf meinem Handy. Möchtest du sie hören?"

Für einen weltberühmten Musikstar war India Blue überhaupt nicht ein bisschen eingebildet, dachte Masimo bei sich, als er die Ohrstöpsel, die sie ihm reichte, nahm. Sie war nervös ihm die Lieder vorzuspielen, ihre dunklen Augen blickten neugierig und ein bisschen ängstlich, dass es ihm nicht gefallen könnte.

Als sie Play drückte, füllten sich seine Ohren mit ihrer süßen, heißeren Stimme, und Massimos ganzer Körper reagierte darauf. Es war, als könnte er jeden tiefen Schmerz, den sie jemals empfunden hatte, hören ... er schloss einen Moment lang seine Augen, ließ sich von dem Lied davontragen und als er sie wieder ansah, sah er Bilder von ihr vor sich, wie ihr Tränen über die Wange liefen, als ihr Liebhaber sie verließ und ihr dabei das Herz herausriss. Massimo sah ihre Dunkelheit, und er wusste ... es war nicht nur die Musik. *Was ist dir zugestoßen?* Der Gedanke, dass jemand – ein Liebhaber, ein Feind – ihr weh getan hatte, löste einen Beschützerinstinkt bei ihm aus. Das Lied endete, und er zog die Ohrstöpsel langsam wieder heraus.

„Wow. Einfach nur wow." Zu seiner Verwunderung bebte seine Stimme, und er kicherte verlegen.

„Kannst du dafür einen Charakter finden?", sagte sie leise und ohne darüber nachzudenken, legte er seine Hände an ihr Gesicht.

„Ich kann – auch wenn ich ihn dafür, dass er dir weh getan hat, umbringen könnte." Sein Daumen strich sanft über ihre Wange. Er spürte, wie sie zitterte.

Plötzlich wurde ihm bewusst, dass Diana und Grey den Tisch verlassen hatten. India warf einen Blick auf ihre Uhr und runzelte die Stirn, als sie sah, dass es schon nach Mitternacht war. „Wohin sind sie gegangen?"

Massimo verbarg ein Lächeln. „Ich glaube, sie sind ... wie sagt man so schön ... diskret."

Sein Arm lag auf der Rücklehne ihres Stuhls, und seine Finger strichen über ihren Arm. India sah ihm prüfend ins Gesicht. „Sind sie das?"

Massimo nickte, schwieg aber. In Indias Augen stand Verlangen, aber auch Panik.

„Also, war das ... geplant?"

Massimo schüttelte seinen Kopf. „Nein. Nicht geplant. Das schwöre ich. Ich hatte keine Ahnung, dass sie uns allein lassen würden. Wenn es dir lieber ist, dann rufe ich dir ein Taxi. Fühlst du dich unwohl, Bella?"

India schüttelte ihren Kopf. Er zögerte einen Herzschlag lang, beugte sich dann zu ihr und strich mit seinen Lippen sanft über ihre. Sie schmeckte nach Rotwein, und sie reagierte unmerklich auf den Kuss. Er zog sich fragend zurück. Ihre dunkelbraunen Augen waren undurchdringlich.

„Scusami, signore? Signora? Ihre Begleitung hat mich gebeten, das hier mit einer Nachricht zu schicken." Der Kellner stellte eine Flasche Champagner auf den Tisch und gab India die Nachricht.

Sie öffnete sie und las, wobei sie anfing zu lachen und rot wurde. Massimo war neugierig. „Was steht dort, Bella?"

India zögerte eine Sekunde lang und gab ihm dann die Notiz. Als er sie las, fing auch Massimo an zu lachen. „Also, nun ja ..."

Die Nachricht lautete:

Liebe undankbare, schöne Menschen,
Wir möchten uns für einen wunderbaren Abend bedanken. Und jetzt geht
schon! Zieht euch aus und vögelt euch besinnungslos, denn das habt ihr
sowieso schon den ganzen Abend lang getan. Ich sage Hurra!
Wir lieben euch beide!
D & G xxx
PS
Die Rechnung wurde bereits beglichen.

India und Massimo starrten auf die Nachricht, und dann sahen sie sich an und brachen wieder in Lachen aus. Massimo erhob sich und reichte India seine Hand. „Wie wäre es mit einem Spaziergang durch die Stadt?"

India nahm seine Hand, spürte, wie sie sich um ihre eigene schloss, seine Finger warm und trocken. Sein Daumen strich über ihren Handrücken, als sie nebeneinander herliefen. Jede Zelle in ihrem Körper reagierte auf diesen Mann und ohne auch nur den geringsten Zweifel wusste India, dass sie bald im Bett landen würden, vögelnd wie die Kaninchen und sich gegenseitig mit den Fingernägeln zerkratzend. Es schien unvermeidbar. Bei dem Gedanken jagte ihr ein Schauer über den Rücken.

So ... sie überraschte sich selbst. Sie tat das eigentlich nie: einen One-Night-Stand – das war es ihrer Meinung nach einfach nicht wert. Doch sie war noch nie zuvor so erregt gewesen wie in diesem

Moment. Sie wollte ihn in sich, wollte ihn küssen, beißen und an ihm saugen. Sie war atemlos vor Verlangen und Erregung und als er sie ein paar Straßen weiter sanft an eine Wand drückte und sie küsste, ließ sie sich fallen. Ihre Hände schlangen sich um seinen Nacken als eine Lippen auf ihren lagen. Seine Finger streichelten ihren Bauch und jagten ihr Schauer über den Rücken.

„Himmel, du bist wunderschön", flüsterte er, und India seufzte, als seine Hand unter ihren Rock schlüpfte und anfing sie durch ihr Höschen hindurch zu streicheln. Sie legte ihre Hand auf seinen stein-harten Schwanz. Himmel, er war riesig. In seinen Augen lag eine wilde Sehnsucht, und es raubte ihr den Atem.

„Ich wohne nur ein paar Straßen weiter." Sie sah ihm in die Augen. Er nickte, und sein Lächeln wurde zu brennendem Verlangen. Was für ein gefährlicher Mann, dachte sie schaudernd. Was für ein aufregen-der, unwiderstehlicher Mann ...

Ihr Handy klingelte, und sie ignorierte es, als Massimo sie wieder küsste, seine Zunge sich in ihren Mund schon und mit ihrer tanzte. Ihre Wimpern strichen über seine Wange, als sich sein Arm fester um sie schloss. Ihr Handy quäkte erneut, dieses Mal mit dem vertrauen 911 Klingelton, den sie für Notfälle reserviert hatte.

Sie löste sich von Massimo, außer Atem und mit einem entschuldi-genden Lächeln. „Tut mir wahnsinnig leid. Ich muss da rangehen. Das ist der Notfallklingelton für meinen Bruder."

„Du und deine Klingeltöne", grinste er. „Ich gehe so lange dort rüber."

Er ging weg, um ihr Privatsphäre zu gewähren, und einen Moment lang beobachte India ihn. Er holte eine Zigarette heraus und zündete sie an, warf ihr ein Lächeln zu. Himmel, er war umwerfend. India erwiderte das Lächeln und ging an ihr Handy.

„Ernsthaft, Laz, du hast besser einen guten Grund hierfür. Du hast ja keine Ahnung, wobei du gerade störst."

Es herrschte Stille am anderen Ende, und India runzelte die Stirn. „Laz?"

„Bubba … es tut mir leid … bist du allein?"

„Nein, ich bin hier mit Massimo, einem Freund … was ist los, Laz?"

„Wenn ich dir das erzählt habe, kannst du dann diesen Massimo bitten, dich nach Hause zu begleiten? Ich will nicht, dass du allein bist."

India begann zu zittern. Lazlo war niemand, der leicht in Panik verfiel und einen Hang zum Dramatischen hatte. „Laz, du machst mir Angst."

„Es geht um Carter, Bubba. Der Polizist, der ihn verhaftet hat, wurde wegen Korruption angezeigt und alle seine Fälle sind auf den Tisch gekommen. Sie haben Carter bereits vor einer Woche rausgelassen und niemand weiß, wo er ist. Er ist dort draußen. Er ist aus dem Gefängnis raus."

KAPITEL DREI – LET'S GET LOST

*I*ndias gesamter Körper wurde taub. „Das kann nicht sein, Laz ... Wie konnten sie ihn rauslassen? Die Beweise waren erdrückend! Ich habe ausgesagt, zum Donnerwetter noch mal!" Sie bemerkte alarmiert, dass Massimo sie hörte. Sie sah ihn entschuldigend an. Er kam näher und legte seinen Arm um sie. Eine Sekunde lang sperrte sie sich dagegen. Sie wollte nicht, dass dieser Mist ihnen den Abend verdarb, und er war eigentlich immer noch ein Fremder, aber ... oh, das Gefühl seines großen, festen Körpers an ihrem war so beruhigend, und sie fühlte sich sicher.

„Kannst du wieder in deine Wohnung gehen? Ich muss dir noch mehr erzählen, aber nicht solange du in der Öffentlichkeit bist. Ich habe dir auch Schutz organisiert. Sie werden dich dort treffen. Wie auch immer, geh nicht allein nach Hause. Kann man Massimo vertrauen?"

India lächelte. „Ja", sagte sie und sah Massimo in die Augen. „Ich würde sagen, dass Massimo Verdi vertrauenswürdig ist."

„Massimo Verdi? Das beruhigt mich." Lazlo war erleichtert. Massimo lächelte sie an und strich über ihre Wange. India drückte seine Hand einen Moment lang an ihr Gesicht und sah ihm in die Augen.

„Indy, bist du noch da? Kannst du nach Hause gehen?"

India nickte. Dann wurde ihr klar, dass Lazlo das nicht sehen konnte. „Ja, ich gehe nach Hause." Sie sah Massimo an, der auch nickte. Auch wenn er nicht wusste, was los war, würde er sie gern nach Hause begleiten. „Ich rufe dich an, wenn ich wieder in meiner Wohnung bin."

Sie legte auf. Um einen Moment Zeit zu haben ihre Gedanken zu sammeln, steckte sie das Handy sehr langsam in die Tasche und holte tief Luft. Sie sah auf und sah, dass Massimo sie wachsam ansah.

„Geht es dir gut, Bella?"

India holte tief Luft. „Ich weiß nicht. Etwas ist passiert und ich ..." Sie seufzte und versuchte zu lächeln. „Ich muss nach Hause. Mein Bruder will mit mir reden."

Massimo streckte ihr seine Hand entgegen. „Ich bringe dich heim. Du musst mir nichts erzählen, aber ich bin hier, falls du dir etwas von der Seele reden willst."

India lächelte und streichelte sein Gesicht. „Es ist schwer, jemanden wie dich nicht zu mögen. Du bist perfekt." Er grinste schief und zuckte mit den Schultern. *Er ist wunderbar*, dachte India. *Absolut außergewöhnlich.*

Sie nahm seine Hand, und sie liefen durch die stillen Straßen. Die ganze sexuelle Spannung war verflogen, und India war trotz des Entsetzens darüber, dass Braydon Carter wieder auf freiem Fuß war, enttäuscht. Der Zeitpunkt war einfach scheiße, dachte sie. Massimos Hand war riesig in ihrer, sein Daumen strich über ihren Handrücken. Sie drückte sich näher an ihn, und er blieb stehen, um sie noch einmal zu küssen, bevor sie weitergingen. In den paar Stunden waren sie sich so nah gekommen, dass es unmöglich war, das alles wieder zu vergessen.

An ihrer Tür presste Massimo seine Lippen auf ihre. „Ich glaube, es wäre nicht gut, wenn ich dich heute Nacht noch verführe, Bella. Versprich mir einfach, dass wir uns bald wiedersehen."

India lächelte. Es gab nichts, was sie lieber wollte, als diesen gutaussehenden Mann in ihre Wohnung zu bitten und ihn zu lieben – etwas, das ihr normalerweise nicht passierte –, aber sie konnte ihn nicht in das Chaos ihres Lebens hineinziehen.

„Du hast meine Nummer."

„Und du hast meine. Ich werde enttäuscht sein, wenn jemand anderes deinen Liebhaber in dem Video spielt."

Sie lachte. „Das wird nicht passieren. Ich rufe dich an." Sie hoffte, dass er nicht merkte, dass sie log.

Nachdem er weg war, verschloss die ihre Tür und überprüfte auch, dass die Fenster verschlossen waren. Sie rollte sich auf der Couch zusammen und rief Lazlo zurück.

„Geht es dir gut, Bub?", sagte er.

„Nicht wirklich. Ich fasse es nicht, dass sie Carter rausgelassen haben, Laz. Nach allem, was passiert ist ... *allem*." Ihre Stimme brach, aber sie war fest entschlossen nicht zu weinen.

„Er wird nicht in deine Nähe kommen, Indy, das schwöre ich." Lazlo seufzte. „Das einzig Gute ist, dass die Tour vorbei ist und du überall hingehen kannst. Er wird dich nicht finden."

„Wieder verbannt." India schloss ihre Augen. Sie kannte das alles nur zu gut: ein Leben in Tarnung und Einsamkeit, aufgezwungen von einem Mann, der von ihr besessen war. Sie hatte andere Stalker – es war eine berufsbezogene Gefahr im Unterhaltungsgeschäft – aber niemand war so gnadenlos, so zerstörerisch, wie Braydon Carter.

Niemand war so angsteinflößend.

„Wie war Massimo Verdi?"

Indias Herz pochte traurig. „Er ist ein lieber Kerl. Überraschenderweise ein richtig netter Kerl. Verdammt."

„Tut mir leid, Indy. Ich wünschte, du würdest jemanden finden, der ... nun, du weißt schon."

India lachte leise. „Ich brauche keinen Ritter in weißer Rüstung, Laz. Ich habe dich." Sie seufzte. „Also, was schlägst du vor?"

„Verlasse Venedig. Such dir ein Land aus und steig ins Flugzeug. Wenn du dort bist, ruf mich an und wir besorgen dir ein Sicherheitsteam und finden etwas, wo du wohnen kannst. Hast du deine Kreditkarten?"

„Ja."

„Gut. Hör zu, Jess weiß davon, und sie wird die Freilassung anfechten."

Jess Olden war Indias beste Freundin und ihre Anwältin, eine unglaublich schöne Frau, die ein Pitbull im Gerichtssaal war. India lächelte warm. „Darauf wette ich. Sag ihr, dass ich sie liebe und danke."

„Das werde ich. Gott, Indy. Das alles tut mir so leid. Ich dachte, wir hätten die Vergangenheit endlich hinter uns."

India starrte aus dem Fenster in die venezianische Nacht und kämpfte mit den Tränen. „Ich auch, Laz. Ich auch."

Massimo Verdi verbrachte die nächsten Tage mit Werbeaktionen für seinen neuen Film, dachte aber jede Sekunde an India Blue: ihr weiches dunkles Haar, das ihr über die Schultern fiel, diese großen, braunen Augen und die perfekten rosa Lippen. Er hatte noch ihren Duft in der Nase, und sein Körper war wie aufgeladen. Er musste sie wiedersehen, das stand fest.

Nach seinem letzten Interview lehnte er die weiteren Anfragen seines Agenten ab und zog sich in sein Hotelzimmer zurück, um sich etwas zu entspannen. Massimo genoss den ganzen Rummel bis zu einem gewissen Grad, aber er schätzte auch seine private Zeit. Er wechselte von seinem Anzug in Sweater und Jeans, schaltete den Fernseher an und bestellte Essen auf das Zimmer. Bevor es kam, rief er Diana an und sie löcherte ihn mit Fragen darüber, was passiert war. „Deine Nachricht war nicht sehr subtil, Diana."

Diana war unerschütterlich. „Und? Habt ihr euch dumm und dämlich gefickt?"

Massimo lachte. „Nein, haben wir nicht. Wir wurden unterbrochen, und India musste sich um etwas anderes kümmern."

„Nun, lass sie nicht weglaufen, Mass. Sie zieht sich gern zurück, auch wenn alle anderen deutlich sehen, was sie will. Und sie will dich, glaub mir. Ich habe sie noch niemals so … durcheinander erlebt."

„Durcheinander?" Massimo wurde neugierig.

„Also schön. Erregt. Sie war geil auf dich. Muss ich mich noch deutlicher ausdrücken?" Massimo hörte Grey im Hintergrund schimpfen, und Diana schnalzte mit der Zunge. „Ich mische mich nicht ein."

„Meinst du, es wäre unangebracht, wenn ich vor ihrer Tür auftauchte?"

„Tu es. Sie wird Angst bekommen und versuchen sich zurückzuziehen. Lass sie nicht entkommen, Massi."

Nach dem Telefonat aß er langsam sein Steak und den Salat und dachte darüber nach, was Diana gesagt hatte. Er hatte gleich das Gefühl gehabt, dass India davonlaufen würde. Sie hatte etwas so Verletzliches an sich. Warum hatte sie so verstört ausgesehen, als ihr Bruder angerufen hatte? Er nahm seinen Laptop und suchte nach ihr. Seltsam. Für jemanden, der so bekannt war, gab es nur wenige Informationen über sie im Internet – viele Gerüchte und Spekulationen, aber keine wirklichen Fakten …

Sehr seltsam.

Massimo schloss den Laptop und lehnte sich zurück. Nein, er würde aus dem Internet nichts über diese Frau erfahren. Sie kennenzulernen, bedeutete mit ihr zusammen zu sein. Er stand auf und nahm seine Jacke, trat hinaus in die kühle venezianische Nacht. Er wusste ja, wo sie wohnte. Er lief durch die Straßen, ignorierte die Leute, die ihn anstarrten, weil sie ihren Lieblingsfilmstar erkannten.

Der Portier in Indias Wohnblock erkannte ihn und ließ ihn mit einem Lächeln eintreten. „Wie kann ich Ihnen helfen, Mr. Verdi? Es ist immer eine Freude Sie zu sehen."

Massimo erwiderte das Lächeln. „Ich bin hier, um Signora Blue zu besuchen. Danke."

„Oh."

Massimo blieb stehen. Der Türsteher sah unglücklich aus. „Was ist los?"

„Ich fürchte, dass Signora Blue abgereist ist, Mr. Verdi."

„Abgereist? Sie meinen, sie ist heute Abend ausgegangen?" Doch als er die Worte aussprach, wusste er, was der Mann meinte. India hatte das Gebäude verlassen, die Wohnung, die Stadt.

Sie war weg.

KAPITEL VIER – FADED

Helsinki, Finnland

India drehte die Heizung in dem kleinen Apartment, das Lazlo für sie in der finnischen Hauptstadt gemietet hatte, auf und rollte sich auf der Couch zusammen, um dem Schnee zuzusehen, der draußen in dicken Flocken fiel. Alles in dieser wunderschönen Stadt war mit einer weißen Schicht bedeckt, und irgendwie tröstete es India. Sicherlich konnte einem an einem solchen Ort nichts Schlechtes widerfahren, nicht wahr?"

Lazlo hatte dieses Apartment bereits gemietet, bevor sie in Venedig an Bord des Flugzeuges war. Sie bewunderte seine Effizienz. Sie waren zusammen aufgewachsen, hatten sich nie an den vierzehn Jahren Altersunterschied gestört und hatten mit ihren alleinerziehenden Müttern in einer Kommune in Kanada gelebt. Hatten in Maupins World in San Francisco gelebt und waren schließlich nach New York gezogen, in ein Apartment, wo es kein heißes Wasser und nur eine Matratze auf dem Fußboden gegeben hatte. Aber sie waren glücklich gewesen.

Lazlos Mutter Hanna war eine radikale Feministin. Sie und Indias Mutter, die verträumte Priya, waren das genaue Gegenteil voneinander, aber die besten Freunde. Sogar als Lazlos Vater ein weiterer Sohn, Gabriel, mit einer anderen Frau hatte und das Kind zu Hanna kam, damit sie es großzog, waren sie eine fröhlich, rücksichtsvolle und kreative Gruppe aus Nomaden mit seltsamen Jobs. Obwohl sie selber nur wenig hatten, halfen sie der Gemeinschaft.

Als Lazlo, Gabe und India erwachsen wurden und anfingen, selbst zu verdienen, hatte Hanna ihre Hilfe abgelehnt. „Ich bin glücklich, meine Lieben", hatte sie ihnen immer wieder versichert. Nachdem Indias Mutter gestorben war, hatte Hanna sie wie ein eigenes Kind aufgenommen, hatte sie zu einer starken und fähigen Frau erzogen, und sie hatte sich niemals von einem Mann abhängig gemacht.

Von irgendeinem Mann. India seufzte. Massimo Verdi war nicht einfach irgendein Mann, und doch war sie bei der erstbesten Gelegenheit vor ihm davongelaufen. Seit jener Nacht träumte sie davon, mit ihm ins Bett zu gehen, träumte von seinem prallen Schwanz, der in sie stieß, von seinen vollen Lippen, die sie küssten, und sie träumte davon, wie sich ihre Finger in seine dunklen Locken gruben.

Diese verträumten, grüne Augen ...

An ihn zu denken war keine gute Idee, jetzt, wo ihr Leben wieder in der Warteschleife hing. *Verdammt seist du, Braydon Carter! Hast du nicht schon genug angerichtet?*

Die Angst davor, ermordet zu werden, betäubte sie. Sie hatte sich schon fast an den Gedanken gewöhnt, dass ihre Lebenszeit begrenzt war. Sie starrte hinaus in das Schneetreiben und rieb über ihren Bauch. Die Narben würden immer dort sein. Die körperlichen verblassten, aber die seelischen?

Scheiß drauf. India erhob sich von der Couch und ging in das andere Zimmer, in dem ein Piano stand. Sie würde Lieder schreiben. Dazu war sie geboren.

Sie spielte die Stücke, die sie Massimo vorgespielt hatte, und fing dann an, ein Drehbuch für das Video zu schreiben, bei dem er gern mitspielen wollte. Sie zerriss die ersten drei Versionen – sie alle waren zu vulgär für ein Video –, aber es besserte ihre Stimmung, und sie fing an davon zu träumen, Sexszenen mit Massimo zu filmen.

Es tut weh ...

Als das Mädchen die ersten Takte singt, flüchtet sie von einem Maskenball und rennt vor ihrem Liebhaber davon, nachdem sie gesehen hat, wie er mit einer anderen Frau flirtet. Mit zunehmender Geschwindigkeit des Stückes beginnt eine Jagd durch Venedig, bei der sie von ihrem Liebhaber verfolgt wird, der alles daran setzt, sie zurückzugewinnen.

Wenn der Song bei der Überleitung ankommt, stehen sie sich auf einer der wunderschönen Piazzas gegenüber. Seine dunkelgrünen Augen heften sich an sie, wirken fast gefährlich und sie versucht zu widerstehen, erinnert sich aber dann an die Momente, in denen sie sich geliebt haben. Plötzlich tauchen maskierte Feinde auf und versuchen die Verliebten auseinanderzureißen. Sie gewinnen, und die zwei werden unter einem Berg aus Boshaftigkeit vergraben. Am Ende des Songs teilt sich die Menge und zeigt den Mann, der seine tote Geliebte in seinen Armen hält, während die Kamera langsam ausblendet, wissend, dass es sein schlechtes Betragen war, das dazu geführt hat.

India legte den Stift hin. „Wow, das wird ganz schön düster", murmelte sie. „*Viel* zu düster. *Berge aus Boshaftigkeit?*" Sie gluckste und rollte die Augen, aber irgendetwas an der Idee gefiel ihr. Sie hat etwas … Läuterndes. Sie fragte sich, was Massimo wohl davon halten würde.

Einen Augenblick lang kaute sie auf ihrer Unterlippe und nahm dann ihren Laptop und tat das, was sie unter keinen Umständen tun sollte.

Sie tippte den Namen *Massimo Verdi* in eine Suchmaschine.

KAPITEL FÜNF – PRETTY

1 5 Januar

Mein Liebling, meine wunderschöne India,

jeden Tag wache ich auf, und dein süßes Gesicht ist das Erste, was ich sehe. Ich sage dir hallo, bevor ich irgendetwas anderes tue und stelle mir vor, du würdest neben mir liegen. Ich glaube, dass es so ist, beuge mich hinüber und drücke meine Lippen auf deine.

Sie schmecken so süß, mein Liebling.

Während die Morgensonne deine Honighaut zum Strahlen bringt, lieben wir uns, mein sexuelles Können bringt dich zum Stöhnen, und ich seufze, während ich dich ficke und mein Schwanz tief in deiner köstlichen Möse vergraben ist.

Und falls du dich jetzt fragst ... Ja, ich streichele mich selbst, während ich dir das schreibe. Ich stelle mir vor, dass es deine Hand ist, die über meinen Schaft gleitet und so auf mir spielt, wie du das auf deinem Klavier tust.

All diese Fans, die kommen, um dich zu sehen, die aufstehen und dir applaudieren, weiß auch nur einer von ihnen, wie es ist, in dir zu sein? Dich zu lieben? Dein Blut auf den Lippen zu schmecken?

Nein, das ist mein Privileg, mein süßer Liebling. Nur meines. Niemand anderes weiß, wie dick und dunkel dein Blut ist, wie es aus dir strömt, köstlich und heiß. Ich bin der Grund dafür, dass du niemals in deiner Unterwäsche posierst, wie so viele andere Huren in deinem Geschäft. Schade. Ich würde gern die Narben auf deinem weichen Bauch wiedersehen, die Narben, die dich an mich binden.

Und das werde ich eines Tages auch, India. Ich werde sie wiedersehen, ganz von nahem.

Bald mein Liebling, bald.

Ich liebe dich.

Dein Braydon.

Sträfling 873917555

Texas State Strafanstalt in Huntsville

KAPITEL SECHS – HERE WITH ME

New York City

„JESUS CHRISTUS." LAZLO LASS DEN BRIEF ERNEUT, WÄHREND JESS Olden seine Reaktion beobachtete. Sie saßen in Lazlos Büro in der Madison Avenue, und Lazlos Augen weiteten sich vor Entsetzen. Er legte den Brief hin und rieb sich über das Gesicht. „Und das ist nicht einmal der Schlimmste?"

„Nein. Die Polizei behält einige der noch expliziteren Briefe für sich." Jess seufzte. Ihr Freund sah müde und gestresst aus. Jess Olden war eine schöne Frau, fünfunddreißig Jahre alt, hatte ihre dunkle Haut von ihrer Mutter und die grünen Augen von ihrem amerikanischen Vater geerbt. Heute lag eine tiefe Falte zwischen ihren Augen und dunkle Schatten darunter. Lazlo musterte sie. „Jess ... haben sie dir gesagt, was darin stand?"

Jess zögerte. Sie war zurückhaltend.

„Jess ... bitte. Ich kann nicht dagegen angehen, wenn ich nicht alles weiß."

„Laz ... was sie mir erzählt haben, war krank. Braydons Obsession mit Indy ist bizarr. Wenn er sie findet, dann wird er dafür sorgen, dass sie leidet, bevor er sie umbringt."

„Verdammt." Lazlo vergrub sein Gesicht in seinen Händen. „Was zur Hölle haben sie sich dabei gedacht, als sie ihn freigelassen haben? Der Mann ist ein Verrückter."

„Ja. Wir müssen sicherstellen, dass er nicht in ihre Nähe kommt."

„Noch mehr Exil. Indy verdient etwas anderes. Sie verdient ein Leben."

Jess nickte. „Wir werden uns etwas einfallen lassen. Das Beste ist, wenn wir versuchen im Auge zu behalten, wo er sich aufhält. Gott, ich weiß auch nicht, wahrscheinlich muss Indy permanent die Länder wechseln."

„Was für ein Leben ist das?"

„Es ist zumindest ein Leben, was schon mehr ist, als was Indy haben wird, wenn Braydon sie in die Hände bekommt."

Lazlo starrte aus dem Fenster. „Sie hat neulich Abend jemanden kennengelernt, einen Schauspieler. So wie sie klang, würde ich sagen, sie mag ihn. Massimo Verdi."

Jess Augenbrauen schossen in die Höhe. „Massimo Verdi? Verdammt, er ist ein gutaussehender Mann. Er ist ein Spieler."

„Das habe ich auch herausgefundenen." Er grinste Jess schuldbewusst an. „Ich habe mich über ihn erkundigt."

„Der große Bruder."

„Immer. Aber er scheint ein guter Kerl zu sein. Du sagst, er ist ein Spieler, aber das war nur in den letzten Monaten. Er war über ein Jahrzehnt lang in einer langfristigen Beziehung. Das gibt mir Hoffnung."

Jess lachte. „Du hast sie schon verheiratet?"

Er gluckste. „Nein, aber ich habe etwas in Indys Stimme gehört, etwas, was ich dort schon lange nicht mehr gehört habe."

„Was?"

Lazlo lächelte. „Hoffnung."

Los Angeles, Kalifornien

Massimo Verdi schüttelte die Hand des Journalisten und beendete damit das letzte Interview des Tages. Die Pressereise für seinen neuen Film *Momentum* waren zu Ende, und er konnte jetzt nach Hause gehen, um sich zu entspannen. Jake, sein Publizist, lächelte ihn an. „Du siehst erleichtert aus."

„Du weißt, dass ich das hier nur ungern tue."

Sie verließen gemeinsam die Hotelsuite. „Dein Rückflug nach Rom geht in zwei Stunden. Danni hat bereits deine Koffer gepackt, und das Auto wird dich in einer Stunde abholen."

„Danke, Jake. Und danke, dass du dich um alles kümmerst." Massimo zögerte. „Irgendwelche Nachrichten?"

Jake ratterte die Anruferliste herunter, die er für Massimo beantwortet hatte, und Massimo war enttäuscht, dass Indias Name nicht darunter war. *Mio Dio, Verdi, hör auf an sie zu denken. Sie ist offenbar nicht interessiert.*

Doch er glaubte nicht, dass das so ganz stimmte. Er hatte gespürt, wie sie gezittert hatte, als er sie geküsst hatte, hatte ihre Hand an seinem Schwanz gespürt. India Blue war eine faszinierende und rätselhafte Frau, und er wollte mehr von ihr – wie ein Junkie, der einen neuen Schuss brauchte.

Er wandte sich wieder Jake zu, als dieser sagte: „Und Valentina hat angerufen. Sie hofft, dass ihr euch zum Essen trefft, wenn du wieder in Rom bist. Sie sagt, sie hat ein Interview mit der Italienischen Vouge gehabt, und sie hätte eventuell – ihre Worte – eine mögliche Aussöhnung erwähnt."

Jake verzog das Gesicht, als Massimo stöhnte. „Tut mir leid. Die ganzen Schmierblätter berichten bereits darüber."

„Verdammt ... nicht deine Schuld, Jake. Mio Dio, was hat sie sich dabei gedacht? Das letzte Mal, als wir uns unterhalten haben ..." Massimo blies die Wangen auf und zwang sich zur Ruhe. „Egal, Jake. Ich kümmere mich darum. Was noch?"

„Oh ja, habe ich fast vergessen." Jake blätterte durch ein paar Notizen. „Hier, India Blues Leute – du weißt wer sie ist, richtig? Die Sängerin?"

Massimo verbarg sein Lächeln. „Ja, ich weiß, wer sie ist." *Sie ist Tag und Nacht in meinen Gedanken.* Jake nickte, hatte keine Ahnung, was sich hinter Massimos Worten verbarg.

„Ihre Leute haben Verbindung mit uns aufgenommen und wollen wissen, ob du in ihrem nächsten Video auftreten willst."

„Sag ihnen ja", sagte Massimo, ohne zu zögern, und Jake war von seiner schnellen Antwort überrascht. Massimo war dafür bekannt, die Menschen auf eine Zusage warten zu lassen. „Sag ihnen zu, egal wann und egal wo sie mich haben wollen. Wann immer sie mich haben will."

Erkenntnis dämmerte in Jakes Augen. „Ah", sagte er lächelnd und gluckste. „Ja, India Blue ist ..."

Wunderschön, sexy, amüsant. „Ein großartiges Talent."

Jake schnaubte. „Das ist das Wort. Talentiert. Und unglaublich schön, was nicht weh tut."

Massimo grinste breit. „Tut es das jemals?"

„Hast du dich in sie verliebt, Mass?"

Massimo lachte. „Ein bisschen." *Ganz schön.* „Egal, sag India zu."

„Verstanden. Oh und wahrscheinlich solltest du heute Abend nicht auf Bellamys Party gehen. Fernanda wird dort sein."

Massimo rollte mit den Augen. „Danke. Mit ihr und Valentina ..."

Fernanda Rossi war eine Schauspielerin, die, genau wie Massimo, anfing in der amerikanischen Filmszene berühmt zu werden. Sie war außerdem unglaublich anhänglich, und Massimo zählte ihren One-Night-Stand vor ein paar Monaten zu den größten Fehlern seines Lebens. Fernanda war besitzergreifend und eifersüchtig. Sie hatte einer Frau ins Gesicht geschlagen, weil diese Massimo auf einer Party angesehen hatte. Massimo hatte keine Lust auf dieses Drama und wollte niemals wieder etwas mit Fernanda zu tun haben.

Massimo war eine rare Spezies im Filmgeschäft. Desinteressiert an den Unmengen an Drogen, die für Stars wie ihn leicht erhältlich waren, war sein einziges Laster der Sex, besonders seit dem Ende seiner Beziehung zu Valentina Acri, einer Legende des italienischen Kinos. Valentina, fast zehn Jahre älter als Massimo, hatte seine Kariere geführt, seit er ein junger Schauspieler gewesen war, und ihn zu dem Superstar gemacht, der er heute war. Er liebte sie von ganzem Herzen, aber die Kinder, die sie gemeinsam geplant hatten, waren niemals gekommen und am Ende ihrer Beziehung waren sie mehr wie Geschwister als Liebhaber gewesen.

So talentiert sie auch war, musste Valentina mit Ende Vierzig feststellen, dass man ihr die Rollen, nach denen sie sich immer gesehnt hatte, niemals anbot. Ihr letztes Interview – das, in dem sie die Versöhnung mit Massimo bekannt gegeben hatte – war ein Versuch, jünger zu wirken, lebendiger, jemand, an dem junge Männer noch immer interessiert waren. Mit Massimo zusammen zu sein würde das bestätigen.

Massimo dachte darüber nach und seufzte. Er schuldete Valentina seine Karriere. Wie konnte er ihr einen Korb geben? Er verabschiedete sich von Jake und ging auf sein Zimmer, um sich fertig zu machen. Valentina verfolgte immer, wo er gerade war. Ihm hatte das bisher nie etwas ausgemacht.

Doch jetzt irritierte es ihn aus irgendeinem Grund. Valentina wusste, wo er war. Er hingegen hatte keine Ahnung, wo India Blue sich aufhielt. Zumindest hatten sich ihre Leute wegen des Musikvideos mit ihm in Verbindung gesetzt. Das bedeutete, dass sie ihn nicht komplett abgeschrieben hatte. Wohin auch immer sie verschwunden war, es musste aus einem guten Grund geschehen sein. Er musste mit ihr reden.

Im Taxi auf dem Weg zum Flughafen tippte er ihren Namen in die Suchmaschine seines Handys und klickte auf *Nachrichten*. Nichts. Immer noch ein Geist. Er klickte auf *Bilder* und lächelte. Jake hatte bei der Beschreibung ihrer Schönheit untertrieben. Ihre großen, dunkelbraunen Augen waren warm, und ihre Gefühle waren ihr deutlich anzusehen, auch wenn sie versuchte, diese zu verbergen. Massimo steckte seine Kopfhörer in die Ohren und spielte ihr letztes Album. Diese Stimme ...

Er war so verloren in ihrer Stimme, dass der Fahrer zweimal seinen Namen rufen musste, als sie am Flughafen ankamen. Massimo stieg gedankenverloren aus – und mitten in eine Ansammlung von Fotografen. Los Angeles ... Er seufzte.

„Hey, Massi, bist du wieder mit Valentina zusammen?"

Massimo lächelte und sagte nichts, während er sich durch die Menge schob. Sein Leibwächter, ein riesiger Mann namens Deke, half ihm dabei, den Weg freizumachen, während ihn die Blitzlichter verfolgten.

Als er endlich in seinem Sitz in der Businessklasse saß, konnte er India keine Vorwürfe machen, dass sie verschwunden war; er konnte sich nicht vorstellen, dass sie diese Art von Ruhm genoss.

Er lauschte geistesabwesend auf die Sicherheitsanweisungen der Flugbegleiter und wollte sein Handy ausschalten. Erst da sah er die Nachricht von einer unbekannten Nummer. Er runzelte die Stirn, aber eine Sekunde später verschwanden die Falten, als er die Nachricht las und sein Herz hüpfte freudig.

Danke, dass du zugesagt hast. Bis bald! Indy x.

KAPITEL SIEBEN – RID OF ME

*H*elsinki, **Finnland**

India spielte auf dem Piano bis ihre Finger weh taten und doch fielen ihr kein Text ein. Sie versuchte bereits seit Tagen etwas zu schreiben und gab schließlich auf. Es war ja auch egal, sie hatte ausreichend Songs für drei neue Alben. Sie trieb sich immer viel zu sehr voran. Sie musste ab und zu eine Pause einlegen, aber der Gedanke, nicht zu schreiben oder zu spielen, war ihr ein Gräuel.

Sie spielte ein paar Coverversionen ihrer Lieblingslieder und danach eine langsamere Version von „Two Weeks." Der Song mit seinem sinnlichen Rhythmus und dem expliziten Text ließ sie an Massimo denken. India schloss ihre Augen, während sie sang, stellte sich Massimos Hände auf ihrem Körper vor, seine Fingerspitzen, die über ihre Haut wanderten, seinen Mund, der auf ihrem lag. Er dominierte sie im Bett, sein Schwanz stieß immer wieder in sie, und India schob ihre Finger in die wilden Locken, strich über seine dichten Augenbrauen und fuhr mit den Fingerspitzen über die dunklen, langen Wimpern ... Sie biss sich auf die Lippe, ihr Körper reagierte sofort auf diese Vorstellung. Sie nahm ihr Handy. *Scheiß drauf, ich will ihn sehen.*

Sie rief Lazlo an. Als er antwortete, klang er verschlafen und ihr wurde klar, dass es in New York früh am Morgen war. „Laz, tut mir leid, dass ich dich geweckt habe."

„Macht nichts, Bubby, was ist los?"

India holte tief Luft. „Ich habe es satt, mich zu verstecken, Laz. Bitte könntest du Massimos Leute anrufen und sie fragen, wann wir mit dem Videodreh anfangen können?"

Nashville

Nach seiner Freilassung aus dem Gefängnis blieb Braydon einen Monat lang in einem hübschen Hotel in Nashville. Sein Gönner, dessen Namen er immer noch nicht kannte, hatte ein Auto arrangiert, das ihn abgeholt und nach Nashville gebracht hatte. Er nahm an, dass ein Flug Spuren hinterlassen hätte, wohingegen das hier alles sehr organisiert aussah. Man würde wahrscheinlich erwarten, dass er sich dafür revanchierte, und er fragte sich, was man von ihm erwartete.

Seine Fragen wurden beantwortet, als sein Gönner ihn einen Monat nach seiner Freilassung besuchen kam. Braydon stellte den Fernseher ab, als der Mann flankiert von einem Bodyguard den Raum betrat, und runzelte die Stirn. *Der Kerl? Wirklich?*

„Hallo, Mr. Carter."

Braydon schüttelte seine Hand, und der andere Mann deutete auf einen Stuhl. „Darf ich?"

„Klar. Sie zahlen ja für das alles hier."

Der andere Mann setzte sich und lächelte ihn kalt an. „Ja."

Braydon dachte krampfhaft darüber nach, wie der Name des Mannes lautete. Er war sich sicher, ihn schon irgendwo in den Nachrichten gesehen zu haben. Dem Schnitt seines Anzuges nach war er reich – doch das hatte ihm das Luxushotel, in dem er sich aufhielt, bereits verraten. Die weißen Haare des Mannes waren sauber zurückgekämmt, und er trug einen Siegelring mit einer Art Krone darauf an seiner linken Hand. Seine Schuhe waren von Bruno Magli. Er wusste das nur, weil er gerade erst eine Dokumentation über O.J. Simpson gesehen hatte.

„Nun, Mr. ...?"

Der andere Mann lächelte. „Nennen Sie mich einfach ... Stanley."

„Also, Stanley, nicht dass ich nicht dankbar wäre, aber ich habe mich gefragt, warum? Warum ich?"

Stanley nickte. „Faire Frage und deshalb bin ich auch hier. Sie werden heute hier abreisen, Mr. Carter, und nach New York in ein Apartment, das ich für Sie gekauft habe, umziehen. Dort werden Sie Pläne schmieden, um ihre Mission auszuführen."

„Meine Mission?" Das klang wie ein schlechter Film.

Stanley lächelte – und Braydon bemerkte, dass das Lächeln nicht seine Augen erreichte. *Kalt. Unbarmherzig.* „Ja, Braydon. Ich darf Sie doch Braydon nennen?"

Braydon nickte. „Sicher."

„Sie müssen nicht beunruhigt sein, Braydon. Den Briefen nach, die man in ihrer Gefängniszelle gefunden hat, planen Sie bereits genau das, was ich von Ihnen will."

Braydons Augen weiteten sich schockiert. „Was? Sie meinen ...?"

„Ja, Mr. Carter. Ich möchte, dass Sie India Blue ermorden."

Rom, Italien

Valentina rief ihn am Morgen, nachdem er nach Rom zurückgekehrt war, an, und Massimo stimmte zu, sich am nächsten Tag mit ihr zum Mittagessen zu treffen. Sein luxuriöses Apartment lag im Zentrum der Stadt, und er mochte es zu laufen. Er wurde oft von Fans wegen eines Autogramms aufgehalten, und es machte ihm nichts aus. Der Tag war warm, eine leichte Brise wehte, und er atmete die frische Luft tief ein. Seine Entscheidung, in Indias Video aufzutreten, stimmte ihn froh, besonders seit sie wieder Kontakt hatten. Er wusste nicht, wo sie war, aber heute Abend würden sie sich wiedersehen, wenn auch nur über das Internet. India würde ihn per Videoanruf kontaktieren, um Details zu dem Musikvideo zu diskutieren, und er konnte es kaum erwarten.

Massimo lächelte noch, als er Valentina sah, die vor dem Café saß und grüßend die Hand hob. Mit fast fünfzig war Valentina immer noch eine spektakuläre Frau: lange, wellige Haare, dunkelblaue Augen und ein breites Lächeln. Sie weigerte sich, irgendwelche Schönheitsoperationen machen zu lassen, und die feinen Linien um Augen und Mund zeugten davon. Sie war auch eine Kettenraucherin und als Massimo sie auf die Wange küsste, überwältigte ihn der Geruch nach Zigaretten und Parfüm. So ein vertrauter Geruch. Viele Jahre lang war er sein Zuhause gewesen. Jetzt jedoch, verglichen mit Indias frischem Geruch nach Leinen und sauberer Luft, wusste er, welchen er bevorzugte.

Valentina drehte den Kopf, als er sie auf die andere Wange küssen wollte und drückte ihm einen Kuss auf die Lippen. Massimo zog sich schnell zurück, lächelte leicht, um die Verlegenheit zu überspielen. „Val, du siehst wunderschön aus."

„Du auch, Mass." Sie hielt ihn auf Armeslänge Abstand und musterte ihn, als würde sie ein Kunstwerk bewerten. „Ein bisschen grauer, aber das steht dir."

Massimo lächelte. Val war zum Flirten aufgelegt, was bedeutete, dass sie etwas von ihm wollte. Sie setzten sich und bestellten Getränke, und Massimo warf einen Blick in die Speisekarte, während Val sich eine Zigarette nahm. „Möchtest du eine?"

Er zuckte mit den Schultern, griff dankend zu und gab Valentina Feuer. „Isst du heute?"

Sie zuckte mit den Schultern und bestellte einen Salat. Massimo, der gutes Essen niemals ausschlug, bestellte sich Sugo All'arrabbiata mit Nudeln. Val hatte schon immer auf ihre Figur geachtet, hielt sich schlank und fit. Massimo verglich sie erneut mit India, verglich die scharfen Kanten mit Indias Kurven. *Hör auf, du bist ja von ihr besessen.*

37

„Also, Val … das Interview mit der Vogue?"

Sie hatte den Anstand, verlegen auszusehen. „Tut mir leid, Mass, ich habe das gesagt, was sie gedruckt haben. Du weißt, warum."

„Eigentlich nicht. Du hast unsere Beziehung vor einem Monat beendet, Val, und du hast die richtige Entscheidung getroffen. Wir passen nicht mehr zusammen." Er lächelte freundlich. „Ich habe unsere zehn gemeinsamen Jahre niemals bereut. Niemals. Du bist meine Familie Val, aber du hast dich weiterentwickelt. Habe ich nicht irgendetwas über dich und Dante Tolani gelesen?"

Valentina lächelte. „Schon wieder vorbei. Dante ist sexy, aber er ist nicht du, Mass."

Massimo seufzte. „Val … hör zu … Es gibt jemand anderen. Jemand, von dem ich … bezaubert bin."

Valentina lachte spröde. „Bezaubert? Ist das ein Codewort für Ficken?"

„Nein. Wir schlafen nicht miteinander." *Noch nicht. Aber bald,* hoffte er. Ein Bild von India, nackt und stöhnend unter ihm, blitzte vor seinen Augen auf, sein Mund auf ihrem und dann auf einem ihrer Nippel … Sein Schwanz drückte gegen seine Hose, und er hoffte, Valentina würde es nicht sehen und denken, sie wäre der Grund dafür.

„Mass, von deiner neuen Flamme mal abgesehen, passen wir einfach zueinander. Es war dumm, unsere Liebe wegzuwerfen." Sie seufzte. „Niemand ist besser als du, Mass."

Das war eine ganz schöne Veränderung von dem, was sie am Ende ihrer Beziehung geäußert hatte. Massimo würde diese Nacht niemals vergessen, sie hatte sich in sein Hirn eingebrannt.

Kindisch, unverantwortlich und schlampig. Das waren ihre Worte, mit denen sie ihn beschrieben hatte. Diese Worte hatten ihn dazu veranlasst, in sich zu gehen. War er kindisch? Wahrscheinlich. Er verbrachte seine Tage damit, eine andere Person zu sein und verdiente sein Geld damit, zum Himmel nochmal. Unverantwortlich?

Er wusste immer noch nicht, wie sie darauf kam. Und schlampig? Er? Nein, er ließ sich ja eine Menge gefallen, aber nicht schlampig.

Valentine musterte ihn, las seine Gedanken. „Ich habe eine Menge gemeine Dinge gesagt in jener Nacht, Mass. Viel zu viele Dinge. Es tut mir wirklich leid."

Massimo kaute auf seiner Lippe. „Val ... schau. Wir werden immer Freunde sein. Doch wieder zusammen? Nein. Es ist zu viel geschehen."

Einen Moment lang glitzerten Tränen in ihren Augen, aber sie riss sich zusammen. „Ich musste es versuchen. Also, wer ist sie? Diese neue bezaubernde Frau?"

Er spielte kurz mit dem Gedanken, es ihr zu erzählen. Er sehnte sich danach, mit jemandem über India zu sprechen, aber Val war nicht die richtige Person. Seine potentielle Beziehung zu India sollte nicht von einer verbitterten Ex überschattet werden. Und falls Val einen Makel hatte, dann war es, dass sie anderen Frauen gegenüber nicht nett war. Er konnte sich nicht vorstellen, dass sie zu India dieselbe Beziehung aufbauen würde wie Diana. Er dachte daran, wie sie sich gegenseitig am Tisch geneckt hatten und lächelte. Er wollte mehr davon und weniger von der Spannung, die Valentina immer umgab.

Sie aßen auf, und Massimo, ganz der Gentleman, brachte sie zu ihrem Apartment. Sie küsste ihn auf die Wange und suchte seine Augen. „Willst du mit hochkommen?"

Massimo schüttelte seinen Kopf und lächelte, um die Ablehnung nicht zu hart wirken zu lassen.

„Nein, danke Val."

Sie lachte kurz auf. „Du bist dem Mädchen ganz schön verfallen. Wer ist sie?"

„Jemand, von dem ich niemals gedacht hätte -" Er ließ den Satz unvollendet, wusste nicht, was er sagen sollte. „Bezeichne es im Moment einfach als Neugierde."

Vals Gesicht nahm einen weichen Ausdruck an, und sie legte ihre Hand an seine Wange. „So hast du mich immer angesehen, Massimo. Glückliches Mädchen", flüsterte sie und küsste ihn auf den Mund.

Keiner von beiden sah den Paparazzo, der von der anderen Straßenseite aus Bilder machten. Der Fotograf knipste und verschwand, als Valentina hinein und Massimo Verdi davonging. Zwei Minuten später bekam er einen Anruf. „Hast du sie?"

„Ja. Mein Redakteur wird sie lieben."

„Gut."

In ihrer Wohnung lächelte Valentina vor sich hin, beendete den Anruf, warf ihr Handy auf den Tisch. *Genieße diese Bilder, mein Liebling. Deine neue Liebe wird nicht glücklich darüber sein, und bald schon wirst du wieder zu mir gekrochen kommen.*

Du gehörst mir, Massimo Verdi. Vergiss das nie.

KAPITEL ACHT – MILLION DOLLAR MAN

*H*elsinki, **Finnland**

India freute sich darauf Massimo wiederzusehen, unterdrückte jedoch ihre Gefühle.

Sie hatte Bilder in der Zeitung und im Internet von ihm gesehen, auf denen er seine angebliche Ex küsste, und hatte dabei einen eifersüchtigen Stich in ihrem Herzen verspürt.

„Nein. Ich werde nicht so ein Mädchen sein", erklärte sie und seufzte. Das Universum teilte ihr wie immer mit, dass sie sich nicht verlieben sollte, es würde sonst nur weh tun.

India fuhr sich mit der Hand durch die Haare und schloss ihren Browser, um sich zu duschen. Es waren nur noch ein paar Wochen bis Weihnachten und obwohl sie sich in Helsinki wohl fühlte, hatte sie Lazlo mitgeteilt, dass sie die Feiertage bei ihm verbringen wolle, ob das nun sicher war oder nicht.

Lazlo wusste, dass eine Diskussion sinnlos war. „Schön. Wir werden dir einen Privatflug arrangieren. Und dieses Mal bitte keine Diskussionen über den Privatjet, Indy."

India erklärte sich einverstanden, aber es würde trotzdem noch einen Monat dauern, bevor sie Helsinki verlassen konnte. Lazlo stimmte einem Treffen mit Massimos Leuten im Januar zu, damit sie das Musikvideo produzieren konnten. Doch aufgrund der Fotos konnte sie sich nicht mehr richtig darauf freuen.

India trocknete ihr langes, dunkles Haar, band es im Nacken zu einem Knoten und zog sich Jeans und einen warmen Sweater an. Sie hatte geplant den Tag am Klavier zu verbringen – sie musste sich um ihr neues Album kümmern – aber sie fühlte sich ruhelos. Als sie eine Nachricht von ihrem Freund Sun bekam, besserte sich ihre Laune sofort.

Sun, sein voller Name war Sung-Jae, war ein Mitglied einer der angesagtesten K-Pop Gruppen auf dem Planeten. Er und India hatten sich vor ein paar Jahren auf einer Preisverleihung kennengelernt und sich sofort gut verstanden. Er war fünf Jahre jünger, androgyn und der schönste Mann, den India jemals gesehen hatte. Er war fünf Jahre jünger als sie, hatte delikate weibliche Gesichtszüge und seine großen Augen waren unglaublich ausdrucksvoll. Seine Haare waren kurz und sauber geschnitten, und er färbte sie ständig, um sie dem jeweiligen aktuellen Projekt anzupassen. Sein Körper jedoch war alles andere als feminin – er hatte einen Waschbrettbauch, harte Muskeln und die Figur eines Tänzers.

Sie waren in ihr Hotelzimmer gegangen und hatten die ganze Nacht geredet. Zwischen ihnen hatte es geknistert, und sie hatte versucht, es zu verleugnen, was aber unmöglich gewesen war. Und eines Abends, nach einer weiteren Show, hatten sie miteinander geschlafen.

Keiner von beiden wollte eine Beziehung, aber ihre Freundschaft war eine, die für ein Leben lang bestehen würde. Sie hatten niemals wieder Sex gehabt, aber wenn ihre Wege sich kreuzten, verbrachten sie die Nacht miteinander, hielten sich gegenseitig, redeten und scherzten miteinander. Sun neckte Indy oft mit ihren Versuchen, Koreanisch zu lernen. Er war in ein anderes Mitglied seiner Band verliebt, einen ruhigen, reservierten Jungen namens Tae, der um einiges introvertierter war als der lebhafte Sun.

Wo bist du Indy? Ich würde dich gern sehen!

Ihr wurde warm ums Herz. Es war so leicht, Sun zu mögen. Er war nicht nur von außen schön, sondern auch tief drinnen.

Ich bin weit weg und schreibe im Moment. Ich möchte dich auch sehen! Wo bist du?

Zuhause in Seoul. Ich kann zu dir kommen.

Ha! Nicht ohne einen Haufen Presse im Schlepptau! Ich muss mich im Moment bedeckt halten. Ich könnte nach Seoul kommen.

Komm bald. Ich muss dir eine Menge erzählen.

Ich dir auch. Ich werde alles vorbereiten und dir Bescheid sagen.

Sun schickte einen Smiley und ein Herz, und Indy musste lächeln. Himmel, ja, ein paar Tage mit Sun und die Welt würde wieder etwas heller aussehen. Sie konnte ihm von Massimo erzählen und ihn nach seiner Meinung fragen. Er wusste wie es war, wenn man sich nach jemandem sehnte.

Sie hörte, dass Lazlo über ihre Pläne nicht glücklich war. „Indy … diese Jungs haben nur wenig Privatleben. Ein einziges Foto von dir und Sun und Carter wird es eventuell sehen."

„Nur wenn er die koreanische Zeitung liest."

„Sei nicht naiv, India. Du weißt, wie berühmt diese Gruppe ist. Wenn die irgendetwas von einer Romanze zwischen dir und Sun bemerken, dann ist es in den internationalen Nachrichten."

India fing an, sich zu ärgern. „Also darf ich jetzt nicht einmal mehr meine Freunde besuchen? Ich habe es satt so zu leben, Laz."

„Wir reden von deinem Leben, Indy."

„Was für ein Leben ist das, wenn ich gefangen bin und allein und …" Sie schluckte krampfhaft an ihren Tränen. „Was für ein Leben ist das, Lazlo?" Ihre Stimme war nur noch ein Flüstern. „Ich will Sun sehen."

Am anderen Ende der Leitung herrschte Stille und als er wieder sprach, war Lazlos Stimme ruhiger. „Hat das irgendetwas mit den Fotos von Verdi und seiner Ex zu tun?"

Scheiße, Lazlo kannte sie viel zu gut. „Nein." *Lüge.* „Also nicht wirklich. Ich möchte Sun wirklich gern sehen."

„Pass auf das Herz des Jungen auf, Indy." Indy lächelte. Lazlo gab nach.

„Er liebt Tae", sagte sie. „Ich kann kein Herz brechen, das nicht mir gehört."

Lazlo seufzte. „Da wäre ich mir nicht so sicher. Er sieht dich genauso an wie Tae. Er ist nur ein Junge, Indy. Verwirre ihn nicht noch mehr."

„Ich möchte meinen Freund sehen", sagte sie, und Lazlo holte tief Luft.

„Schön. Aber wir folgen dem neuen Protokoll. Privatflugzeug, inkognito Limousinen, Sicherheitspersonal im Hotel."

„Die Umwelt wird mich wegen des Kerosinverbrauchs hassen", sagte sie missmutig, aber sie musste an sich denken. „Okay, wenn ich Sun dann sehen kann."

„Ich werde alles veranlassen."

Indy dankte ihrem Bruder und legte auf. Ihr Herz war leichter, jetzt, da sie wusste, dass sie ihren Freund sehen würde, doch Massimo ging ihr nicht aus dem Kopf. Der Mann sah umwerfend gut aus, strahlte Sex und Männlichkeit aus. Sie konnte es Valentina nicht einmal übel nehmen, dass sie ihn nicht gehen lassen wollte.

„Hör dir nur einmal selber zu, Frau", sagte sie. „Du kennst diesen Kerl nicht einmal wirklich."

Sie saß am Piano und fing an irgendwelche Melodien zu spielen und ihre Gedanken schweiften zwischen Sun und Massimo hin und her, beide so unterschiedlich und doch auf ihre Art so begehrenswert. Sie dachte an Massimos Kuss, wie seine Lippen auf ihren gelegen, wie seine Bartstoppeln auf ihrer Haut gekratzt hatten. Suns Kuss war weich, seine Haut glatt wie Seide und sein Lächeln süß und blendend.

Indy lächelte, als ihr ein neuer Gedanke kam. Engel und Teufel. Sun und Massimo. Ein Konzept für ihr neues Album. Es war nur ein Gedanke, aber es war etwas, um sich abzulenken. Sie nahm ihr Notenheft, setzte sich auf die Couch und schrieb für den Rest des Tages neue Lieder.

New York

Braydon erhielt den Anruf spät in der Nacht. „Sie ist in Helsinki."

„Woher wissen Sie das?"

Der Mann am anderen Ende der Leitung lachte. „Carter, wir haben überall Spione. Das Mädchen ist in Helsinki. Morgen früh wird ein Auto auf Sie warten, das Sie zum Flughafen bringt. Dort erfahren Sie die Einzelheiten. Mr. Carter?"

„Ja?"

„Sidney hat mich gebeten, Ihnen auszurichten, es möglichst schmerzhaft zu gestalten."

Braydon lachte. „Das kann ich Ihnen versichern. Indy wird durch die Hölle gehen, bevor sie stirbt. Das verspreche ich."

„Gut. Ich freue mich darauf, die Neuigkeiten über ihren grausamen Mord bald in der Zeitung zu sehen."

Braydon warf das Handy beiseite und legte sich auf das Bett. Endlich. Nicht dass es ihm keinen Spaß machte, in diesem Luxus zu wohnen. Das Apartment war mit sämtlichen Annehmlichkeiten ausgestattet, und Braydon hatte es genossen. Er hatte im Schrank neue, teure Sache und teure Aftershaves und Pflegeprodukte gefunden. Jeden Tag ein Barbier, um ihn zu rasieren, was Braydon auf der eine Seite amüsant und auf der anderen leicht irritierend fand.

Aber er sah um so vieles besser aus, als der heruntergekommene Penner, der er gewesen war, als sie ihn aus dem Gefängnis gelassen hatten. Er sah schon beinahe ... seriös aus. Er stand auf und ging in das Badezimmer, schaltete das Licht ein und starrte in den Spiegel. Würde India ihn erkennen? Sein Gesicht war um einiges schmaler geworden, seine Haare grauer ... aber seine Augen, in denen die Dunkelheit schwarz brannte, waren noch dieselben. Er schloss sie, dachte an den Tag zurück, als er sie genommen hatte ... India war noch ein Kind gewesen, aber atemberaubend schön. Er fand den Gedanken amüsant, dass ihr Beisammensein für sie die Hölle und für ihn der Himmel gewesen war.

Das Entsetzen in ihren Augen, als sie mit aller Macht versucht hatte, ihm zu entkommen ... der Schock, als die Klinge in ihrer Haut versank. Bei der Erinnerung daran bekam er eine Erektion und er kümmerte sich darum, stöhnte und grunzte, als er abspritzte.

Bebend und schwer atmend ging er ins Bett zurück und warf einen Blick auf die Uhr. Es war kurz nach Mitternacht. Also war es 7 Uhr morgens in Helsinki. War sie schon wach? Er wünschte sich, er könnte ihr auf telepathische Art Angst einflössen und kicherte dann über diesen dummen Gedanken. Wozu sollte das gut sein, wenn er ihr Entsetzen nicht persönlich sehen konnte?

Morgen war es so weit. Mit dem gefälschten Reisepass konnte er jetzt das Land verlassen. Er konnte es kaum erwarten.

KAPITEL NEUN – EVERY BREATH YOU TAKE

Rom, Italien

Massimo war wütend, aber Valentina zeigte keine Reue. „Es ist nicht meine Schuld, dass die Presse ihre eigenen Schussfolgerungen gezogen hat", meinte sie, als er sie auf die Fotos ansprach. „Sie wollen, dass wir wieder zusammen sind. Was soll ich tun?"

Massimo unterdrückte seinen Ärger. „Das nächste Mal küsst du mich einfach nicht. Lass einfach erst gar keine Missverständnisse aufkommen, okay?"

Valentina gluckste, ein hoher, sarkastischer Ton. „Nun, du kannst dich doch gern weigern, mich zu sehen, Liebling." Ihre Stimme senkte sich zu einem verführerischen Schnurren. „Wir beide wissen jedoch, dass du das nicht willst."

Er beendete den Anruf, wissend, dass sie gewonnen hatte. „Verdammt!", schrie er in die Leere seiner Wohnung. Das ärgerte ihn mehr als jemals zuvor ... India. Sie waren kurz davor gewesen, Freunde zu werden, lachten gemeinsam und schickten sich Nachrichten, redeten über Skype ... doch seit die Fotos herausgekommen waren ... nada, nichts mehr!

Es kam Massimo wie ein schrecklicher Verlust vor. Er würde verdammt sein, wenn Valentinas Leichtsinn das zerstörte, was zwischen ihm und India war, bevor es überhaupt angefangen hatte.

Er konnte ja nicht einmal zu Indy gehen, um sie zu besuchen oder ihr Blumen schicken. Wo zur Hölle war sie? Sie hatte es ihm das letzte Mal, als sie gesprochen hatten, nicht verraten. Der einzige Hinweis, den er aus ihren Gesprächen erhielt, war, dass sie sich irgendwo aufhielt, wo es kalt war, da sie immer dicke Pullover anhatte. Das bedeutete, sie befand sich wahrscheinlich irgendwo in der nördlichen Hemisphäre – was ihm auch nicht weiterhalf.

Sollte er es wagen, ihr eine Nachricht zu schicken? Würde sie antworten? Scheiß drauf, er musste es wissen.

Hey, Bella, ich hoffe dir geht es gut. Ich freue mich darauf, dich im neuen Jahr zu sehen – auch wenn das noch so lange hin ist. M.

Er zwang sich das Handy wegzulegen, damit er es nicht wie ein verliebter Teenager die ganze Zeit darauf starrte, und verließ das Apartment.

Er traf sich zum Mittagessen mit seinen Freunden und wanderte dann durch die belebten Straßen von Rom. Er wurde oft von seinen Fans und Bewunderern aufgehalten, und er gab gern Autogramme und poste für Selfies. Seine Fans waren der Grund, warum er so berühmt war.

Als er zurück kam, zog er sich um, bevor er sein Handy auf eine Nachricht überprüfte. Enttäuschung machte sich in ihm breit. Keine Nachricht.

Verdammt. Hatte er es ernsthaft vermasselt?

Er rief Jake an. „Hey, kannst du Indias Leute anrufen und nachhaken, ob wir für das Musikvideo im Januar noch gebucht sind?"

„Sicher. Gibt es einen Grund?"

„Ich habe nur eine Weile schon nichts mehr von ihr gehört."

Jake wusste sofort, was los war. „Ah, Die Fotos."

„Ja."

Jake seufzte. „Ich kümmere mich darum, Boss."

Massimo nahm eine Schachtel Zigaretten – er hatte sich in letzter Zeit eingeschränkt, konnte die Angewohnheit aber nicht wirklich ablegen – und ging hinaus auf den Balkon. Der Ausblick auf die Stadt war zu jeder Tageszeit spektakulär, aber in der Dämmerung hatte er etwas Sinnliches, das Massimo noch nirgendwo anders so erlebt hatte.

Er blieb draußen, starrte auf die Stadt, bis es dunkel wurde und er müde. Er ging in das Apartment und sah eine Nachricht auf seinem Handy.

Hey, natürlich. Ich freue mich darauf, mit dir zu arbeiten. India.

Auch wenn ihren Worten die Wärme fehlte, die immer zwischen ihnen bestanden hatte, war es immerhin etwas. Aber er hatte definitiv Boden verloren. Wenn er India haben wollte, dann musste er weitere Debakel mit Valentina oder irgendwelchen anderen Frauen vermeiden.

Er steckte schon zu tief drin. Er musste das schaffen. India Blue war eine ganz besondere Frau und nahm so etwas nicht auf die leichte Schulter. Das spürte er tief in seinen Knochen.

Er lass ihre Nachricht noch ein paar Mal und ging dann fast schon zufrieden zu Bett.

Helsinki, Finnland

India war halb erfreut und halb verärgert über die Nachricht von Massimo. Ich durchschaue dich, Verdi. Ich kenne Schuldgefühle. Aber sie konnte nicht verleugnen, dass sie sich freute.

Morgen früh würde sie nach Seoul fliegen. Sie konnte es kaum mehr abwarten. Sie brauchte ihren Freund, ihren Vertrauten und ja verdammt noch mal, sie brauchte seine Arme um sich. Nichts brachte ihr mehr Frieden, als in Suns süßer Umarmung zu sein.

Sie wollte ein Geschenk für ihn kaufen, etwas Finnisches und Lustiges. Sie zog ihren dicken Sweater an und eine Jacke, setzte eine Wollmütze auf ihren Kopf und stopfte die Enden ihrer dicken Haare darunter. Sie vervollständigte das Outfit, indem sie kein Make-up auflegte und eine dicke gerahmte Brille aufsetzte.

Niemand würde sie so erkennen.

Sie ging ins Stadtzentrum, durch die Menschenmassen, die ihre Weichnachteinkäufe erledigten und verlor sich in den Läden. Sie hatte vergessen, wie es war, die Freiheit zu haben, so etwas zu tun – aber sie war ja auch nicht wirklich allein. Das Sicherheitsteam, das ihr hierher gefolgt war, hielt sich respektvoll auf Abstand, aber sie wusste, dass sie da waren. Aus dem Augenwinkel konnte sie sie sehen, und ab und zu spielte sie mit ihnen – tauchte in der Menschenmenge unter, so dass sie in Panik ausbrachen, nur um dann hinter ihnen wieder aufzutauchen und ihnen im Vorbeilaufen auf die Schulter zu tippen, um sie wissen zu lassen, dass sie nur scherzte.

Wenn man gefangen ist, dann findet man in allem ein Vergnügen. India sah einen kleinen Geschenkladen, der Kitsch und andere seltsame Dinge verkaufte, die Sun gefallen würden. Er war lebendig und jung, und sein Schlafzimmer war vollgestopft mit Dingen wie diesen, Modellen von Superhelden und Anime-Charakteren. Manchmal kam India sich mehr wie eine große Schwester vor als die gelegentliche Liebhaberin, und sie fragte sich, ob sie diese Rollen bereits fest belegt hatten. Es war ja auch schon ein paar Jahre her, seit sie sich das letzte Mal gesehen hatten.

Später hatte sie Lust auf eine heiße Schokolade in einem Café. Jemand trat neben sie. „Ms. Blue ... vielleicht sind wir schon etwas zu lange draußen?" Es war einer ihrer Wachmänner, Nate. Sie lächelte. „Lass mich eine Tasse heiße Schokolade trinken. Dann können wir gehen."

Er nickte. „Oberster Stock. Es gibt einen Fahrstuhl."

Es befanden sich nur zwei weitere Menschen im Fahrstuhl, als sie einstieg: eine Frau mittleren Alters und ein Mann mit hellen, blond gefärbten Haaren und zu blauen Augen hinter Brillengläsern. India nickte freundlich und sah dann weg. Nate fuhr schweigend mit ihr mit, hielt sich aber auf Abstand, als sie im Café ankamen.

India bestellte eine Tasse heiße Schokolade und setzte sich an einen Tisch in der Nähe des Fensters, von dem aus man auf die Straße blicken konnte. Der Abend brach an und später, als sie zurück zu ihrem Apartment ging, wurde ihr bewusst, dass sie es vermisst hatte. Sie plante, bis Weihnachten in Seoul zu bleiben, aber sie genoss ihre Zeit in diesem Land und in dieser Stadt.

Sie wusste, dass Nate und die anderen Wachmänner ganz in der Nähe waren, aber plötzlich blieb sie stehen und ihre Haut kribbelte, als ein sechster Sinn erwachte.

Jemand beobachtet mich.

Sie ließ ihren Blick über die Straße schweifen, aber es würde ein reiner Zufall sein.

Ihn zu erkennen.

Sie wandte sich um, warf Nate, der ahnte, dass etwas nicht stimmte, einen Blick zu. Er kam auf sie zu, als jemand sie von hinten anrempelte.

„Entschuldigung", murmelte die Person, lief vorbei und warf ihr dann einen Blick über die Schulter zu.

Es war der Kerl aus dem Fahrstuhl. Extrem blaue Augen. *Kontaktlinsen*, wie ihr bewusst wurde. Angst krallte sich von innen in ihre Brust, aber dann war Nate bei ihr, nahm ihren Arm und führte sie sanft.

Er blieb an ihrer Seite, bis sie in ihrem Apartment war. Dort setzte er sie auf die Couch. „Was war los?"

India blies die Backen auf. „Du wirst glauben, dass ich verrückt bin, aber ich habe ein unheimliches Gefühl gehabt, als ob mich jemand beobachten würde. Nicht du oder Tom. Jemand ist gegen mich gelaufen ... das war der Kerl aus dem Fahrstuhl."

„Der Blonde?"

Sie nickte.

„Hat er dich berührt?"

India schüttelte ihren Kopf. „Ist nur gegen meine Schulter gerempelt. Es ist wahrscheinlich nichts, nur ein Zufall."

Nate sah nicht glücklich aus. „Verdammt."

„Nate, es war wahrscheinlich ein Missgeschick, und ich bin einfach paranoid." Sie kam sich dumm und leichtsinnig vor. Sie sollte Nate und Tom nicht in solche Situationen bringen. Sicher, es war ihr Job, aber ...

„Tut mir leid, Nate. Ich hätte nicht ausgehen sollen."

Nate schüttelte seinen Kopf. „Du kannst dich ja nicht komplett einigeln, Indy, und es bestand ja so gut wie kein Risiko. Mach dir deshalb keine Sorgen. Ich rede mit Tom. Geht es dir gut?"

„Sicher. Danke, Nate."

„Gern."

Indy zog ihre Jacke aus und bemerkte erst jetzt einen Riss hinten im Stoff. Sie runzelte die Stirn. Wie war das passiert? Sie zuckte mit den Schultern. Spielte es eine Rolle?

Sie ging in ihr Schlafzimmer, zog den Sweater aus, da ihr langsam heiß wurde und er auf der Haut kratzte. Sie warf ihn auf das Bett und ging ins Badezimmer, stellte die Dusche an und zog die restlichen Sachen aus.

Sie seufzte erleichtert, als das heiße Wasser über ihren Körper floss und ließ sich Zeit, rasierte und wusch sich, trat dann aus der Dusche und massierte Bodylotion in ihre Haut. India fühlte sich immer unglaublich sexy, wenn sie frisch aus der Dusche kam, und ein freudiger Schauer durchlief sie, als sie daran dachte, dass sie morgen Sun wiedersehen würde. In Gedanken spielte sie kurz mit der Fantasie mit beiden Sex zu haben, mit ihm und Massimo Verdi, zur selben Zeit, beide Männer waren so gegensätzlich, aber was für ein erregender Gedanke ...

Sie grinste noch, als sie in ihr Schlafzimmer zurückkam und ihr Nachthemd überzog. Sie nahm den Sweater und legte ihn in ihren bereits halb gepackten Koffer – und erstarrte. Ein Umschlag lag auf dem Bett. Ihr Name war handschriftlich darauf geschrieben. Sie kannte diese Schrift.

Sie wusste es sofort.

„Nate!"

Sie wollte nicht panisch schreien, aber Nate eitle herbei, gefolgt von Tom.

India deute auf den Umschlag. „Hat einer von euch den hierhergelegt?"

Sie schüttelten ihre Köpfe. Indies Knie wurden weich, und Tom fing sie auf, während Nate den Umschlag nahm und ihn aufriss. Das Gesicht ihres Bodyguards wurde bleich.

„Ist er von ihm?", fragte sie, und ihre Stimme war kaum mehr als ein Flüstern.

Nate, der geschockt aussah, nickte. „Ja. Er ist von Carter."

Er hatte sie gefunden.

KAPITEL ZEHN - PERFECTLY LONELY

ein Liebling, India,

Überraschung! Hast du wirklich geglaubt, du könntest dich vor mir verstecken? Haben meine Briefe dir nicht gesagt, wie deine Zukunft aussehen wird?

Ich werde immer bei dir sein, schönes Mädchen, bis zu dem Moment, an dem du deinen letzten Atemzug tust.

Es wird nicht mehr lange dauern.

Für immer dein,

Braydon

India saß im Flugzeug, mit ihrer ruinierten Jacke über ihrem Nacht-hemd und mit einer Jeans, die sie schnell übergezogen hatte. Nate hatte ihr kaum ausreichend Zeit gelassen, ihre restlichen Sachen in ihre Tasche zu werfen, bevor er und Tom sie weggebracht hatten. Sie hatten einen langen und komplizierten Weg zum Flughafen genom-men, hatten dafür gesorgt, dass niemand ihnen folgte. Erst als Nate zufrieden war, waren sie zum Rollfeld gelaufen und in das kleine Privatflugzeug gestiegen, das dort bereits mit laufender Maschine stand.

Jetzt war India allein in ihrer Kabine, fragte sich, wie zur Hölle Carter sie gefunden hatte und das auch noch ausgerechnet in Helsinki. Sie war so vorsichtig gewesen, wenn sie mit ihren Freunden und Kollegen gesprochen hatte – nur Lazlo wusste, dass sie in Helsinki war.

Lazlo … und Gabe. Ihr anderer Pseudo-Bruder, Lazlos Halbbruder, aber sie konnte sich nicht vorstellen, dass Gabe ihrem Mörder erzählen würde, wo sie sich aufhielt. Auf gar keinen Fall, sagte sie sich erneut und ignorierte die nagenden Zweifel.

Gabe würde ihr nie etwas tun … aber er war auch ein Alkoholiker mit einem großen Mund, der schon immer in Lazlos Schatten gelebt hatte. Gabe war der Playboy der Familie, war noch keiner einzigen Freundin treu gewesen, nicht einmal seiner letzten, Serena, die Lazlo und India vergöttert hatten. Indy dachte an den Tag, als Gabe gestanden hatte, dass er sie betrog. Indy hatte geschrien, er hatte auch geschrien, und seither war ihre Beziehung nicht mehr dieselbe gewesen. Serena hatte Indy dafür gedankt, dass sie sich auf ihre Seite gestellt hatte, und versprach mit ihr in Verbindung zu bleiben, aber sie war irgendwann verschwunden. Es war, weil sie sich nicht zwischen Indys und Gabes Freundschaft stellen wollte.

Indy war darüber immer noch wütend, und Gabe hatte sich von ihr distanziert, aber sie konnte sich nicht vorstellen, dass er sie an den Mann verkaufen würde, der sie ermorden wollte.

... dem Moment, an dem du deinen letzten Atemzug nimmst ...

Gott. Sie hatte darauf bestanden, den Brief zu lesen, und als Lazlo anrief, hatte sie es ihm unverblümt gesagt. „Zeig mir die Briefe! Ich will sie sehen", hatte sie gefordert, als Lazlo zugegeben hatte, dass die Briefe bei ihm waren.

„Nein. Auf keinen Fall."

„Laz... es gibt einen Unterschied zwischen mich beschützen und mich wie ein Kind zu behandeln. Glaubst du, ich werde schockiert sein? Nach dem, was er mir angetan hat? Ich will sie sehen."

Sie musste bei Lazlo einen wunden Punkt berührt haben, denn ein paar Minuten nachdem sie aufgelegt hatte, rief Jess an. Lazlo ließ immer Jess anrufen, wenn sie Schwierigkeiten machte.

Jess und Indy kannten sich schon lange, ihre Freundschaft hatte auf dem College angefangen. Es hatte einen Zeitpunkt gegeben, als Indy dachte, sie hätte sich in Jess, die bisexuell war, verliebt, aber dieses Gefühl war einer tiefen Freundschaft gewichen. Anders als Lazlo war Jess die Person, die es wagte, sich Indy in den Weg zu stellen, wenn sie aufgebracht war. Das erste Wort aus Jess Mund war: „Nein! Auf keinen Fall, Kumpel. Du wirst diesen Schund nicht sehen."

„Kumpel" war die Art, wie sie sich gegenseitig anredeten. „Komm schon. Sind sie wirklich schlimmer, als erstochen und zum Sterben zurückgelassen zu werden?"

„India ... sie werden dich nie wieder loslassen, wenn du sie liest. Sie betreffen nicht mich und verschaffen mir dennoch schlaflose Nächte! Der Gedanke daran, dass du sie liest, in dem Wissen, dass er dir das antun will ... Nein!"

India fühlte sich plötzlich schlecht. „Du schläfst nicht?"

„Nimm das Schlimmste, was jemanden, den du liebst, zustoßen könnte und multipliziere es mit tausend. Würdest du in der Lage sein zu schlafen?"

„Oh, Jess."

Jess war hörbar verärgert, und India hörte ihre abgehackten Atemzüge. „Okay ... schon gut, Jess ... Wenn ich wüsste, was mich erwartet ..."

„Was er dir zuvor angetan hat ... im Vergleich zu dem, was er plant? Das war nichts. Er redet nicht über Mord, er redet von Abschlachten."

India war sprachlos. Sie schloss ihre Augen und holte tief Luft. Einen Moment lang schwiegen beide. Dann räusperte Jess sich. „Du wirst Sun besuchen?"

„Ja, ich kann es kaum erwarten, ihn zu sehen."

„Er ist ein Engel. Wenn es irgendjemand schafft, dich abzulenken, dann er." Jess vergötterte Sun. Für sie war er wie ein kleiner Bruder und das Gefühl war beiderseitig. Sun fand Jess' trockene Art unterhaltsam.

„Und ich habe von einem italienischen Filmstar gehört. Was ist damit?"

„Das ist kompliziert." India seufzte. "Aber ich muss ständig an ihn denken."

„Wart ihr schon zusammen im Bett?"

India gluckste. „Nein, Laz hat das mit seinen Nachrichten bezüglich Carter gründlich verhindert. Aber wir hätten."

Sie kicherte, ihre Freundin hatte es geschafft, dass sich ihre Anspannung etwas löste. „Willst du ihn ficken?"

„Ja", antwortete Indy, bevor sie sich eine Lüge einfallen lassen konnte. „Ich würde mit diesem Mann stundenlang ficken. Ich würde es eventuell bereuen, aber ich würde es tun."

Jess lachte. „Das ist mein Mädchen."

„Wenn du versprichst, es niemandem zu erzählen ... Ich träume davon Massimo und Sun zur selben Zeit zu haben."

Jess jubelte. „Nun, das ist wirklich mein Mädchen!"

India lachte, auch wenn ihr Gesicht vor Scham brannte. „Nichts, was ich jemals getan habe."

„Wirklich? Nun, willkommen im Dschungel, Kumpel."

„Hast du?"

„Zwei Männer zur selben Zeit? Oft." Jess kicherte kehlig und schmutzig. „Mädchen, wenn sich die Gelegenheit bietet, dann ergreife sie."

India seufzte. „Nur wir schaffen es, von blutigem Mord zu Orgien und Dreiern zu kommen."

„Oh, Süße. So sind wir halt. Deine Sicherheit steht dennoch an erster Stelle. Wenn es dir hilft, darüber zu witzeln, dann bin ich dabei. Ich liebe dich, Kumpel!"

„Ich dich auch, Kumpel."

„Du weißt es."

Indias verspannte Schultern hatten sich etwas gelockert, nachdem sie mit Jess geplaudert hatte, und als sie auflegte, ging sie in das Badezimmer hinten im Flugzeug. Der Jet war Lazlos Baby und auch wenn India ihn wegen des CO2-Fussbadrucks in den Ohren lag, war sie im Moment froh, dass er ihn hatte. Ihr Reiseziel konnte besser geheim gehalten werden, da sie drei Flughäfen ansteuerten, bevor sie nach Südkorea flogen.

Sie nahm eine Schlaftablette und wachte erst auf, als sie In Paris wieder abhoben. Sie duschte sich und suchte dann nach etwas Essbarem. Man brachte ihr in Paris ein warmes Essen, und sie nahm es dankbar entgegen, fragte Nate und Tom, ob sie schon gegessen hatten.

„Ja, danke", erwiderte Nate. „Können wir uns eine Weile zu dir setzen und reden?"

Indy lächelte ihn an. "Kein Problem, solange es dir nichts ausmacht, mir beim Essen zuzusehen."

„Ha, überhaupt nicht."

India begann zu essen, als Nate sich setzte. „Was gibt es?"

„Ich würde gern mit dir die zusätzlichen Sicherheitsvorkehrungen in Seoul besprechen. Ich weiß", Nate hielt seine Hand hoch, als Indy das Gesicht verzog, „aber das betrifft auch Sun und seine Gruppe, also mussten wir etwas planen."

„Natürlich." Indy schämte sich. „Niemand wird Sun etwas tun. Ich würde ihn mit meinem Körper schützen, wenn jemand auf ihn schießt."

„Nun, lass uns hoffen, dass die Vorsichtsmaßnahmen, die wir ergriffen haben, dafür sorgen, dass niemand verletzt wird. Wir wissen immer noch nicht, wie Carter herausgefunden hat, dass du in Finnland bist."

Indy wich Nates Blick aus. Er dachte wahrscheinlich, dass es Gabe war. Gabe und sein Alkohol und seine Prahlerei über seine berühmte Schwester.

„Also gut, wie sieht der Plan aus?"

„Suns Apartmentblock wird Tag und Nacht von der Presse belagert, also kannst du dort nicht hin. Wir haben zusammen mit seinem Securityteam ein Arrangement ausgearbeitet. Es gibt ein Apartment an der Stadtgrenze. Es ist auf einen falschen Namen vermietet, hat keine Kameras und ist sehr ruhig. Sun wird gerade dort hingebracht. Du wirst auch dort hingebracht, nachdem wir gelandet sind."

„Himmel", entfuhr es Indy. „Das ist ja umständlich. Was ist mit seinem Management und dem Rest der Band?"

„Dein Timing ist großartig. Sie machen Pause für das restliche Jahr. Sie haben gerade eine Welttournee hinter sich. Das Management will, dass sie sich ausruhen."

„Wird ja auch Zeit. Hast du ihren Terminkalender gesehen? Das ist der reine Wahnsinn."

Nate lächelte sie an. „Sun hat eine Nachricht geschickt. Wir haben geantwortet, dass wir deine Nummer wegen einer Sicherheitslücke ändern mussten. Er hat gesagt, wir sollen dir ausrichten, dass er es nicht erwarten kann, dich zu sehen."

India wurde es warm ums Herz. Sun wiederzusehen würde wie eine Dosis aus purer Freude sein. Sie kaute einen Moment lang auf ihrem Steak. „Die neue Nummer... wer hat sie?"

„Security, Lazlo, Jess, die Üblichen. Gabe nicht", fügte er hinzu, und sie wechselten einen Blick.

„Gut. Es ist ja nicht so, als würden wir im Moment viel reden."

„Wir überprüfen gerade, wer es gewesen sein könnte, der deine Handynummer herausgefunden und sie geortet hat. Jemand mit viel Geld."

„Offenbar. Carter hätte so viel Geld gar nicht, oder?"

Nate zuckte mit den Schultern. Er wusste etwas, dass er ihr nicht gern mitteilen wollte. Er konnte es für den Moment für sich behalten. „Nate?"

„Ja?"

Indy legte ihre Gabel ab. „Massimo Verdi. Hat er die neue Nummer?"

„Willst du, dass er sie hat, Indy? Kennst du ihn gut genug, um ihm zu vertrauen?"

Indy wollte so gern ja sagen, und der Gedanke, dass sie nach Silvester nicht mit Massimo reden oder ihm schreiben konnte, tat weh ... aber vertraute sie ihm?

Nein.

Sie bekam diese Bilder nicht aus dem Kopf, auch wenn sie kein Recht hatte, eifersüchtig zu sein – vor allem, weil sie selber gerade im Begriff war, Zeit mit einem anderen Mann zu verbringen.

„Nein", sagte sie schließlich. „Wir sollten ihn da nicht mit hineinziehen. Er kann mich über Lazlo kontaktieren."

„Da bin ich deiner Meinung. Je weniger Menschen deine neue Nummer haben, desto besser. Wir müssen ab jetzt leider Wegwerfhandys verwenden, zumindest so lange, bis sie Carter haben."

India seufzte. „Ihn haben? Er ist aus dem Gefängnis raus, Nate. Soweit es sie betrifft, hat er keine Straftat begangen, also wie genau sollten sie ihn fassen?"

„Die Briefe sind Grund genug, um ihn wieder ins Gefängnis zu bringen. Das sind Morddrohungen, Indy. Wenn sie ihn fangen, dann wird er wieder reinwandern. Er wird nicht in deine Nähe kommen, das verspreche ich dir." Er lächelte. „Und jetzt zu etwas anderem, jemand andere will gern mit dir reden."

„Wer?"

„Dein Vater."

India rollte mit den Augen. "Nein, danke."

„Bist du sicher?"

„Komplett. Ich habe ihm nichts zu sagen."

Nate musterte sie. „Er ist ein mächtiger Mann, er könnte vielleicht helfen."

„Aber das wird er nicht." Indias harter Tonfall machte es klar, dass sie nicht weiter über ihren Vater, von dem sie sich entfremdet hatte, sprechen wollte. „Lass uns lieber darüber reden, wie das laufen soll, wenn wir in Seoul sind."

Rom

Massimo wählte erneut ihre Nummer und bekam nur ein Freizeichen. Wow. Sie musste wirklich wütend auf ihn sein.

Verdammt. Ich habe es vermasselt.

Oder zumindest hatte Valentina das getan. Sie war eine Meisterin im Manipulieren. Er war so wütend auf sie, dass er hätte schreien können!

Massimo versuchte es ein letztes Mal bei Indias Nummer und wählte dann Dianas Nummer in England.

„Hallo schöner Mann."

„Hey Diana ... wie geht es dir?"

„Du meinst, wie geht es India nach den ganzen Fotos von dir und deiner Ex?"

Diana kannte ihn so gut, und er musste lächeln.

„Das war Valentinas Werk.“

„Ich dachte mir das schon, aber das wird nicht helfen, India zu überzeugen, dass du einen Versuch wert bist. Sie ist extrem misstrauisch.“

„Was ist los mit ihr? An dem Abend, als wir uns kennengelernt haben, hat ein Anruf ihres Bruders sie ziemlich verängstigt.“

Diana zögerte. „Darüber kann ich wirklich nicht reden. Ich könnte dir raten, sie im Internet zu suchen, aber sie hat es geschafft, alles verschwinden zu lassen was mit … schau … als sie jünger war, ist etwas geschehen, und es hat eine Narbe hinterlassen. Körperlich und mental.“

Sie machte ihn neugierig. „Etwas ist geschehen? Jemand hat ihr etwas angetan?“

„Ich habe bereits mehr als genug gesagt, Massi. Schau … lass ihr etwas Zeit. Wenn du sie wirklich magst, wenn ihr wirklich füreinander bestimmt seid – und tief in meinem Herzen weiß ich das –, dann wird es geschehen. Aber bis dahin mach mit deinem Leben weiter. Das ist der beste Rat, den ich dir geben kann.“

Er traf sich später mit ein paar Freunden auf einen Drink, aber er musste ständig daran denken, was Diana gesagt hatte. Jemand hatte India weh getan? Wahrscheinlich war es etwas Ernstes. Die Tatsache, dass es aus dem Internet getilgt worden war, war ziemlich merkwürdig. Stellten die Menschen in diesem Geschäft ihren Kummer nicht normalerweise zur Schau?

Gott. Sein Kopf drehte sich von all den Theorien darüber, was passiert sein könnte. Und noch schlimmer war der Gedanke, dass sie ihre Chance verpasst hatten, dass die unglaubliche Hitze von ihrem ersten Treffen schon lange verflogen war und wenn sie sich in New York wiedersehen würden, sie wahrscheinlich komplett verschwunden sein würde.

Scheiße.

Er versteifte sich zu sehr auf eine Frau, die er wahrscheinlich verloren hatte. Verdammt. Später ging er mit seinem Freund Ricardo in einen Klub und als eine sensationelle Rothaarige Massimo anmachte, schob er alle Gedanken an India Blue beiseite und nahm sie mit in sein Apartment.

Die Rothaarige – an deren Namen er sich nicht mehr erinnern konnte – war ein großartiger Fick gewesen und hatte Massimo ein paar Stunden lang abgelenkt. Als sie in der Morgendämmerung verschwand, war er befriedigt, erschöpft und dankbar, dass sie die Regeln des Spiels kannte – es war schließlich nur Sex. Er schlief ein paar Stunden lang und als er erwachte, hörte er, dass Valentina in einen schweren Autounfall verwickelt war. Noch bevor der Nachrichtensprecher seinen Bericht beendet hatte, war er bereits auf dem Weg ins Krankenhaus.

KAPITEL ELF – ANGEL

*S*eoul, Südkorea

„Ich schwöre Sun, du bist jedes Mal, wenn ich dich wiedersehe ein bisschen schöner."

Er grinste sie an, und seine Wangen wurden rot. So berühmt wie er war, war er doch schüchtern und bescheiden, wenn es um sein Aussehen ging. „Ich könnte dir das gleiche Kompliment machen, Indy."

Er schlang seine Arme um sie und hielt sie fest. India sank an seine Brust. Er war gewachsen, war knapp ein Meter neunzig groß und um einiges männlicher. Von ihm gehalten zu werden war eine Wonne. Er küsste sie zärtlich auf die Stirn und lächelte.

„Ich habe dich vermisst, Sonnenstrahl."

Sie waren in dem angemieteten Apartment, und India war erst vor ein paar Sekunden angekommen. Die Erleichterung und die Freude darüber, ihren Freund wiederzusehen, war überwältigend, und Tränen traten ihr in die Augen.

„Oh ... weine nicht, Indy! Setzen wir uns und erzählen uns das Neueste!"

Sie legten sich hin und kuschelten sich auf der Couch zusammen, Sun zog eine gelbe Decke über sie. Das taten sie immer, redeten eng aneinandergeschmiegt. Sie fühlte sich sicher und Millionen Kilometer entfernt vom Rest der Welt.

„Es tut mir so leid, dass du dein Leben wegen mir auf den Kopf stellen musst, Sun. Ich kann dir gar nicht genug danken."

Er schüttelte seinen Kopf. „Musst du nicht. Es kommt mir eigentlich recht gelegen ... Tae ... Tae und ich brauchen etwas Zeit allein."

„Du bist mit Tae zusammen?" Er schüttelte seinen Kopf.

„Nicht so ... wir können nicht zusammen sein. Es wäre hier ein Skandal... aber die Anziehungskraft ist schwer zu verleugnen, besonders nachdem Tae gesagt hat, dass er sie auch fühlt."

„Das ist wunderbar!"

Sun schüttelte seinen Kopf. „Nein. Es macht es nur schlimmer. Die Sehnsucht."

„Oh, Sun ..."

Er vergrub sein Gesicht an ihrem Hals und seufzte, als sie ihre Arme fester um ihn schloss. „Er liebt dich", flüsterte sie.

„Und ich liebe ihn. Es ist die Hölle."

Die Tränen auf seinem Gesicht stimmten sie traurig. Sie wischte sie sanft ab. „Weine nicht, schöner Junge."

„Ich bin froh, dass du hier bist, Indy. Ich brauche dich."

„So wie ich dich, Baby."

Dann küsste er sie sanft auf den Mund. „Warum ist die Liebe so kompliziert? Wie kann es sein, dass ich in zwei Menschen gleichzeitig verliebt bin?"

India lächelte ihn an. „Was zwischen uns ist, ist ... wir sind Seelenverwandte, Sun, du und ich. Wir sind mehr als Sex. Du wirst immer mein sein, ob du nun mit Tae für immer zusammen bist – ich weiß, dass das passieren wird – oder ... ob ich eventuell jemanden kennenlerne."

Sun studierte ihr Gesicht. „Du hast jemanden getroffen."

„Vielleicht. Ich weiß nicht." Sie log Sun niemals an. Sie konnte einem so reinen Herzen so etwas nicht antun. Sie erzählte ihm von Massimo. „Ich weiß einfach nicht, Sun. Er ist nicht das, was ich brauche. Er ist ein Playboy und ein verdammter Filmstar. Jemand, der wahrscheinlich noch an seiner Ex hängt."

„Wie lange waren sie zusammen?"

„Zehn Jahre glaube ich."

Sun verzog das Gesicht. „Autsch."

„Siehst du?"

Sun stützte sich auf seine Ellbogen. „Hat die Chemie zwischen euch gestimmt?"

„Es war der reine Wahnsinn. Wie du und ich, als wir uns das erste Mal getroffen haben."

„Wowser."

Sie grinste.„Wowser?" Suns Englisch war beispielhaft, aber sie war immer wieder überrascht, wenn er mit Slang daherkam.

Sun strich mit seinem Finger über ihre Wange. „Du magst ihn."

Indy nickte. „Aber ich weiß nicht, ob er gut für mich ist."

„Nicht alles muss für die Ewigkeit sein. Geh mit ihm ins Bett, wenn es das ist, was du willst."

Indy kuschelte sich an ihn. Seine Haut war so weich, dass sie es kaum glauben konnte.

„Im Moment will ich ganz egoistisch nur mit dir zusammen sein."

Sun zog sie näher an sich. „Dann soll es so sein, Indy."

Später bereiteten sie sich ein Abendessen zu, ein weiches Tofustew mit viel Klebereis und Gemüse und hausgemachtem Kimchi, das India das Wasser im Mund zusammenlaufen ließ. Sie aßen, redeten und lachten über die kleinsten Dinge.

Nach dem Essen lümmelten sie auf der Couch, spielten Computerspiele und sahen sich im Internet lustige Videos an, bis Indy müde wurde.

Sun zog sie von der Couch und sie gingen Hand in Hand ins Schlafzimmer. Es war niemals eine Frage gewesen, dass sie ein Bett teilen würden, das taten sie immer.

Sun zog sie aus, gluckste, als sie kaum ihre Augen offenhalten konnte, und führte sie zum Bett, wo er sie hinlegte und zudeckte. Indy regte sich, als er sich nackt neben sie legte. Sun küsste sie auf die Stirn. „Gute Nacht."

Indy versuchte zu protestieren, aber Sun nahm sie in die Arme und sang leise, und sie – unfähig sich dem Frieden zu entziehen, den er ihr brachte – sank in einen tiefen Schlaf.

Das Licht im Zimmer war blau, als sie zitternd aus einem schrecklichen Albtraum erwachte, in dem sich Blut und Terror mit Liebe, gebrochenen Herzen und Leid gemischt hatten. India schnappte nach Luft, ihr Kiefer ganz steif vom Zähneknirschen. Sie sah Sun an, dessen außerweltliche Schönheit im Mondlicht noch mehr zur Geltung kam.

India legte sich wieder hin und starrte ihn an. Sun war ihr Rückzugsort, wie ihr jetzt bewusstwurde. Er öffnete seine Augen und lächelte sie an. Sie lagen einen Moment lang schweigend da, und dann kam Sun näher und küsste sie.

Es schien das natürlichste der Welt zu sein, dass er sich auf sie legte. Sein engelhaftes Gesicht bildete einen starken Kontrast zu seinem gut geformten Körper. Seine Hände strichen über ihre Haut, streichelten sie federleicht. Die Stellen, die er berührte, fühlten sich an, als würden sie in Flammen stehen. India sah zu ihm auf. „Sun?"

War er sich sicher, dass es seiner Liebe zu Tae keinen Abbruch tun würde, wenn sie sich heute Nacht liebten?

„Das hier ist unsere kleine Welt", flüsterte Sun. „Und ich liebe dich."

„Ich liebe dich auch."

Es war eine ganz besondere Liebe. Es war nichts, was jemals etwas Beständiges werden würde, doch jetzt, in diesem Moment, war es das, was sie brauchten. Sun küsste sie erneut, dieses Mal drängender, und India erwiderte den Kuss, verlor sich in seinen sanften Augen und seinem unglaublichen Körper.

Als er in ihr war, hatte Indias Körper vollkommen die Kontrolle übernommen, und sie bewegten sich erst langsam, aber bald schon mit der Intensität, nach der es sie verlangte.

Nachdem sie gekommen war, tat India etwas, was sie normalerweise nie tat. Sie weinte. Sun zog sie in seine Arme und hielt sie fest, bis sie sich ausgeweint hatte. Dann küsste er sie und sagte ihr erneut, dass er sie liebte.

Sie schliefen ein, als die Sonne aufging, und India wusste, dass es die richtige Entscheidung gewesen war, hierherzukommen.

Sie betete nur, dass, wer auch immer Brayden Carter finanzierte, sie nicht aufspüren konnte. Sie brauchte Zeit. Sie brauchte Zeit und wollte nicht, dass Sun sich in Gefahr befand. Sie brauchte Zeit.

Und sie brauchte Frieden.

KAPITEL ZWÖLF – LOVE IS A LOSING GAME

om, Italien

MASSIMO GRINSTE, ALS ER DIE OFFENSICHTLICHE ERLEICHTERUNG AUF den Gesichtern des Krankenhauspersonals sah, als Valentina entlassen wurde. Drei Tage und sie hatte mit ihren Ansprüchen und ihrem theatralischen Getue, das Leben hier für jeden zur Hölle gemacht. Die schweren Verletzungen waren nichts weiter als ein Schleudertrauma und ein verstauchtes Handgelenk, aber Valentina bestand auf verschiedenen unnötigen Tests. „Was, wenn etwas mit meinem Gehirn nicht in Ordnung ist? Was ist, wenn ich nie wieder fahren kann?"

Das Beste daran war, dass sie das Auto, das verunglückt war, gar nicht selbst gefahren hatte. Der Arzt rollte mit den Augen, hörte damit jedoch sofort auf, als er sah, dass Massimo ihn beobachtete, aber Massimo zwinkerte ihm zu. Er verstand.

Jetzt seufzte Massimo, als er Valentina in einem Rollstuhl durch eine Ansammlung von Paparazzi schob – die natürlich von ihr verständigt worden waren – und lächelte bloß, als sie ihn mit Fragen bestürmten.

Valentina, die eine Audrey Hepburn Sonnenbrille aufhatte und sich einen Schal um den Hals gewickelt hatte, winkte gnädig und drückte den Angestellten ihren Dank aus. Sie schaffte es ihre Hand besitzergreifend auf Massimos zu legen, aber dieses Mal machte es Massimos nichts aus. Als ein Paparazzo ihn fragte, ob sie wieder zusammen waren, schaute er direkt in die Kamera des Mannes und schüttelte seinen Kopf. „Nein. Wir sind nur gute Freunde."

Valentina wartete bis sie im Auto waren, bevor sie ihre Sonnenbrille abnahm. Als sie es tat, konnte Massimo ihre Wut sehen. „Warum hast du das gesagt? Warum?"

„Weil es die Wahrheit ist, Val. Wir sind kein Paar. Du hast es beendet, und jetzt sage ich dir, dass es vorbei ist. Du wirst mich nicht mehr manipulieren."

„Und doch warst du der Erste, der ins Krankenhaus gekommen ist." Valentina nahm eine ihrer Zigaretten und zündete sie an, hielt ihm die flache Silberschachtel hin. Massimo schüttelte seinen Kopf, und sie ließ die Schachtel irritiert zuschnappen. "Ist es wegen dieser Sängerin?"

Massimo versteifte sich. „Woher weißt du von India?"

Valentina lächelte triumphierend. „Ich habe meine Quellen. Und sie hat sich in Luft aufgelöst. Das muss frustrierend für dich sein."

„India geht dich nichts an."

Valentinas Gesichtsausdruck wurde kalt. „Hör auf so zu tun, als wärst du etwas, was du nicht bist, Massimo. Du bist eine männliche Hure, und scheinbar spielt diese Frau keine Spiele. Sie wird dich durchschauen."

Das hat sie bereits. „Vieleicht habe ich mich geändert." Sobald die Worte heraus waren, wurde ihm klar, dass das ein Fehler gewesen war. Valentina lachte.

„Sicher hast du das, Liebling. Und die Rothaarige, die am Tag meines Unfalls aus deinem Apartment gekommen ist, wer war sie? Deine Französischlehrerin?"

Massimo knirschte mit den Zähnen. „Ich behaupte nicht, dass ich ein Heiliger bin, Val, nicht in der Vergangenheit und auch nicht jetzt. Wenn ich India wiedersehen sollte, dann werde ich das tun, was ich tun muss, damit sie mir vertraut."

„Du machst dir etwas vor." Valentina winkte ab, und Massimo richtete seinen Blick zum Fenster hinaus.

Vielleicht mache ich mir etwas vor, dachte er, aber scheiß drauf. Ich will es wenigstens probieren. Er hatte bereits einen Plan. In drei Tagen würde er nach New York gehen und mit Indias Bruder Lazlo reden. Er würde das Musikvideo als Vorwand benutzen und versuchen, sich mit dem Mann anzufreunden, um zu zeigen, dass man ihm vertrauen konnte. Versuchen herauszufinden, was geschehen war, weshalb sie verschwunden war. Es war einen Versuch wert.

Sie war einen Versuch wert.

New York City

Braydon lauschte dem Gebrüll seines Gegenübers gute zehn Minuten, bevor er ihn unterbrach. „Du hattest sie. Sie war dort. Du hättest den Job beenden können. India Blue sollte tot sein, du Arschloch, tot! Es sollte überall in den Nachrichten sein, ihre Fans sollten massenweise Mahnwachen halten, und ihre Kollegen sollten Gedenkkonzerte veranstalten. Stattdessen ist sie verschwunden … wieder einmal!"

Braydon hatte genug. „Hör zu, du kleines Wiesel. Ich rede gar nicht mit dir. Dein Boss weiß, dass ich sie umbringen werde, aber sie hat Leibwächter. Es war nur Zufall, dass ich so nah an sie herangekommen bin. Ich will keine halben Sachen machen. Sie hat das letzte Mal auch überlebt. Du hast keine Ahnung, was ich ihr angetan habe. Also fick dich, du Arschloch. Ich habe dir gesagt, dass ich es tun werde, und das werde ich auch."

Als er fertig war, hörte er das Freizeichen und in seiner Wut schmetterte er das Handy an die Wand, wo es in tausend Stücke zerbrach. Scheiß drauf. Er konnte sich mit Stanleys Geld ein neues kaufen.

Er atmete tief durch und setzte sich, um sich Notizen zu machen. India war verschwunden, hatte sich in Luft aufgelöst. Die Nachricht in ihrem Apartment zu hinterlassen war dumm gewesen, aber die Versuchung, ihr Angst einzujagen, war zu stark gewesen.

Also, was jetzt? Er dachte darüber nach, wie er sie aufspüren könnte. Der einfachste Weg war zu ihren Brüdern zu gehen. Er wusste, dass der jüngere Bruder, Gabriel, ein Alkoholiker war. Das hatte er herausgefunden, als er nachgeforscht und sie in Helsinki ausfindig gemacht hatte.

„Der Bruder ist ein Alkoholiker und hat ein großes Mundwerk. Er redet gern über seine berühmte Schwester. Wir haben nicht lange gebraucht, um ihm genügend Alkohol und Kokain einzuflößen, damit er redet. Er hat die gewünschten Informationen schnell herausgegeben."

Gabe Schuler war tatsächlich eine Option. Doch da Carter sie in Helsinki gefunden hatte, war ihnen wahrscheinlich schon der Gedanke gekommen, dass Gabe der Schwachpunkt gewesen war. Er würde einiges wetten, dass Gabe dieses Mal nicht wusste, wo sie war.

Was ihn auf den anderen Bruder brachte und Carter gefiel der Gedanke nicht, sich mit Lazlo Schuler auseinanderzusetzen. Schuler hatte den Ruf, ein netter Kerl zu sein – bis man ihm in die Quere kam oder seine Familie bedroht wurde. Braydon hatte Indias Karriere verfolgt, als er im Gefängnis gesessen hatte und wusste, dass Lazlo alles managte. Er hatte natürlich Assistenten, und Braydon hatte sich darauf konzentriert herauszufinden, wer sich sonst noch um Indias Karriere kümmerte. Sie war bekannt dafür, sehr öffentlichkeitsscheu zu sein und außer bei ihren Konzerten nicht vor die Presse zu treten, also hatte sie andere Menschen angestellt, die das für sie taten.

Der erste Name, der auftauchte, war eine Frau in Los Angeles: Coco Conrad war eine Publizistin, eine ziemlich erfolgreiche, die sich um

Indias Angelegenheiten an der Westküste kümmerte. Er würde dort anfangen. Er buchte ein Ticket für den nächsten Tag.

In seinem Badezimmer zog er sich aus und trat in die Dusche. Er musste anders aussehen als der Wikinger, der er in Finnland gewesen war. India hatte nicht so ausgesehen, als hätte sie ihn erkannt, als er in sie gerannt war, hatte auch nicht bemerkt, wie er ihre Jacke mit einer Rasierklinge aufgeschlitzt hatte. Es war ein halbherziger Hieb gewesen. er hatte sie nicht verletzen wollen, für den Fall, dass sie schrie und damit diese verdammten Bodyguards alarmierte.

Es wäre alles vorbei gewesen, wenn sie ihn geschnappt hätten. Er würde niemals wieder eine neue Chance bekommen. Sogar der Geruch ihres Parfüms machte ihn wahnsinnig. Er war an ihr vorbeigegangen, hatte sich noch einmal nach ihr umgedreht ... Sie war schöner, als er sie in Erinnerung hatte: diese großen braunen Augen, ihr süßes Gesicht, der perfekte Mund.

Er hatte diese Lippen gekostet und wusste, wie weich sie waren. Wusste, wie sie aussahen, wenn sie wie am Spieß schrie. Er konnte es kaum erwarten, das noch einmal zu sehen.

Konzentriere dich. Er färbte das blonde Haar schwarz und war außer sich, als es sich in ein schmutziges Grün verwandelte. Er versuchte es erneut und dieses Mal schien es zu funktionieren. Er benutzte dunkelbraune Kontaktlinsen und klebte sich einen falschen Bart an. Ja. Das ist gut. Gott sei Dank würde er innerhalb des Landes keinen weiteren gefälschten Reisepass brauchen, aber Stanleys Leute hatten ihn jede Menge verschiedene Ausweise gegeben, damit er sich leicht innerhalb der Staaten fortbewegen konnte.

Braydon dachte darüber nach, wie er sich Coco Conrad nähern sollte. Er könnte sich als neuer Filmproduzent ausgeben, der nach jemandem suchte, der ihn repräsentierte. Sie würde ihn natürlich nicht nehmen, nicht, wenn sie ihre Kunden mit der Hand verlesen konnte, aber vielleicht wäre er in der Lage, sie um den Finger zu wickeln. Wenn sie eine Einladung zu Abendessen annehmen würde ...

Als er schließlich mit seiner Verkleidung fertig und zufrieden war, nahm der den falschen Bart ab, legte ihn ins Badezimmer, um ihn am Morgen griffbereit zu haben und schaltete das Licht aus. Es war nach Mitternacht. Er sah in seine E-Mails – keine Neuigkeiten von India Blue.

Braydon ging ins Bett und dachte wieder an ihre Lippen. Nicht mehr lange, sagte er sich, als er schließlich einschlief.

New York City

Lazlo Schuler arbeitete bis nach Mitternacht, brachte sich bei seinen anderen Kunden auf den neuesten Stand, lehnte sich dann zurück und seufzte, erschöpft von der Arbeit und dem Stress. India war in Südkorea mit Sun, und er hoffte, dass sie etwas Frieden fand. Lazlo war nervös und paranoid, konnte sich aber kaum vorstellen, wie es sein musste, mit einer Todesdrohung zu leben, nicht in der Lage sein zu können, irgendwo Wurzeln zu schlagen oder eine Beziehung zu haben.

Er hoffte, dass India und Sun sich umeinander kümmerten. Er respektierte Sun. Lazlo war ein Mann, der sich mit seiner Heterosexualität sehr wohlfühlte, doch selbst er würde Sun verfallen – der Kerl war einfach atemberaubend. Mehr noch, Sun war genau das, was India im Moment brauchte: nett und lustig mit einem großen Herzen.

Lazlo lass die Nachricht, die sein persönlicher Assistent gebracht hatte. Massimo Verdi. Er wollte sich in ein paar Tagen mit ihm treffen, und es war wahrscheinlich nicht der Job, über den er reden wollte.

Lazo hatte seine Zweifel an dem Mann. Die Bilder mit seiner Ex, wie er nach dem Unfall zu ihr geeilt war und dass er es hinterher abgestritten hatte, mit ihr eine Beziehung zu haben. Verdis Leben als Playboy war bekannt. Ganz egal, ob India und er sich zueinander hingezogen fühlten, Massimo Verdi bedeutete Ärger. Lazlo hatte Indias Enttäuschung gesehen, nachdem die Fotos von Massimo und seiner Ex veröffentlich worden waren. Er wusste, dass es ihr naheging.

Davon abgesehen, seufzte er, brauchte India keinen Grund, um wegzulaufen – nicht, dass er ihr Vorwürfe machte, aber er hoffte, sie nutzte Sun nicht aus. Er verdiente etwas Besseres, und India wäre von dem Gedanken entsetzt.

Er versuchte sie anzurufen, doch sie ging nicht ans Telefon. Es war noch ziemlich früh am Morgen in Seoul, also machte er sich keine Sorgen. Er hörte, wie jemand ins Büro kam und runzelte die Stirn.

„Laz?"

Mist. Gabe. Zumindest klang er nüchtern. Das war eine Seltenheit. „Gabe, ich bin hier."

Sein Halbbruder lächelte, als er das Büro betrat. „Hey, Bruder." Gabe war vorsichtig, da Lazlo ihn nach Helsinki die Leviten gelesen hatte.

Lazlo nickte. „Hey. Es ist schon spät."

„Es lässt mir keine Ruhe. Ich wollte dir noch einmal sagen, wie leid es mir tut. Ich würde Indy niemals wissentlich in Gefahr bringen, das weißt du. Ich hoffe, sie weiß das auch."

Lazlo sah seinen Bruder prüfend an. „Den Alkohol und die Drogen aufzugeben, würde dabei sehr helfen."

„Ich habe darüber nachgedacht, sie anzurufen."

Lazlo schüttelte seinen Kopf. „Nein. Tut mir leid, Gabe, das wird nicht passieren. Wir können dir nicht vertrauen."

Gabe seufzte. „Ja, ich traue mir selbst nicht mehr."

„Was ist los Gabe? Was geht in letzter Zeit in dir vor? Zuerst das mit Serena und jetzt das? Plus … wie viel Kokain schnupfst du? Du bist immer so merkwürdig."

Gabe rieb sich über das Gesicht. „Du hast recht, okay? Aber ich bin in einem Teufelskreis gefangen. Wenn ich nicht schnupfe, dann bin ich erschöpft, so richtig erledigt."

Lazlo lehnte sich nach vorn. „Geh in eine Rehaklinik. Ich bezahle dafür.“

„Ich kann kein Geld von dir nehmen, Laz.“

„Das kannst du, wenn es dein Leben wieder in Ordnung bringt. Wenn du wieder nüchtern bist, dann kannst du für mich arbeiten. Diese Stadt tut dir nicht gut.“

Gabe nickte und starrte aus dem Fenster. „Schön. Aber dann zahle ich dir alles zurück.“

Lazlo seufzte erleichtert. Gabe war ein Problem, das er im Moment nicht brauchte. „Gut.“

Sie schwiegen. „Hasst sie mich?“ Gabes Stimme zitterte, und er hüstelte, um seine Nervosität zu überbrücken. Lazlo wurde weich.

„Natürlich hasst sie dich nicht, Gabe. Natürlich nicht. Sie wird wahrscheinlich eine Zeitlang wütend sein, aber sie liebt dich so, wie du sie liebst. Sie war verärgert wegen Serena, aber das waren wir alle. Du hast das Beste, was dir jemals passiert ist, vermasselt.“

„Ich weiß.“ Gabe lehnte sich in seinem Sessel zurück. „Ich habe versucht sie anzurufen, aber sie will nicht mit mir reden. Ich verstehe sie. Gott.“ Er lächelte verlegen. „Es würde wahrscheinlich helfen, wenn ich aufhören würde, jedem Rock hinterherzulaufen.“

Lazlo schnaubte. „Wahrscheinlich. Wer war die Letzte?“

„Eine italienische Schauspielerin namens Fernanda Rossi. Toller Rotschopf, unglaublich gut im Bett.“

Der Name sagte ihm etwas. „Hat sie nicht vor ein paar Monaten Massimo Verdi gefickt?“

Gabe rollte mit den Augen. „Ja. Sie redet die ganze Zeit davon, dass er sie ohne ein weiteres Wort einfach fallen gelassen hat. Arschloch.“

„Glashaus, Gabe.“

Gabe gluckste. „Touché." Er stand auf. „Ich höre mich nach einem Ort um, an dem ich Hilfe bekommen kann und lasse dich es wissen, okay? Ich werde auch an Treffen teilnehmen, Anonyme Alkoholiker und so. Das ist ein Weckruf, und ich meine es ernst. Wenn Indy irgendetwas wegen mir zustößt … ich könnte nicht damit leben." Er kaute auf der Lippe. „Hast du Kontakt zu ihr?"

Lazlo nickte, und Gabe seufzte. „Sag ihr, dass ich sie liebe, ja? Sag ihr, dass es mir leidtut und ich sie vermisse. Sag ihr, ich tue alles, um die Dinge wieder in Ordnung zu bringen und hoffe, dass dieses Arschloch seine gerechte Strafe bekommt. Laz, wenn Carter mir in die Hände kommt, dann bringe ich den Hurensohn eigenhändig um."

„Da sind wir schon zwei, Brüderchen."

* * *

Nachdem Gabe wieder weg war, fuhr Lazlo nach Hause. Seine Arbeit nahm seine ganze Zeit in Anspruch und auch wenn India ihm ständig in den Ohren lag, dass er sich etwas Zeit für sich selbst nehmen sollte, liebte er seinen Job. Er hatte hin und wieder ein Mädchen, aber nichts Ernstes, und das machte ihm auch nichts aus, außer wenn er jemanden wirklich mochte, und das war nicht passiert seit …

Es war besser, nicht an sie zu denken. Es tat zu weh. Nicht einmal Indy wusste von der Frau, die er geliebt und verloren hatte. Das hatte ihn angetrieben, noch härter zu arbeiten und seine Schwester zu beschützen. Er wusste, zu was ein fanatischer Liebhaber in der Lage war.

Nicht das er glauben würde, dass es Liebe war, was Carter für India empfand. Der Kerl war schlicht und ergreifend ein Psychopath.

Du wirst nicht bekommen, was du willst, Carter, nicht dieses Mal. Du wirst nicht einen Finger an meine kleine Schwester legen und wenn ich dich eigenhändig umbringen muss.

Dieses Mal, Carter, wirst du der Einzige sein, der stirbt.

KAPITEL DREIZEHN – BROKEN-HEARTED GIRL

India streckte sich, als sie an einem hellen Novembermorgen in Seoul aufwachte. Das Bett neben ihr war leer, und sie hörte Sun im Wohnzimmer. Sie stand auf, warf ihr Nachthemd über und tappte hinaus zu ihm.

Sun war am Telefon und in seinem schönen Gesicht zeichnete sich Trauer ab. Indias Herz wurde schwer. Die zwei gemeinsamen Wochen waren wundervoll gewesen, aber Suns Gedanken drehten sich oft um seine andere Liebe: Tae.

Es war offensichtlich, dass er mit ihm sprach, also ließ Indy ihn allein und ging in die Dusche. Sie wusch sich die Haare, nahm sich Zeit, massierte den Conditioner ein und ließ sich danach Zeit beim Haaretrocknen und dem Verteilen der Lotion auf ihrer Haut.

Sie zog einen hellbraunen Rock und ein karamellfarbenes T-Shirt an und lauschte, ob Sun noch mit Tae sprach, aber es war still. Sie ging zurück ins Wohnzimmer und sah ihn auf dem Balkon. Sie ging zu ihm hinaus und war entsetzt, als sie Tränen sah. „Oh, Sonnenstrahl …"

Sie schlang ihre Arme um ihn und ließ ihn weinen, solange ihm danach war. Dann brachte sie ihn wieder in die Wohnung, und er erzählte ihr, was geschehen war. So wie sie das schon vermutet hatte, hatte er einen Streit mit Tae gehabt.

„Er denkt, dass ich bei einem anderen Mann bin. Er wollte mir nicht glauben, als ich ihm gesagt habe, dass ich allein bin. Das liegt wahrscheinlich daran, dass ich kein guter Lügner bin."

India war bestürzt. „Oh, Sun … du hättest ihm sagen sollen, dass ich bei dir bin."

Sun schenkte ihr ein schwaches Lächeln. „Indy, das würde dich in Gefahr bringen. Und Tae... er liebt dich, aber er ist auch unglaublich eifersüchtig auf dich und mich. Er weiß, dass ich dich liebe."

„Aber er weiß auch, dass du ihn auch liebst, oder?"

„Ja, aber Tae ist ein gnadenloser Selbstsaboteur, und er ist nicht so offen wie du und ich. Er ist der Meinung, dass er und ich kein richtiges Paar sind, solange ich mit dir schlafe."

Indy streichelte ihm über das Haar. „Vielleicht hat er da recht. Es war ziemlich egoistisch von mir, dich ihm wegzunehmen. Besonders im Moment."

Sun schüttelte seinen Kopf. „Nein, ich wollte dich sehen. Ich musste dich sehen." Er seufzte. „Vielleicht …"

„Was?"

„Vielleicht soll es zwischen uns einfach nicht sein. Wenn ich ihn wirklich lieben würde, dann würde ich dir gegenüber nicht diese Gefühle haben."

„Sonnenstrahl … Ich liebe dich so sehr. Es schmerzt, wenn ich dich traurig sehe. Du und Tae solltet es noch einmal versuchen, und ich halte mich fern, zumindest solange, bis ihr eure Probleme geklärt habt."

„Du willst weg?"

Es brach ihr das Herz. Er war noch ein halbes Kind, und sie spielte mit seinem Herzen. „Nein, und du wirst mich auch niemals verlieren.

Niemals, okay? Wir sind eine Familie, Sun. Aber im Moment musst du die Dinge mit Tae klären." Sie fuhr mit der Hand durch sein seidiges Haar, und ihr Herz pochte traurig. Ihn so zu sehen … jemand, der so schön war, sollte niemals unglücklich sein. Doch er war es – wegen ihr. *Ich bin ein Fluch für alle*, dachte India.

„Geh nicht", sagte Sun leise, aber es lag ein Zögern in seinen Worten, und sie wusste, dass seine Rückkehr zu Tae das war, was er wirklich wollte und was er wirklich brauchte.

„Sonnenstrahl, ich werde Laz anrufen und mich abholen lassen. Er wird auch dafür sorgen, dass man dich zu Tae bringt. Sag es ihm. Sag ihm, dass du bei mir warst und nur bei mir und dass wir reden mussten …" Sie lächelte schwach. „Und erwähne auf keinen Fall den Sex."

„Ich bereue keine Sekunde." Seine dunkelbraunen Augen ruhten eindringlich auf ihr, und sie streichelte seine Wange.

„Ich auch nicht, liebster Sun. Du bist mein Engel, weißt du? Mein bester Freund, mein Vertrauter. Du bist das Beste auf der Welt, und ich werde dich immer lieben." Sie lehnte ihre Stirn an seine und atmete seinen Geruch ein. „Aber ich muss dich gehen lassen."

Sie spürte, wie sich seine Amre fester um sie schlossen, ihre Tränen vermischten sich mit seinen, aber er widersprach nicht. „Versprich mir", sagte er in einem fast lautlosen Flüstern, "versprich mir, dass du, auch wenn du mich gehenlässt … mich niemals verlassen wirst."

„Du bist mein Engel", wiederholte sie nickend. „Das wird sich niemals ändern."

Vierundzwanzig Stunden später saß sie wieder in Lazlos Flugzeug, und ihr Herz drohte zu zerspringen, weil sie Sun verlassen musste. Er hatte Tae angerufen, hatte ihm gesagt, dass er nach Hause kommen würde. Auch wenn Sun am Boden zerstört war, weil India wegging, war ein Leuchten in seine Augen getreten, als er bemerkt hatte, wie glücklich Tae war, dass er zurückkam.

India schaffte es, ihre Tränen zurückzuhalten, bis sie im Flugzeug war. Nach einer kurzen Sicherheitsbesprechung mit Nate entschuldigte sie sich und verschwand im Schlafzimmer. Erst dann brach sie zusammen, vergrub ihr Gesicht in den Kissen und schluchzte. *Scheiß auf dieses Leben ...*

Nachdem sie sich wieder gesammelt hatte, spritzte sie sich Wasser ins Gesicht und schimpfte stumm mit sich selbst. *Hör auf so verdammt wehleidig zu sein und reiß dich zusammen. Finde eine Lösung für den ganzen Mist, Mädel.*

Sie flogen nach New York, wo sie sich einerseits zwar in größerer Gefahr befand, aber andererseits auch besser geschützt war. Lazlo würde um sie sein und auch Jess und einige andere Freunde. Für die Feiertage hatte Lazlo Coco und Alex eingeladen, ihre Freunde aus Kalifornien, und India würde von schützend von viel Wärme umgeben sein. Es würde ihr etwas Zeit verschaffen, über alles nachzudenken.

Sie öffnete ihren Laptop und warf einen Blick auf ihre E-Mails und beantwortete ein paar. Da war eine von Jake, Massimo Verdis Publizist, der wegen der Daten für den Videodreh nachfragte. India antwortete in leichtem Ton.

Bitte richten Sie Massimo aus, dass ich mich darauf freue, ihn zu sehen und mit ihm im Januar zusammenzuarbeiten. Danke, dass Sie ihre Einwilligung zu diesem Projekt gegeben haben. Er hat wahrscheinlich schon mehr als genug um die Ohren, und ich weiß es zu schätzen.

War das Passiv-Aggressiv? Indy schüttelte ihren Kopf. Klang es, als würde sie herausfinden wollen, ob seine Zeit von Valentina beansprucht wurde? Sie zuckte mit den Schultern. Es war ihr eigentlich egal, und sie klickte auf Senden.

Später jedoch seufzte Indy. War es das, zu was sie wurde? Einer passiv-aggressiven Person, die Männer ausnutzte? Scheiße, Mädchen, reiß dich zusammen. Sie wandte sich wieder ihren E-Mails zu und vereinbarte einen Termin mit einem Aufnahmestudio in New York, um neue Musik aufzunehmen. Ihre Plattenfirma, Quartett, hatte

Verständnis, dass sie sich ihre Zeit nahm, um an jeder Scheibe zu arbeiten, aber es war schon einige Jahre her, seit sie die letzte auf den Markt gebracht hatte. Aufgrund der bevorstehenden Aufnahmen für ihr neues Video ‚Hurting' im Januar, wollten sie wissen, wie die Dinge standen.

Daheim bei Lazlo zu sein bedeutete auch, dass er sich nicht so viele Sorgen machen musste. Lazlo hatte eine Menge für sie und ihr Wohlergehen geopfert. Sie beugte sich gern seinen Sicherheitsbestimmungen, damit er kein weiteres Geschwür bekam.

Indy ging nach draußen zu Nate, um sich von ihm die Sicherheitsvorkehrungen in Lazlos Haus in Manhattan erklären zu lassen, und er vermittelte ihr die wichtigsten Fakten. „Wir werden rund um die Uhr bei dir sein, Indy. Wir werden versuchen, dich nicht einzuengen, aber deine Sicherheit hat Vorrang. Lazlo besteht darauf, wenn du also ein Problem damit hast …"

„Nein, schon gut", schnitt Indy ihm das Wort ab. „Was Lazlo sagt, wird gemacht."

Sie würde sich nicht mehr wie ein kleines, verängstigtes Mädchen verhalten. Wir werden dem ins Gesicht schauen. Wenn Braydon Carter dachte, dass ich mich kampflos ergebe, dann wird er sein blaues Wunder erleben.

Sie ging ins Schlafzimmer und sah noch einmal ihre Nachrichten an. Eine E-Mail von Massimo höchstpersönlich.

Bella India. Ich freue mich auf dich! Massimo.

Gut. Freundlich aber nicht flirtend. Er war heiß und höllisch sexy, aber sie würde sich nicht auf noch jemanden einlassen. Sie wollte sich nicht auf ihn einlassen. Sie konnte nicht ihre Sicherheit oder ihr Herz riskieren. Sun zu verlassen war fruchtbar gewesen, aber es war aus gutem Grund geschehen.

Sie gab nach und warf einen Blick auf Suns Twitter. Ihr Herz setzte kurz aus, als sie ein Selfie eines strahlenden, überglücklichen Tae sah, der neben einem leicht bedrückten Sun stand. Sie drückte auf Übersetzen.

Wiedervereint stand mit einem Herz daneben.

Das war gut. Tae hatte Sun offenbar verziehen, zumindest für den Augenblick, und das bedeutete, dass kein permanenter Schaden angerichtet war. India war erleichtert, doch …

… warum tat es so weh?

KAPITEL VIERZEHN - MANHATTAN, NYC

„Seoul? Wo zur Hölle ist Seoul?"

Braydon starrte den Lakaien an, der mit den Augen rollte und über Braydons Unwissenheit seufzte. „Südkorea, Blödmann. Heute Abend ist Lazlo Schulers Privatjet in Teterboro gelandet. Man hat uns bestätigen können, dass er gestern in Seoul gestartet ist."

„Und du bist dir sicher, dass India in dem Flugzeug war?"

Der Lakai, dessen Name Braydon sich immer noch nicht merken konnte, nickte. „Sie wurde von unseren Leuten gesehen, als sie das Flugzeug verlassen hat."

„Wie unvorsichtig."

„Nicht wirklich. Da sie sich ja nicht in eine Decke wickeln kann, die sie sowieso verraten hätte, was hätte sie also tun können? Das Auto hatte getönte Scheiben. Sie wurde zu Schulers Apartment gebracht, bevor du dir jedoch Hoffnungen machst – der Ort gleicht Fort Knox. Jetzt bist du an der Reihe, Carter." Er warf einen Umschlag mit Geld auf den Tisch. „Mein Boss wird bald weiteres wissen wollen."

Braydon starrte auf den Umschlag. „Sag ihm, dass ich nach Los Angeles gehe. Um an India heranzukommen, brauchen wir einen direkten Weg. Wie zum Beispiel ihre Publizistin an der Westküste."

Der Lakai grinste dreckig und deutete auf Braydons Kopf. „Deshalb der neue Look."

„Deshalb."

„Schön. Ich werde es ... Stanley ausrichten. In der Zwischenzeit genieße deinen Aufenthalt im sonnigen Kalifornien."

Braydon wartete bis sein Besucher verschwunden war und nahm dann den Umschlag. Er grinste. Ein paar hunderttausend Dollar. Geld war für den Typen überhaupt kein Problem. Braydon dachte nach – je länger India am Leben blieb, umso länger würde ihm das Geld zufliegen.

Aber der Drang, sie zu töten, machte ihn nervös. Er hatte bereits genug von dem, was Stanley ihm gegeben hatte, beiseitegeschafft, sodass er sich, wenn India erst einmal tot war, mühelos aus dem Staub machen konnte. Er machte sich nicht vor, dass Stanley ihn nach Indys Tod am Leben lassen würde. Er stellte eine Bedrohung dar.

Ach, scheiß drauf. Sein Leben gehörte ihm. Er würde sich nicht von einem reichen Kerl beiseiteschaffen lassen, der einen Hass auf India Blue hatte. Was ihn zu der Frage brachte, warum der Kerl India tot sehen wollte. War er ein verprellter Liebhaber? Ein reicher alter Milliardär, den sie abgelehnt hatte? Er konnte nicht glauben, dass India scharf auf ihn wäre. Sie war nicht hinter Geld her. Braydon hatte ihr Leben verfolgt und kannte jeden, mit dem sie zusammen gewesen war.

Jeden. Was sich auf ein paar Typen belief – Indy sprang nicht von einem Bett ins andere. Also warum war sie am anderen Ende der Welt in Asien?

Er öffnete seinen Laptop und tippte ‚India Blue, Seoul, South Korea'. Er bekam eine ganze Reihe Bilder, aber meistens nur Bilder irgendwelcher Konzerte, die sie in den letzten Jahren in der Stadt gegeben hatte. Da waren Selfies mit Fans und mit einigen von Koreas größten Berühmtheiten. Braydon scrollte nach unten und hatte schon beinahe das Interesse verloren, als er es sah.

India mit einer Gruppe von außergewöhnlichen jungen Männern. Lachend und neckend vor der Kamera. Seine Augen verengten sich. India und einer der jungen Männer sahen sich an. Er öffnete ein weiteres Fenster und ging zu einer Video Streaming Seite, hämmerte Indias Namen und den Namen der Gruppe ein und fügte Backstage zu seiner Suche hinzu.

Das Video war das erste in der Liste, ein Gruß an ihre gemeinsamen Fans. Er verstand nicht, was sie sagten. Stattdessen beobachte er Indias Körpersprache und die des jungen Mannes, sah, dass sich ihre Hände immer wieder berührten, ihre Blicke sich trafen und ihre Körper sich annäherten.

Verbindung. Anziehung. Sehnsucht.

Braydon entspannte seinen Kiefer, als er merkte, dass er mit den Zähnen knirschte. So, sie fickte also mit dem Schönling. Schande auf sein Haupt. Braydon suchte nach ihm. Sung-Jae, dreiundzwanzig Jahre alt. Ein Kind. Braydon musste zugeben – er war verdammt attraktiv. Wenn India mit ihm zusammen war …

Beruhige dich. Sich auf das Kind zu konzentrieren würde ihn nicht näher an India bringen. Vielleicht hatten sie sich getrennt. Ein Blick auf den Twitter-Account der K-Pop Gruppe sagte ihm, dass der Junge wahrscheinlich auch seinen Bandkollegen fickte. Jedem das seine. Es war eine weitere Verbindung zu India, falls er sie brauchte. Er hoffte für den Jungen, dass dem nicht so sein würde. Es wäre schade so viel Schönheit zu verschwenden. Braydon schnaubte. *Wendest du dich jetzt der anderen Seite zu, Brady Boy?*

Und machst dir Sorgen darum, Schönheit zu verschwenden, während du planst das schönste Wesen, das du kennst, zu töten? Ja, richtig.

Er schloss seinen Laptop, nahm eine Flasche Scotch und trat hinaus auf den Balkon seines Apartments. Es war bitterkalt hier im Dezember, aber es machte ihm nichts aus. Der Alkohol sorgte dafür, dass sein Körper warm blieb. Er blieb draußen, bis die Kälte anfing, in seinen Körper zu kriechen, dann ging er ins Bett und träumte davon, India zu lieben, während der hübsche Junge ihnen zusah. Als Braydon sein Messer nahm, um sie zu töten, lächelte India Sun an und streckte ihre Hand aus. Sun kam näher, als Braydon sein Messer in sie stieß und als ihr Blut auf Sun spritzte, lächelte er Braydon an und India schrie ...

Manhattan, NYC

Lazlo erfuhr, dass India gelandet und ohne weiteren Zwischenfall in seiner Wohnung angekommen war. Die Erleichterung war spürbar. Als er Massimo Verdi in seinem Büro begrüßte, war er entspannter, als er es seit Wochen gewesen war.

Verdi spürte scheinbar seine gute Laune. „Wie stehen die Dinge?"

Lazlo lächelte. „Meiner Schwester geht es gut, danke."

Massimo lachte. „Bin ich so leicht zu durchschauen, hm?"

„Ihr zwei seid euch in Venedig nähergekommen, und sie hat dich gebeten, in ihrem neuen Musikvideo aufzutreten." Lazlo musterte ihn. Massimo Verdi war unglaublich gutaussehend – und wusste das – aber Lazlo war überrascht, dass der Mann nicht arrogant auftrat. Er schien eher nervös zu sein.

„Ich freue mich mitteilen zu können, dass es für den Januar vorgesehen ist, aber das ist Ihnen wahrscheinlich bereits bekannt, nicht wahr?" Massimo gluckste. „Das hört sich jetzt vielleicht etwas komisch an, aber in letzter Zeit hat die Presse ein paar Lügen über mich erzählt."

„Ich habe die Fotos gesehen."

Schweigen. „Und India auch, nicht wahr?"

„Ja." Lazlo seufzte. „Ich weiß nicht, was ich Ihnen sagen soll, Mr. Verdi."

„Massimo."

„Massimo." Lazlo neigte den Kopf. „Ich bin nicht der Anstands-wauwau meiner Schwester. Sie trifft ihre eigenen Entscheidungen, ich bin mir also nicht sicher, warum du hier bist." Er zögerte. „Im Moment schlagen wir uns mit einem Sicherheitsproblem herum. Einem ernsten."

Massimo runzelte die Stirn. „Ernst? Wie Todesdrohungen?"

„Klingt, als hättest du damit Erfahrungen gemacht."

Er nickte. „Seit meinem ersten Break-Out Film. Sie kommen norma-lerweise aus dem Internet oder von Fans, die sich gekränkt fühlen." Er sah Lazlo an. „Aber dein Gesicht verrät mir, dass es mehr als nur das ist."

Lazlo nickte. „Es ist so ernst wie ein Herzinfarkt. Das FBI ist an dem Fall dran, und wir wissen, wer er ist. Es gibt eine Vorgeschichte, wenn man es so nennen kann."

Er sah, dass Massimos Lächeln verschwand, und der Mann beugte sich mit ernstem Gesicht nach vorn. „Gibt es etwas, was ich tun kann, um zu helfen?"

Lazlo wandte den Blick einen Moment lang ab. „Massimo ... Ich fühle mich nicht wohl dabei, dir mehr zu erzählen, ohne vorher mit India Rücksprache gehalten zu haben, und im Moment, wenn man den Klatsch über dich und deine Ex hinzuzieht ..."

„Valentina hat diese Bilder gestellt. Wir sind nicht zusammen."

„Dennoch." Lazlo lächelte, um die Spannung zu nehmen. „Ich muss meine Schwester beschützen. Ich werde ihr von deinem Besuch erzählen und wenn sie dich kontaktieren will, dann wird sie das tun."

„Sie kann mich jederzeit anrufen, oder eine Email schicken oder was auch immer." Massimo seufzte. „Ich mag wie ein Spieler aussehen, Lazlo, und ich war auch einer. Aber in der Nacht, in der ich India getroffen habe, habe ich etwas gefunden, was ich noch niemals zuvor erlebt habe – diese unerklärliche Verbindung zu jemand anderem.

Das passiert nicht oft in meinem Geschäft. Ich meine nicht nur körperlich. Ich hatte den Eindruck, dass wir und auch auf emotionaler Basis wirklich übereinstimmen. Ich klinge wie die *Cosmopolitan*."

Lazlo lachte laut auf. „Ich verstehe das, aber Indias Privatleben gehört ihr selbst. Ich werde ihr sagen, dass du hier warst, aber es liegt an ihr."

„Das ist alles, worum ich bitten kann." Massimo gab ihm eine Karte mit seinen Kontaktinformationen und hielt Lazlo seine Hand hin. „Danke, dass du mich nicht hinausgeworfen hast. Ich komme mir wie der letzte Schleimer vor."

Lazlo grinste und schüttelte seine Hand. „Mir kommst du nicht wie ein Schleimer vor. Dir liegt offenbar etwas an meiner Schwester. Glaube mir, je mehr Freunde sie im Moment um sich hat, desto besser. Ich hoffe, sie ruft dich an. Wenn nicht, dann nehme ich an, ihr seht euch im Januar wieder."

„Danke, Mann."

„Ich danke dir, Massimo. Es war schön, dich kennenzulernen."

„Danke." Massimo wandte sich zum Gehen und drehte sich dann noch einmal zu Lazlo um. „Lazlo ... ist es schlimm?"

Lazlo nickte langsam. „Das schlimmste. Das allerschlimmste."

Massimo sah aus, als wäre ihm schlecht. „Wenn du irgendetwas brauchst, Lazlo, und ich meine egal was, dann sag mir Bescheid. Ich werde dir helfen, sie zu schützen, auch wenn sie mich nicht in ihrer Nähe haben will. Ich werde so gut helfen, wie ich kann."

„Ich glaube dir das. Danke, Massimo. Gute Nacht."

„Gute Nacht."

KAPITEL FÜNFZEHN – WAITING GAME

*L*azlo grinste, als er seine Wohnung betrat, nach India rief und ihren Freundschrei hörte. Sie sprang in seine Arme, und er drückte sie fest an sich. Lazlo war ein Bär von einem Mann, zwei Meter groß mit breiten Schultern, und India kam ihm in seinen Armen winzig vor. Zu winzig. „Du hast abgenommen, Boo."

„Ich wünschte, ich hätte. Ich habe ziemlich gut gesessen in Seoul ... du kennst ja Suns Kochkünste. Es schmeckt einfach zu gut."

Aber sie war jetzt dünner, und sie wusste es. Stress nahm ihre Gesundheit immer arg mit. „Ich bestelle Pizza."

„Habe ich schon. Mit viel Extra von Allem. Und ich habe zwei bestellt! Ich bin am Verhungern."

Das war ein gutes Zeichen. India sah müde aus, aber sie strahlte Entschlossenheit aus. Wenn es Indy schlecht ging, dann konnte man sie nur schwer aus ihrem Loch ziehen, aber scheinbar hatte sie sich dazu entschlossen, nicht passiv zu bleiben.

„Gib mir eine Sekunde, dass ich mir etwas Bequemes anziehen kann. Dann können wir reden."

„Lass dir Zeit."

Lazlo wuschelte ihr durch die Haare. Sie mochte zwar achtundzwanzig sein, aber für ihn würde sie immer ein Kind bleiben. Sie streckte ihm die Zunge heraus, und er grinste. „Verzogenes Gör."

Lazlo fühlte sich besser, nachdem er geduscht und sich etwas anderes angezogen hatte. Eine optimistische Indy war immer etwas Gutes. Als er fertig war, war die Pizza bereits da. Beide stürzten sich darauf, als hätten sie seit einer Woche nichts gegessen. India erzählte ihm, was sie geplant hatte, während sie in New York war.

„Keine Sorge", sagte sie „Ich habe zusammen mit Nate und seinem Team für die nötige Sicherheit gesorgt." Sie hörte endlich auf zu essen und hielt sich den Bauch. „Kohlenhydrate! So gut! Hey, wann kommen Coco und Alex?"

„Übermorgen. Coco hat eine Menge Arbeit, und Alex hat morgen den ganzen Tag lang Meetings, sie haben es nicht früher einrichten können. Jess wird auch da sein."

India grinste. „Sag mir, dass ihr beide es endlich einseht, dass ihr perfekt füreinander seid?"

„Ha, träum weiter, Schwesterchen. Jess ist viel zu gut für mich."

„Niemand ist zu gut für dich, Laz." India fuhr sich mit der Hand durch ihre Haare. „Du weißt, dass ich recht habe."

„Jess trifft sich mit einem Anwalt von Beach, Fuller und Hoskins."

India warf ihm einen schrägen Blick zu. „Ach was, das ist eher ein Platzhalter."

Lazlo lachte kopfschüttelnd. „Da wir gerade von Beziehungen sprechen. Rate, wer mich heute besucht hat."

„Wer."

Lazlo beobachtete ihre Reaktion. „Massimo Verdi."

Indias Wangen wurden rot, und ein Lächeln zupfte an ihren Mundwinkeln.

„Wirklich?"

„Ja, wirklich. Er scheint dich zu mögen, und er wollte ein paar Missverständnisse wegen der Bilder von ihm und seiner Ex aus der Welt schaffen."

India wandte ihren Blick von ihrem Bruder ab. „Laz ..."

„Er scheint ein guter Kerl zu sein. Er hat mich nicht gebeten dich zu überzeugen, er wollte nur die Dinge richtigstellen. Ich mag ihn."

India nickte, schwieg aber. Lazlo klopfte ihr auf die Schulter. „Ich habe ihm gesagt, dass ich seine Wünsche ausrichten würde. Er freut sich darauf, dich im Januar zum Videodreh zu sehen."

India schien sich unsicher, und Lazlo schüttelte seinen Kopf. „Es ist nur ein Musik-Video, und er ist ein Schauspieler darin. Ich glaube nicht, dass er mehr erwartet. Du hast es vorgeschlagen, Indy, und er hat sich Zeit dafür genommen. Es wäre unfair, es abzublasen. Alles ist vorbereitet. Geld wurde ausgegeben und ein Datum festgesetzt."

Ein kleines vorsichtiges Lächeln erschien auf ihrem Gesicht. „Eigentlich freue ich mich darauf. Es wird zumindest eine schöne Ablenkung sein."

„Ich dachte, die hattest du gerade erst mit Sun."

Ihr Lächeln verblasste. „Das war falsch von mir. Sun liebt Tae, und sie müssen ihre Probleme lösen."

„Wie schade, dass sie es nicht öffentlich machen können."

„Ja. In der heutigen Zeit ..." Sie schüttelte ihren Kopf. „Er ist noch ein Kind, und er ist verwirrt. Ich mache die Dinge nur noch schlimmer."

„Er liebt dich."

„Und ich liebe ihn, aber Tae ist ... Tae ist für ihn bestimmt."

Sie schwiegen einen Moment lang, und dann stand Indy auf. „Ich gehe schlafen, Laz. Ich bin so froh wieder hier zu sein. Du glaubst, es ist gefährlich, dass ich wieder hier bin, aber ich fühle mich sicher bei dir."

Lazlo drückte sie. „Ich freue mich, dass du hier bist, Schwester. Ich liebe dich."

„Ich dich auch, Brüderchen. Gute Nacht."

„Nacht."

Los Angeles, Kalifornien

Coco Conrad war für den Tag fast fertig, und sie bereute es, das Treffen mit einem zukünftigen Kunden im letzten Moment noch hinzugefügt zu haben, aber Geschäft war Geschäft und Coco ein notorisches Arbeitstier.

Der Kunde war pünktlich und als Cocos Assistent Mark ihn hereinbrachte, stand Coco auf und schüttelte ihm die Hand. Er war Ende 40, auf eine raue Weise gutaussehend, mit aufmerksamen dunklen Augen, einer olivfarbenen Haut und einem Lächeln.

„Miss Conrad? Dimitri Panza." Sein Akzent verriet, dass er von irgendwo aus Europa kam, irgendwo aus dem mediterranen Gebiet.

Sie nickte und bot ihm einen Platz an. „Mr. Panza, danke, dass sie pünktlich sind. Ich habe nicht viel Zeit, aber sagen Sie mir doch bitte, was ich für sie tun kann."

Er lächelte und glättete seine Hosen. „Ich eröffne eine Produktionsfirma, die sich hauptsächlich auf hochqualitative Musikvideos konzentriert, und ich brauche eine Vertretung an der Westküste. Ich stehe momentan in Verhandlungen mit einigen Direktoren, aber wir brauchen eine Plattenfirma. Ich bevorzuge Quartett, und sie haben starke Verbindung zu dieser Firma."

Coco nickte. Sie schob eine lange Strähne ihres blonden Haares hinter ihr Ohr. „Ja, aber Mr. Panza, Quartett hat schon viele Videodirektoren, und mit vielen von ihnen arbeiten wir bereits viele Jahre zusammen."

„Das ist mir klar, aber wir können neue Visionen und neue Ideen einbringen. Einige von Quartetts Künstlern sind die größten der Welt: 9th /Pine, Ebony Verlaine ... India Blue."

93

Coco kicherte. „Sie wollen wirklich ganz nach oben, hm? Ich mag ihren Ehrgeiz."

„Greife nach den Sternen, und du wirst in einem Baum landen. Das hat meine Mama immer gesagt." Er lächelte sie an. Coco nickte. Sie mochte diesen Mann. Er war kein Klugscheißer, und sie wusste das in diesem Geschäft zu schätzen.

„Ich lasse mich nicht gern auf neue Kunden ein, ohne die Chemie zu testen. Ich werde mich an Quartett wenden und fragen, ob sie für ein Video mit ihnen zusammenarbeiten möchten. Es wird am Anfang kein großer Künstler sein; sie werden erst mal sehen wollen, was Sie können. Zu was Sie fähig sind. Erwarten sie nicht Ebony oder India am Anfang. Die entscheiden selbst, wer ihr Direktor ist. Das ist das Resultat ihres Erfolges und harter Arbeit. Aber Sie werden wahrscheinlich auf offene Ohren bei Quartett stoßen. Sie sind sehr offen, sie sind offener und eher dazu geneigt mit jemand Neuem zusammenzuarbeiten als andere Plattenfirmen."

Panzer nickte und stand auf. „Das ist alles, worum ich im Moment bitten möchte. Ich danke Ihnen, Ms. Conrad." Er gab ihr seine Karte. „Ich bin nur noch heute in LA und dann über die Feiertage in Manhattan."

Coco stand auf reichte ihm die Hand und lächelte. „Dito. Ich mag es nicht, zu Weihnachten Sommer zu haben."

Panza lachte. „Das ist irgendwie verkehrt, nicht wahr?"

„Jimmy Steward hätte das niemals gut gefunden."

„Niemals." Er schien noch einen Moment zu zögern. „Miss Conrad, ich danke Ihnen, dass sie mich empfangen haben. Ich bin ehrlich dankbar. Vielleicht, falls Sie etwas Freizeit in New York haben … könnte ich sie zum Abendessen ausführen?"

Coco war überrascht, aber geschmeichelt. Ihr Liebesleben lag in Scherben oder glich vielmehr einem Wüstenschiff wegen ihrer Arbeitsmoral. Und hier war ein attraktiver Mann, der ihr anbot, sie auszuführen …

„Sehr gerne. Hier." Sie nahm eine Karte aus einer silbernen Schachtel und gab sie ihm. „Ich bin für einige Tage ausgebucht, sollte aber in der Woche vor Weihnachten frei haben. Rufen Sie mich an."

Panza nahm die Karte. „Danke." Er lächelte. „Es war wirklich schön, Sie kennenzulernen, Miss Conrad."

„Coco. Hat mich auch gefreut."

Coco ging nach Hause und bereitete ihre Sachen für New York vor. Ihr bester Freund und Zimmergenosse Alex kam eine Stunde später nach Hause. Sie aßen zu Abend und redeten über die Reise.

Alex Rogers war einer der beliebtesten Plattenproduzenten und ein unglaublich gutaussehender Kanadier. Coco und er hatten sich schon bei ihrem ersten Kennenlernen sofort gut verstanden. Er stand dazu, dass er schwul war, und schwebte im Moment zwischen 2 verschiedenen Liebhabern. Ihre Freundschaft war auf einer Stufe angekommen, wo sie unzertrennlich waren.

Sie hatten India beide zur selben Zeit kennengelernt, als diese den Vertrag mit Quartett, Alex' Arbeitgeber, unterschrieben hatte. Sie blieben in Kontakt, und India bestand immer darauf, dass er ihre Musik produzierte.

Jetzt verreisten sie zusammen, um die Feiertage bei ihren Freunden in New York zu verbringen. „Ich kann es kaum erwarten", sagte Alex und wischte sich den Mund ab. „Ich brauche diese Pause."

„Ich auch." Coco stand auf und stellte das leere Geschirr in die Spüle. „Oh, jemand hat mich heute gebeten mit ihm auszugehen."

„Wirklich? Wie süß war sein Hund?"

„Haha, witzig." Alex grinste, als sie an ihm vorbeiging, und sie stieß ihn mit der Schulter an, als er sich duckte. „Eigentlich war der Kerl ganz okay. Gutaussehend. Ein bisschen älter als ich … eigentlich uralt. Er scheint in seinen Vierzigern zu sein."

„Und das soll witzig sein?" Alex, der 42 war, drehte ihr die Worte im Mund herum, und sie lachte.

„Egal. Ich habe eine Einladung zum Abendessen, wenn wir in New York sind."

„Wer ist der Kerl? Muss ich mit ihm reden?" Alex war beschützend.

Coco rollte mit den Augen. „Wegen eines Abendessens? Ich glaube nicht. Wer weiß, ob er überhaupt anruft? Egal, genug davon. Ich muss noch packen."

„Wie viele Koffer nimmst du dieses Mal mit?"

Coco war dafür bekannt, dass sie sich immer modisch kleidete, und sah ihn schuldbewusst an.

„Weniger als Rachel Zoe mitnehmen würde, also halt den Mund." Sie flüchtete in ihr Schlafzimmer und ließ Alex glucksend zurück.

Sie verbrachte den restlichen Abend damit zu packen, und erst als sie geduscht hatte und ins Bett ging, sah sie sich die Nachrichten auf ihrem Handy an. Unter den üblichen von ihrer Arbeit befand sich eine kurze Notiz von Dimitri Panza.

Ich freue mich darauf, dich wiederzusehen, Coco. Alles Gute, Dimitri.

Coco freute sich. Es war schön, begehrt zu sein, auch wenn daraus nichts Ernstes werden konnte. Dennoch schlief sie mit einem Lächeln ein.

Braydon verließ das Meeting mit einem Lächeln auf seinem Gesicht. Conrad hatte angebissen. Wenn er Indias Plattenfirma infiltrieren und das Vertrauen derjenigen gewinnen konnte, die ihr nahestanden, dann war die Wahrscheinlichkeit, an sie heranzukommen, riesengroß.

Befriedigt, aber keinesfalls überheblich, nahm er vorsichtig den falschen Bart ab, wusch sich das Gesicht und das getönte Make-up ab. Seine natürliche olivfarbene Haut brauchte nicht viel Sonne und dunkel zu werden, aber im Winter in New York zu sein war nicht optimal. Vielleicht würden ein paar Tage in Los Angeles und im sonnigen kalifornischen Winter helfen.

Er nahm ein Bier aus dem Kühlschrank und stellte den Fernseher an. Er konzentrierte sich aber erst darauf, als er jemanden erkannte.

Braydon erhöhte die Lautstärke und lauschte dem Mann, der im Fernseher sprach. Ein paar Sekunden später fing er an zu lachen.

Er lachte, weil der Mann im Fernseher sich als Philanthrop ausgab und es doch derselbe Mann war, der Braydon bezahlte, um India Blue zu jagen und zu ermorden.

Der Mann im Fernsehen war der Mann, den er als Stanley kannte, und er lachte auch, weil Stanley zweifellos nicht einmal annähernd sein richtiger Name war.

KAPITEL SECHZEHN – SCARED TO BE LONELY

India dachte lange darüber nach, ob sie Massimo anrufen sollte. Sie traf die Entscheidung, ihn nicht zu sehen, bis die Feiertage vorbei waren und ihr geplantes Treffen in Venedig vor der Tür stand. Es fiel ihr aber schwer, ihn nicht anzurufen, um zu sehen, ob die Chemie, die sie über das Internet in Helsinki aufgebaut hatten, immer noch vorhanden war.

Sie war schon fast so weit, ihn doch anzurufen, als sie Stimmen im Flur hörte. Sie stand auf, als Gabe, dicht gefolgt von Lazlo, in den Raum kam. Gabe versuchte India anzulächeln. „Hey, Boo."

„Hey." India kam sich merkwürdig vor. Gabe sah zumindest nüchtern aus. Seine Augen waren klar und nicht verschleiert - das Einzige, was seltsam war, war, dass er ausgelaugt aussah. India verspürte Mitleid mit ihrem Bruder. „Geht es dir gut?"

„Ist zwischen uns alles in Ordnung?" Er kam näher, und sie musterte ihn. Etwas an ihm war anders. „Indy, Ich weiß gar nicht, wo ich anfangen soll, mich zu entschuldigen, dass ich so einen Mist gebaut habe. Wenn dir in Helsinki etwas zugestoßen wäre …"

„Das ist es aber nicht, Gabe. Alles ist okay. Zwischen uns ist alles in Ordnung."

„Ist es das?"

Sie nickte, und er umarmte sie etwas zurückhaltend, aber India drückte ihn fest an sich. „Das ist nicht der richtige Zeitpunkt, dass wir uns zerstreiten, Gabe. Wirklich nicht. Lass uns wieder zueinander finden."

„Ich schwöre", flüsterte er und vergrub sein Gesicht an ihrer Schulter, „Ich werde alles in meiner Macht Stehende tun, um dich zu beschützen. Alles."

„Ich weiß." India spürte, wie ihr die Tränen in die Augen traten. Ihre Beziehung zueinander war schon immer sehr fragil gewesen, da sie altersmäßig näher bei ihm als Lazlo war, aber sie waren jetzt erwachsen und erneuerten ihre Freundschaft.

Sie lagen sich noch für ein paar Momente in den Armen, bevor Lazlo sich räusperte. „Ich muss ein paar Dinge mit dir besprechen, Indy. Gabe?"

Gabe lächelte. „Sicher. Kann ich später wiederkommen?"

Indy drückte seine Hand. „Bitte tu das."

„Danke, Boo. Ich fahre später zum Flughafen und hole Coco und Alex ab. Wir sehen uns dann."

Gabe küsste sie auf die Wange, klopfte Lazlo auf den Rücken und verabschiedete sich. Lazlo und India setzten sich an den Küchentisch, um ein paar Arbeitssachen durchzuschauen. Nach einer Weile und einer Tasse starken Kaffees lehnte Lazlo sich zurück. „Dein Vater hat angerufen. Wieder."

India rollte mit den Augen. „Er versteht es einfach nicht, nicht wahr?"

„Hast du ihn heute Morgen in der Today Show gesehen?"

India schüttelte ihren Kopf. „Nein." Sogar die bloße Erwähnung ihres biologischen Vaters sorgte dafür, dass ihr die Brust unangenehm eng wurde.

„Er will, dass du ihn weiterempfiehlst."

India lachte bellend. „Wofür? Vater des Jahrhunderts?" Sie schüttelte ungläubig ihren Kopf, als Lazlo gluckste.

„Nein. Er wird bald bekanntgeben, dass er sich zur Präsidentenwahl stellt."

India starrte Lazlo sprachlos an. „Du machst Scherze, oder?"

„Nein." Er ahmte seine Schwester nach und beide lachten amüsiert. „Er glaubt, dass die Unterstützung einer liberalen, gemischtethnischen Berühmtheit, besonders die seiner Tochter, die Menschen überzeugen wird. Er wirbt schon mit seinem: das ist es, was ich als schlechter Vater gelernt habe, Slogan."

„Zumindest erzählt er nicht, dass er mich aufgezogen hat."

„Nein, er weiß, dass man ihm dabei leicht das Gegenteil beweisen kann, und er will nicht wie ein Lügner aussehen. Er hofft, dass eine Wiedervereinigung an den Herzen der Menschen rühren wird." Lazlo beobachtete ihre Reaktion. „Soll ich ihm absagen?"

India seufzte und rieb sich die Augen. Sie hatte seit ihrer Geburt keine nennenswerte Beziehung zu ihrem Vater gehabt, aber er hatte sich in den letzten Jahren bemüht. India war nicht interessiert gewesen, nicht damals, aber vielleicht … Nein. Jemanden in ihrem Leben zu haben, der so mächtig war, mochte dabei helfen, dass das FBI Carter schneller fand. Aber nach dem, was mit Sun gewesen war, wollte sie niemals wieder jemanden für ihre Belange benutzen.

Und wenn sie ehrlich war, war ihr Vater niemand, den sie mochte. Er war ein Politiker und ein Narzisst. Jemand, dem sie niemals Aufmerksamkeit schenken würde, wenn er nicht ihr eigenes Blut wäre.

Aber er hatte ihre Mutter verlassen, als Priya mit India schwanger gewesen war, hatte das Leben ihre Mutter zerstört und sie auf einem Pfad geschickt, der letztendlich zu ihrem Tod geführt hatte. Sie würde ihm das nie verzeihen.

„Indy? Bist du noch da?"

Sie zwinkerte und lächelte. „Entschuldige, Laz. Was steht als Nächstes an?"

Er sah ihr fest in die Augen. „Soll ich ihm absagen?"

„Ja. Richte ihm aus: danke, aber nein." Sie seufzte. „Sag ihm, dass ich ihm alles Gute wünsche, mich aber nicht einmischen möchte."

Lazlo tätschelte ihre Hand. „Das werde ich."

„Meinst du, es ist das Richtige?"

„Es steht mir nicht zu, dir diesbezüglich etwas zu raten. Du musst tun, was sich für dich richtig anfühlt. Vertraue deinen Instinkten."

Sie nickte. „Stimmt. Also nein. Was jetzt?"

Lazlo grinste. „Du hast mich gebeten, etwas zu finden, was du tun kannst, während du hier bist, und dein Wunsch ist mir Befehl. Im Frauenzentrum findet eine Wohltätigkeitsveranstaltung statt, die dir gefallen wird, also habe ich in deinem Namen bereits zugesagt. Das ist ein paar Tage vor Weihnachten. Und RAINN fragt an, ob du für ihr nächstes Konzert ein paar Songs spielen würdest. UNICEF auch."

„Ja und ja."

„Gut. Dann sind wir schon beim Januar. In der ersten Woche steht der Videodreh in Venedig an." Lazlo gluckste. Indy versuchte ernst zu schauen. „Du hast ein ganz schlechtes Poker-Gesicht. Hast du Massimo verziehen?"

„Mir ist nicht bekannt, dass er etwas getan hätte, wofür ich ihm verzeihen müsste", sagte sie. „Ich versuche ihn nicht zu verurteilen."

„Das macht keinen Spaß."

Sie drehten sich um und sahen Jess, die mit einem Grinsen auf ihrem Gesicht den Raum betrat. „Wen verurteilen wir, und warum willst du mir den Spaß verderben?" Sie küsste India auf die Wange.

India stand auf, um ihre Freundin zu umarmen. „Mädchen, jedes Mal, wenn ich dich sehe, bist du schöner geworden."

„Oh, ich weiß", grinste Jess, trat zurück und musterte India. „Und du wirst immer dünner."

„Ich weiß." India rollte mit den Augen, als Lazlo zustimmte. „Aber ich arbeite daran. Gestern Abend habe ich eine ganze Pizza und die andere Hälfte von Lazlos gegessen."

„Ich habe niemals gesagt, dass du das tun sollst", beschwerte sich Lazlo. „Sie war wie ein ausgehungerter Wolf. Sie hat sie mir förmlich aus der Hand gerissen."

Jess schnaubte vor Lachen, während India ihren Bruder in die Schulter boxte. Jess stellte ihre Tasche ab und zog ihren Mantel aus. „Also Kinder, was gibt es Neues? Erzählt mir alles. Ich hänge etwas hinterher."

Nach seinem Treffen mit Lazlo, kehrte Massimo nach Italien zurück, aber er war zufrieden, wie das Treffen verlaufen war. Er wollte India nicht bedrängen, also verließ er New York.

Und es war auch eine Frage seines Stolzes. Er wollte sie, wollte aber auch nicht wie ein liebeskranker Teenager erscheinen. Sein Ego mochte fragil sein, aber er hatte auch seinen männlichen Stolz.

Er flog nach Rom, fuhr dann in seine Heimatstadt Apulia, um die Feiertage bei seiner Familie zu verbringen. Seine Eltern, gläubige Katholiken, wollten ihre Kinder immer um sich haben. Auch ein Superstar wie Massimo war vor den Wünschen seiner Mutter nicht gefeit.

Außerdem liebte er sie innig. Seine jüngeren Geschwister, die Zwillinge Gracia und Francesco, die nur halb so alt waren wie er, liebten ihren älteren Bruder, zogen ihn aber immer auf. Das brachte ihn ins wirkliche Leben zurück, was sonst nur selten geschah. Normalerweise brachte er seine Familie zu Auftritten auf dem roten Teppich – nur sein Vater, der schüchtern und introvertiert war, hielt sich zurück, aber Massimo machte ihm deshalb niemals Vorwürfe. Sein Vater war einer der freundlichsten und liebevollsten Menschen, die er kannte, und er war stolz auf seinen ältesten Sohn.

Als Massimo angefangen hatte, war es sein Vater gewesen, der stundenlang mit ihm am Telefon gesprochen hatte, wenn er durch einen Vorsprechen gefallen war. Er hatte seinen Sohn ermutigt, seinem Traum zu folgen, auch wenn es bedeutete, sich in Geduld üben zu müssen und am Ende des Monats nur von Pasta zu leben. „Etwas, das es wirklich wert ist, kommt niemals einfach so. Du hast den anderen schon einiges voraus, mein Junge. Dein Gesicht wird dir die Türen öffnen. Danach ist es nur eine Frage der Hartnäckigkeit. Übung, Übung. Lernen. Wachsen. Du wirst es schaffen."

Massimo hatte das niemals vergessen. Und während er geübt, gelernt und sich seinen Weg nach ganz nach oben erkämpft hatte, hatte er dafür gesorgt, dass er seinem Vater und seiner Mutter jeden Cent zurückzahlen konnte, den sie ihm gegeben hatten, und dass sie das Leben führen konnten, das sie verdienten.

Er hatte seinen Eltern das Farmhaus gekauft, von dem sie immer geträumt hatten, und genau dorthin war er jetzt unterwegs, um Weihnachten zu feiern.

Das Haus war ruhig, als er ankam, und er rief nach ihnen. Seine Mutter eilte herbei und stieß einen kleinen Freudenschrei aus, als sie ihn sah. Sie zog ihren Sohn in ihre Arme und umarmte ihn fest, wobei sie ein paar Tränen vergoss.

„Mama, du wusstest doch, dass ich komme." Er trocknete ihre Augen mit seinem Taschentuch und gab es ihr dann. „Es ist so ruhig. Wo ist Papa?"

Er fühlte einen Stich im Herzen, als seine Mutter plötzlich traurig aussah. „Was ist los?"

„Komm, setz dich, Piccolo."

Massimo war das älteste Kind und fast zwei Meter groß, aber sie nannte ihn immer noch ihren Kleinen. „Was ist los?"

Giovanna wischte sich über die Augen. „Papa ist … krank, mein Liebling. Sehr krank. Er ist wie immer draußen im Garten und pflückt Oliven, aber er ist sehr schwach."

Ein Schock durchdrang Massimos Herz. „Krank? Was genau?"

Seine Mutter sah ihn an, und er wusste es. Krebs. Sein Vater hatte sein ganzes Leben lang geraucht und jetzt hatte es ihn eingeholt. „Oh, Mama … Wie lange?"

„Ein paar Monate. Es tut mir leid, aber Valentina weiß es bereits. Sie hat gestern angerufen, um sich nach uns zu erkundigen. Es war ein unglücklicher Moment. Ich war traurig und habe es ihr erzählt." Sie seufzte. „Sie war sehr nett."

„Warum hat sie es mir nicht gesagt?"

„Ich habe sie gebeten, das nicht zu tun."

Valentina hätte die Krankheit seines Vaters leicht dazu nutzen können, sich ihren Weg zurück in Massimos Leben zu erschleichen, aber das hatte sie nicht getan. Sie hatte ihr Wort Giovanna gegenüber gehalten und hatte seiner Mutter mit ihrer Freundlichkeit geholfen. Massimo spürte eine neue Wärme für seine Exfreundin in sich aufsteigen, die er seit langer Zeit nicht mehr empfunden hatte. Er stand auf, drückte die Schulter seiner Mutter. „Ich gehe zu Papa."

Giovanna nahm seine Hand und sah ihn eindringlich an. „Sei nicht über sein Aussehen schockiert, Piccolo. Es macht ihn traurig."

Massimo musste sich unglaublich zusammenreißen, um nicht in Tränen auszubrechen, als er die skelettartige Erscheinung seines Vaters sah. Beide Söhne hatten Angelos gutes Aussehen geerbt, aber jetzt war das gutaussehende Gesicht seines Vaters ausgemergelt, seine Haut grau und sein Haar ging zurück. Massimo begrüßte seinen Vater und versuchte die Gefühle aus seiner Stimme zu verbannen.

„Hey, Papa, du siehst gut aus."

Angelo schnaubte. „Die Schauspielstunden machen sich bezahlt, mein Junge. Komm her und umarme deinen alten Mann. Drück mich aber nicht zu fest."

Massimo umarmte seinen Vater. „Tut es weh?"

„Nur wenn deine Mutter denkt, ich sei ein fragiler Schwächling."

„Oh, Papa."

Angelo winkte ab. „Irgendwann trifft es uns alle, Massi." Er musterte seinen Sohn von oben nach unten. „Du siehst anders aus."

„Tu ich das?"

„Entspannter. Hast du eine neue Frau?"

Massimo grinste. Angelo entging nicht viel. „Noch nicht wirklich, aber ich habe etwas in Aussicht."

Angelo rollte mit den Augen. „Sohn, verschwende nicht deine Zeit. Wenn du sie magst, dann sag es ihr."

„Es ist kompliziert."

Angelo schüttelte den Kopf, aber sagte nichts mehr dazu. „Hilf mir hier draußen."

Daraufhin verbrachte Massimo den Nachtmittag damit, Oliven von den Bäumen zu pflücken. Als er und Angelo in die Küche zurückkamen, tauschte er einen Blick mit seiner Mutter aus, die dankbar nickte.

Gracia und Francesco kamen am frühen Abend, laut und polternd wie immer, und die Familie aß auf der Terrasse, genossen Giovannas köstliches Essen und lauschten denselben Geschichten, die Angelo ihnen schon ihr ganzes Leben lang erzählt hatte.

Später, in dem Gästezimmer, das Giovanna ihm gegeben hatte, stieg Massimo ins Bett und sah auf sein Handy. Er hatte kaum Netz, doch das Signal war gut. Er spielte mit dem Gedanken, Valentina anzurufen, um ihr zu danken, entschied sich dann aber dagegen. Er würde sie anrufen, sobald er wieder in Rom war, dann wäre er nicht so leicht angreifbar, falls sie wieder versuchen sollte, ihn zu manipulieren.

Er schickte eine spontane Nachricht an Lazlo Schuler, in der er ihn um Indias Nummer bat. Er war überrascht, als sein Handy ein paar Minuten später klingelte.

„Hallo?"

Am anderen Ende war kurzes Schweigen, dann: „Hallo Massimo."

Massimo setzte sich auf. „India?"

„Hi."

Massimos Herz machte einen Satz. „Wow ... ähm, ich habe das nicht erwartet ... hi. Hi."

Er hörte sie leise lachen. „Hallo."

„Danke, dass du mich anrufst ..." Er war verwirrt und musste über sich selbst lachen. „Ich bin heute Abend nicht unbedingt der einfachste, nicht wahr?"

„Ganz einfach. Und es ist noch Nachmittag hier."

„Bist du in New York?"

„Ich verbringe die Feiertage mit Lazlo und ein paar Freunden. „Und du?"

„Ich bin in Apulia, bei meiner Familie."

„Das ist der Absatz des Stiefels, nicht wahr? Südost-Italien?"

Massimo war beeindruckt. „Stimmt."

„Ist es kalt und habt ihr Schnee?"

„Kaum. Es ist mild und wunderschön. Vielleicht magst du ja eines Tages zu Besuch kommen?"

India lachte leise. „Vielleicht. Wie geht es dir?"

„Gut, danke, Bella. Hat dein Bruder dir von meinem Besuch erzählt?"

„Ja." India zögerte erneut. „Die Fotos von dir und Valentina ..."

„... sie sind vollkommen unbedeutend."

„Ich weiß das jetzt. Aber auch wenn sie das nicht wären, ich hatte kein Recht dazu, eifersüchtig oder wütend zu sein. Bei mir ist etwas passiert, und unschuldige Leute sollten da nicht mit hineingezogen werden."

Massimo biss sich auf die Lippe. „Lazlo sagte, du bekommst Morddrohungen. Mehr als nur den üblichen Blödsinn der Unterhaltungsbranche."

India schwieg einen Moment, und Massimo fragte sich, ob sie aufgelegt hatte. „Indy?" Er sprach ihren Namen leise aus.

„Ich möchte nicht darüber reden", flüsterte sie. „Irgendetwas, nur eine verdammte Sache in meinem Leben, sollte sich nicht darum drehen."

Wie sehr er sich wünschte, sie in seinen Armen halten zu können. „Das kann ich sein, Indy. Für dich. Ich bin das, was du brauchst. Ein Freund. Jemand, der einfach … für dich da ist."

Sie schwieg erneut und rang scheinbar mit sich selbst.

„Schau", erläuterte er. „Alles, was ich sage, ist … ich möchte dir beweisen, dass du mir vertrauen kannst. Ich kenne meinen Ruf. Ich bitte dich um nichts anderes als deine Freundschaft, auch wenn das bedeutet, dass wir hin und wieder reden."

„Ich … will mehr, Massimo. Mit dir. Ich habe viel an dich gedacht. Aber ich weiß nicht, ob …" Sie seufzte. „Aber reden kann ich. Ich schicke dir meine Nummer."

Sein Handy piepste, und er speicherte ihre Kontaktdaten. „Speichere es nicht unter meinem Namen", sagte sie schnell, und er gab ihr einen temporären Codenamen, bis ihm etwas Passendes einfallen würde. „Ich muss hoffentlich nicht betonen, dass du sie nicht weitergibst."

„Das musst du nicht. Indy?"

„Ja?"

„Ich zähle die Tage, bis ich dich wiedersehe."

Er hörte ihr leises Lachen. „Zwei Wochen, Mass. Zwei Wochen und wir werden herausfinden, ob der Funke noch überspringt."

„Ich bin mir sicher, dass er das wird." Er musste über seine Arroganz lachen, und sie stimmte ein.

„Das hoffe ich auch. Und auch wenn es nicht der Fall sein sollte, können wir Freunde sein."

Massimo lächelte ins Telefon. „Auf jeden Fall, Bella. Ich denke, es war uns bestimmt, dass wir uns treffen, ganz gleich ob wir ... du weißt schon."

„Dem stimme ich zu. Es kommt nicht oft vor, dass ich für jemanden so empfinde ... nicht mit ... egal." Sie kicherte nervös. „Wir haben viel Zeit zum Reden."

„Kann ich dich Morgen anrufen?"

„Gern. Und jetzt schlaf gut, Massimo."

„Gute Nacht, meine Schöne."

Er stellte sein Handy ab und legte sich lächelnd ins Bett. Er konnte es wirklich nicht erwarten, sie zu sehen. Zwei Wochen. „Okay, Pa", sagte Massimo leise. „Du hast recht. Ich werde aufhören, Zeit zu verschwenden. Mal schauen, ob ich mit diesem hübschen Mädchen eine Zukunft habe. Mal schauen, ob ich es das hinbekomme."

KAPITEL SIEBZEHN – DUSK TILL DAWN

India wählte Suns Nummer, und das Herz schlug ihr bis zum Hals. Er hatte es getan. Er hatte den Medien in Südkorea seine Liebe zu Tae gestanden.

Und Tae hatte ihn abgelehnt. Nach allem. Sun war gedemütigt. Der Anruf ging auf den Anrufbeantworter.

„Süßer, Sonnenstrahl, bitte sag mir, ob du okay bist. Wenn du mich brauchst, dann komme ich zu dir. Bitte …" Ihre Stimme brach, und sie kämpfte mit den Tränen. „Sag mir, dass du noch atmest."

Es war der Tag vor Weihnachten. Ihre angenehme Woche mit ihren Freunden Coco und Alex und ihren nächtlichen Gesprächen mit Massimo in Italien war an diesem Morgen von den Nachrichten zerstört worden.

Auch wenn sie sich nicht einmischen wollte, rief India Tae an. Sie stritten sich und India schrie Suns Liebhaber an. „Du bist ein gottverdammter Lügner, Tae. Er hat alles für dich aufgegeben, und du tust ihm das an? Schämen solltest du dich!"

„Ich mich schämen? Du hast ihn doch gefickt! Du wusstest, dass er mich liebt, und du hast trotzdem mit ihm geschlafen! Also lass mich mit deinen Heucheleien in Ruhe, India! Ich scheiße auf dich." Die Leitung starb.

„Scheiße!", schrie India so laut, dass Coco, Alex und Lazlo in ihr Zimmer verlaufen kamen. Sie wütete, bis Alex schließlich seine Arme um sie legte. Er sah die anderen an. „Können wir eine Minute allein haben?"

Nachdem Coco und Lazlo gegangen waren, sah India Alex schuldbewusst an. „Lässt du mich jetzt an deinem Wissen über Schwule teilhaben?"

Alex grinste schief. „Darauf kannst du wetten. Schau, nur zwischen dir und mir … was läuft zwischen dir und Sun?"

„Nichts."

„Indy."

„Was?"

Alex seufzte. „Komm schon. So wie ihr euch anseht?"

India rieb sich über die Stirn. „Also schön. Ja, wir hatten etwas miteinander. Vor kurzem und auch davor schon. Wir waren zu dem Zeitpunkt beide Singles. Beide Male. Keiner von uns hat jemanden betrogen."

Alex sagte nichts, hielt nur ihren Blick. Nach einem Moment nickte India. „Deshalb habe ich Seoul verlassen. Sun wollte bei Tae sein, mit ihm reden … Was ist passiert, Alex?" Sie wischte eine Träne beiseite. „Das hat Sun das Herz gebrochen. Er wird von der Presse attackiert werden, weil Tae nicht mutig genug war zuzugeben, dass er Sun liebt."

„Du kannst die Menschen sich nicht dazu zwingen sich zu outen", sagte Alex. „Glaub mir. Ich hatte Glück. Ich habe es von mir aus getan. Denk daran, dass wir nicht die Umstände kennen. Wir wissen nicht, ob Tae Sun gesagt hat, dass er noch nicht dazu bereit ist und Sun es trotzdem getan hat. Ist Tae hier der Böse? Keiner von beiden ist es. Sun ist verliebt – er will, dass alle Welt es erfährt!"

India hörte ihrem Freund zu, und ihr Herz war schwer. Alex hatte recht. Tae war auch verletzt, und sie machte es nur schlimmer. Alex beobachtete aus seinen grau-grüne Augen, wie sie die Informationen verarbeitete. Er legte ihr einen Arm um die Schulter. „Das wird vorbeigehen. Sie sind eine der bekanntesten K-Pop Gruppen der Welt. In ein paar Monaten wird es niemanden mehr interessieren. Schau dir doch all die Menschen an, die sich über die Jahre hinweg geoutet haben."

India lehnte sich an ihn. „Ich habe nur das Gefühl, dass ich ihn beschützen müsste."

„Was nichts Schlechtes ist. Dennoch", er küsste sie auf die Schläfe, „solltest du aufhören mit Sun zu schlafen. So sehr ihr euch auch liebt, du gehörst nicht zu ihm und er nicht zu dir."

„Du hast recht." Sie lächelte dankbar. „Alex, kann ich dir was sagen? Das männliche Geschlecht kann so verdammt froh sein, dich zu haben."

Sein breites Grinsen zog seine Mundwinkel nach oben. „Himmel, ja, das können sie." Er küsste sie auf die Stirn. „Und hör auf mit mir zu flirten, du Verführerin."

India kicherte. „Wusstest du nicht, dass ich scharf auf schwule Männer bin?"

„Entschuldige Liebes, aber bevor dir nicht ein Penis gewachsen ist …"

Sie lachte und schlug nach ihm. „Idiot."

Sie gingen nach draußen ins Wohnzimmer, wo Lazlo und Coco miteinander redeten und sie neugierig fragten, über was sie gesprochen hatten. India lächelte. „Tut mir leid. Ich bin etwas ausgeflippt. Ich habe mir nur Sorgen um Sun gemacht."

Ihr Handy piepste, als sie das sagte und sie las die Nachricht. Erleichterung durchflutete sie. Suns Nachricht war kurz, aber lieb.

Mir geht es gut. Brauche nur etwas Zeit. Mach dir keine Sorgen, Sun.

„Oh dem Himmel sei Dank", sagte sie leise und erzählte es den andren. Coco und Lazlo warfen sich einen Blick zu.

Lazlo räusperte sich. „Okay ... hör zu. Es ist Weihnachten. Wir sind zusammen. Lasst uns das genießen, okay? Wir hatten dieses Jahr schon genug Stress."

India nickte. „Davon abgesehen müssen wir Coco für ihr heißes Date heute Abend fertig machen."

Sie alle neckten Coco, die lächelte. „Ihr seid alles Bastarde. Es ist nur ein Abendessen, nichts Großes."

„Du hast gesagt, der Typ versucht in die Videoproduktion einzusteigen?", fragte India.

Coco nickte. „Nun, wenn er einen guten Direktor mit einer Vision hat, dann geben wir ihm gern eine Chance."

„Wirklich?"

„Sicher. Jeder fängt mal klein an. Ich auch. Und ich werde Bay Tempe ewig dankbar sein, dass sie mich unterstützt hat. Wenn sie nicht gewesen wäre, dann wäre ich heute nicht hier, also klar. Gib es weiter!"

Coco lächelte. „Mir gefällt der Gedanke."

„Solange wir sie überprüfen können", fügte Lazlo hinzu. Beide Frauen rollten mit den Augen. „Hey, ich bin derjenige, der die Füße auf den Boden haben muss. Wir haben es hier mit einer sehr ernsten Situation zu tun."

Indias Lächeln verblasste, und sie seufzte. „Ich würde mir gern etwas wünschen. Ein Wunsch, dass mein Leben sich nicht um einen Psychopathen dreht und dem, was er mit mir anstellen will. Scheiß auf den Mist." Sie nahm ihr Glas Milch und erhob es. Die anderen glucksten und hoben ihre Kaffeetassen.

„Scheiß auf den Mist!", riefen sie und lachten, als sie mit den Tassen anstießen.

Massimos Tage drehten sich fast ausschließlich um seine Gespräche mit India. Er wartete, bis seine Familie im Bett war, manchmal bis nach Mitternacht, und dann rief er sie an, während er draußen saß und zu den Sternen aufsah. Bei so wenig Lichtverschmutzung wollte der Romantiker in ihm in den Himmel starren, wissend, dass sie denselben Mond sah wie er.

Er sagte ihr das heute Abend, am Weihnachtsabend, und sie gluckste. „Das ist so süß … mir gefällt das. Verzeih mir, wenn ich nicht nach draußen gehe, um in die Sterne zu sehen, denn es ist bitterkalt hier, sobald die Sonne untergangen ist. Ich setze mich einfach ans Fenster."

„Lass uns per Skype reden, damit wir uns sehen."

India lachte. „Wir hören uns wie liebeskranke Teenager an, ist dir das eigentlich klar?" Aber bald sah er sie, eingehüllt in eine Decke und am Fenster sitzend. Sie winkte ihm zu, und auf ihrem süßen Gesicht breitete sich ein Lächeln aus, als die Verbindung aufgebaut war. „Hey, gutaussehender Mann."

„Hi, meine Schöne." Er berührte den Bildschirm, und sie hob ihren Finger, um sein Bild zu berühren. Massimo musste lächeln. Da saß er nun, ein Megastar, ein internationaler Playboy, und sein Herz schmolz bei einer solch einfachen Geste.

„Ich wünschte, ich könnte jetzt bei dir sein."

India lächelte. „Dito. Aber ich denke im Moment sind wir genau da, wo wir sein sollen. Zehn Tage, Massimo. Und dann sehen wir uns wieder." Sie lächelte scheu. „Ich bin so … aufgeregt."

„Ich auch, Indy. Lazlo hat mir die Zusammenfassung geschickt … mir gefällt das Konzept. Dunkel", fügte er grinsend hinzu.

„Ich muss dich warnen, meine Schauspielerei ist nicht annähernd so gut, wie du es gewohnt bist. Du wirst mich also etwas mitziehen müssen."

„Du wirst großartig sein."

Sie plauderten eine Weile per Videochat, und India war sehr entspannt. Als er es erwähnte, nickte sie.

„Mit dir zu reden hilft. Du bist mir ein ... sehr lieber Freund geworden." Sie zögerte, bevor sie das Wort Freund aussprach, und kicherte dann. Zwischen ihnen war mehr als nur Freundschaft, und dessen waren sie sich beide bewusst.

Massimo fuhr mit dem Finger über ihre Wange auf dem Bildschirm. „Ich fühle mich geehrt."

India lächelte ihn an. „Ich wünschte, du könntest jetzt bei mir sein."

„Das wünschte ich auch, Baby."

India sah ihn schüchtern an, ließ dann langsam die Decke sinken und zog ihr Sweatshirt aus. Sie war nackt darunter, und Massimo sog scharf die Luft ein. „Mio Dio, India ..."

Ihre Wangen wurden rot, und Massimo sah, dass sie nervös war, aber sie stand auf und ging zu ihrem Bett. Sie stellte den Laptop auf den Nachttisch und strippte für ihn.

Massimo zog sein eigenes Shirt über den Kopf und ging zu seinem Bett.

„Ich will dich ganz sehen", sagte India leise, als er seinen Laptop abstellte und seine Hose und Unterhose auszog. Er hörte sie vor Verlangen keuchen, und ihm wurde warm. Er legte seine Hand an seinen Schwanz, der bereits halb erigiert war.

Nackt war India sensationell, ihre weichen Kurven und wundervolle Honighaut weckten seine Sehnsucht nach ihr. „Du machst mich hart, schöne Indy ... ich will in dir sein."

„Ich will dich in mir", flüsterte sie. Sie nahm ihren Laptop, während sie über ihren Bauch streichelte und dann die Finger zwischen ihre Falten gleiten ließ. „Ich stelle mir vor, dass es deine Hand ist", murmelte sie. „Die mich streichelt und liebkost. Und meine Finger sind an deinem Schwanz, streicheln darüber ... zeig ihn mir Massimo ... lass ihn mich sehen ..."

Seine Hand hatte sich um die bebende Länge seines Schwanzes geschlossen, als er hart wurde. „Spreize deine Beine für mich, Baby ...“

Sie tat, worum er sie bat, und die glitzernden, rosa Falten ihrer Schamlippen waren entblößt, als ihre Finger ihre Klitoris massierten. „Wow, du bist so schön ...“

Sein Schwanz war jetzt steinhart, während er sich selbst streichelte und sich vorstellte, tief in sie zu sinken, zu spüren wie weich und nass sie war. „Himmel, ich will dich so sehr ...“

„Ich spüre dich in mir“, keuchte sie. „Ich spüre deine Haut auf meiner, deinen Mund auf meinen Lippen ... Himmel, Massimo ... Massimo ...“

„Spürst du, wie ich in dich gleite?“ Er wollte, dass sie zwei Finger in sich steckte, und sie schien zu verstehen, ließ ihren Zeigefinger und Mittelfinger in ihre Vagina gleiten und seine Bewegung nachahmen.

Er massierte jetzt seinen Schwanz, sehnte sich danach, dass es ihre Hand war oder ihre Muschi, die ihn umschloss. Lust explodierte, als sie keuchten und sich Dinge zuflüsterten.

„Zeig mir dein Gesicht“, japste er, als er sich dem Höhepunkt näherte. „Ich will sehen, wenn du kommst ...“

India war schweißbedeckt, ihre Augen riesig vor Verlangen. Sie lächelte ihn an in dem Moment, bevor sie kam, sich aufwölbte, den Kopf zurückwarf und ihre Augen schloss. Als er das langgezogene, lustvolle Stöhnen hörte, kam auch er und rief immer wieder stöhnend ihren Namen.

Sie lagen auf ihren Betten, atemlos und lachend. „Das war unglaublich“, sagte India, immer noch nach Luft schnappend. „Ich habe das noch niemals zuvor getan.“

„Also, das war mit Sicherheit ein großartiges Debut“, sagte er glucksend. „Mio Dio, India, hast du eigentlich eine Ahnung, wie sehr ich mich danach sehne, jetzt bei dir zu sein?“

„Ja, ja, wirklich ...“ Sie lachte dabei. „Zehn Tage, Massimo.“

„Viel zu lang", sagte er grinsend. „Vorfreude."

India grinste ihn frech an. „Wir haben ein Video zu drehen ... zuerst."

„Über was? Besteht die Chance, dass du eine Sexszene dafür schreiben kannst?"

India warf ihren Kopf zurück und lachte. „Das wäre doch mal was. Ich sehe schon wie MTV es spielt, während wir ficken."

„Sag nicht ficken, du machst mich damit verrückt."

„Ficken", schnurrte sie erneut, ihr Mund nah am Mikrofon und kicherte, als er stöhnte.

„India Blue?"

„Max Green?" Ihr Lächeln war hinterhältig.

„Oh, haha. Es ist seltsam, dass unsere Nachnamen Farben sind, das ist mir nie in den Sinn gekommen."

„Eigentlich ist Blue mein mittlerer Name. Ich benutze keinen Nachnamen. Egal, was wolltest du sagen?"

„India Blue, in zehn Tagen ... werde ich dich richtig heftig ficken."

Sie stöhnte vor Verlangen, und sie fingen wieder da an, wo sie aufgehört hatten, redeten und berührten sich bis spät in die Nacht. Sie brachten sich gegenseitig immer wieder zum Höhepunkt und als es zu dämmern anfing, sah Massimo aus dem Fenster auf die Morgensonne, die hereinschien.

„Indy?"

„Ja, Baby?"

Er berührte ihr Bild auf dem Monitor. „Frohe Weihnachten, mein Liebling."

India lächelte ihn an, und ihre Augen waren warm. „Frohe Weihnachten, Baby."

Und in diesem Moment wusste Massimo, dass er sich verliebt hatte.

KAPITEL ACHTZEHN – HARDLY WAIT

Coco dankte Dimitri Panza für das wundervolle Abendessen und bat den Kellner ihr ein Taxi zu rufen.

„Gern."

Dimitri lächelte sie an. „Ich kann dich nach Hause bringen."

Coco lächelte. Das Abendessen war … interessant gewesen. Dimitri war gebildet und ziemlich charmant, aber da war etwas, das sie nicht benennen konnte, und es nervte sie. Auf den ersten Blick war er gutaussehend und angenehm, aber irgendetwas stimmte nicht. Erst am Ende des Abends kam sie darauf, was es war.

Er hatte ihr absolut nichts über sich selbst erzählt. Nichts. Er hatte über sie geredet, über ihre Arbeit, ihre Kunden, über seine Ambitionen mit seiner eigenen Firma, aber nichts Privates. Er war fast jeder persönlichen Frage ausgewichen, und am Ende hatte Coco aufgegeben.

Davon abgesehen war trotz seiner Liebenswürdigkeit kein Funke übergesprungen, und Coco wünschte sich schon bald, dass sie seine Einladung abgelehnt hätte. Als er ihr jetzt anbot, sie nach Haus zu bringen, schüttelte sie ihren Kopf. „Nein, danke."

Er drängte sie nicht weiter, brachte sie aber nach draußen zu dem wartenden Taxi. Er küsste ihre Hand. „Noch einmal vielen Dank, Coco. Es war mir ein Vergnügen."

„Das war es. Ich denke, im neuen Jahr habe ich vielleicht Neuigkeiten bezüglich der Arbeit. Ich kümmere mich darum."

„Danke. Ich wünsche schöne Weihnachten."

„Dir auch."

Sie nahm das Taxi nach Hause. Lazlo war ausgegangen, und Alex war allein im Wohnzimmer und las. Coco strich liebevoll über seinen Kopf, und er lächelte sie an. „Wie war deine Verabredung?"

„Eine Pleite, aber zumindest eine angenehme Pleite." Sie warf sich neben ihm auf die Couch. „Wo ist Indy?"

„Spricht mit Massimo, nehme ich an. Sie ist schon seit Stunden im Schlafzimmer."

Sie lächelten sich an. „Ah."

„Ich habe ein paar eindeutige Geräusche gehört."

Beide kicherten. „Ich habe versucht, die Musik lauter zu drehen, aber das scheint sie nur noch mehr angeheizt zu haben."

Coco lachte. „Hey, wenn sie glücklich ist …"

„Genau. Also war der Kerl heute so lala?"

„Ja", Coco zuckte mit den Schultern. „Ist wahrscheinlich am besten, das auf beruflicher Ebene zu belassen. Er scheint seine Arbeit zu lieben." Sie runzelte die Stirn. „Unter uns?"

„Immer."

„Ich fühle mich nicht wohl dabei, ihm Indias neues Video zu überlassen. Ich liebe sie für das, was sie gesagt hat, aber wir wissen nichts über den Kerl. Lazlo hatte recht. Wir müssen jeden überprüfen, und ich weiß nicht, er hat irgendwie eine ungute Ausstrahlung. Bis wir mehr wissen …"

„Ihr habt euch nicht beim Essen über eure Vergangenheit unterhalten?"

„Nein."

Alex verzog das Gesicht. „Das ist für ein erstes Date ziemlich seltsam."

„Nicht wahr? Es ist komisch." Coco lehnte sich zurück. „Aber wen interessiert es? Ich bezweifle, dass wir noch einmal miteinander ausgehen werden."

In diesem Moment hörten sie einen gedämpften Schrei und lachten. „Anders als India und Massimo ... da gibt es augenscheinlich ein erstes, zweites und drittes Date ..."

„Gut. Ich freue mich." Alex seufzte. „Ich selbst bin ja ein bisschen eifersüchtig, da ich gerade eine Trockenzeit habe."

Coco lachte. „Wenn du kein Date bekommst, dann niemand, Rogers." Alex Rogers war der Inbegriff eines Mannes: groß, tiefe Stimme, gut gebaut und mit dem Gesicht eines römischen Gottes. Als sie sich das erste Mal getroffen hatten, hatte Coco keine Ahnung gehabt, dass er schwul war, aber Alex hatte seine sexuellen Vorlieben niemals verheimlicht. Er hatte ihr einmal gesagt, dass er sich niemals geoutet hätte, weil es niemals ein Geheimnis gewesen ist, und Coco liebte das an ihm. Sie alle wandten sich immer an Alex, wenn sie eine ehrliche Meinung brauchten. Sogar Lazlo, der ein starker Mann war, abgesehen von seinen unterschwelligen Schuldgefühlen, dass er India nicht besser beschützt hatte, als sie ein Teenager gewesen war. Dann war er nicht objektiv und auch nicht vernünftig. Und wenn India wollte, dass er beide Seiten des Streits betrachtete, wandte sie sich an Alex.

Sogar Coco, eine Feministin und erfolgreiche Publizistin, fragte ihn um Rat und vertraute ihm mehr als allen anderen. Jetzt kroch sie auf der Couch zu ihm, und er schlang einen Arm um sie. Alle fühlten sich in Alex Nähe sicher.

„Lex?"

„Ja, Babe?"

„Willst du mit mir weglaufen?"

„Klar", gluckste er und küsste sie auf die Schläfe. „Würdest du mit diesem alten Mann sesshaft werden wollen?"

„Du bist niemand der sesshaft ist, Rogers. Die Menschen sollten bis zum letzten Atemzug um dich kämpfen." Sie kuschelte sich an seine Brust und spürte wie sein Lachen durch seinen Körper dröhnte. Er streichelte ihr Haar.

„Süßholzraspler."

Coco grinste. „Wenn ich nur einen Schwanz hätte."

„Einen großen Schwanz", ergänzte Alex, und sie lachte.

„Ich weiß, dass ich den hätte. Den allergrößten. Ich würde ein Tripod sein." Beide lachten, als eine ziemlich gerötete und verlegen aussehende India auftauchte. Sie warf ihnen einen beschämten Blick zu, bevor sie in der Küche verschwand.

Coco und Alex sahen sich an, standen auf und folgten India. Sie traten an ihre Seite und starrten, bis sie anfing zu lachen. „Was? Himmel ihr zwei seid so verdammt kindisch."

„Ha-ha", sagte Coco und stieß ihre Freundin an. "Und du hattest gerade Telefonsex."

Indias Gesicht wurde dunkelrot, aber sie konnte das Grinsen nicht aufhalten, das sich auf ihrem Gesicht ausbreitete. „Videochat-Sex. Und es war himmlisch."

„Das haben wir gehört."

„Ihr seid nur eifersüchtig."

„Ja." Coco fing an zu lachen. „Ich nehme an, das war der italienische Schauspieler?"

India nahm ihr Glas Wasser. „Gute Nacht ihr zwei."

„Gute Nacht."

„Süße Träume, Indy."

Beide seufzten. Dann sahen sie sich an und lachten. „Wir sollten wirklich Sex haben", sagte Alex, und Coco stimmte ihm zu.

„Ja, das sollten wir. Wie wäre es in der Zwischenzeit mit ein bisschen Kuscheln, Kumpel? Ich hasse es, am Weihnachtsmorgen allein aufzuwachen."

Alex schlang seinen Arm um sie. „Komm, lass uns kuscheln."

„Lex?"

„Ja?"

„Erstich mich nicht mit deiner Morgenlatte."

Alex grinste. „Du solltest dich glücklich schätzen."

‚Dimitri Panza' folgte dem Taxi, bis Coco Conrad ausstieg. Es war das Gebäude, in dem sich Lazlo Schulers Penthouse befand. So, sie wohnte also bei India und Lazlo. Das Abendessen war ... okay gewesen. Auch wenn Coco eine schöne Frau war, hatte er vorsichtig sein müssen, was er sagte, um nicht so zu klingen, als würde er sich mehr für India als ihre anderen Klienten interessieren.

Braydon grinste. Er war sich sicher, dass er das gut hinbekommen hatte, und er war sich auch sicher, dass Coco ihn um kein zweites Date bitten würde. Kein Problem. Er hatte dafür gesorgt, dass sie wusste, dass es ihm um das Geschäft ging, und sie schien gewillt zu sein, ihm Arbeit zu verschaffen. Großartig. Das gab ihm Rückendeckung.

Er erzählt Stanley, was er geplant hatte, als er ihn ein paar Tage später sah. Und der Mann schien erfreut zu sein. „Gut. Je mehr man dir in ihren Kreisen vertraut, desto näher wirst du an India herankommen. Nimm dir Zeit, und lass sie die schlimmsten Schmerzen leiden, bevor sie stirbt."

„Was hat sie dir getan? Hat sie dich gefickt und dann fallengelassen? Sieht India gar nicht ähnlich."

Stanleys Augen wurden so kalt, dass es sogar dem normalerweise schwer beeindruckbaren Braydon kalt wurde. „Meine Beziehung zu India geht dich nichts an, Carter. Du willst sie genauso tot sehen wie ich, und dafür bezahle ich dich."

„Und es wird mir ein Vergnügen sein. Ich bin nur neugierig."

Stanley erwiderte nichts mehr und ging kurz darauf, aber Braydon fragte sich erneut, warum dieser langweilige ältere Mann, der an der Oberfläche ganz respektabel aussah, die achtundzwanigjährige Popsängerin tot sehen wollte. Vielleicht war er genauso sehr von India besessen wie Braydon? Er konnte ihm keine Vorwürfe machen.

Braydon sah noch einmal auf das Gebäude und fuhr dann heim. Er öffnete seinen Laptop und sah seine Nachrichten durch. Über India gab es nichts Neues, aber er hatte eine Nachricht über den koreanischen Sänger, und die war ziemlich interessant.

Er hatte sich geoutet? Er war schwul? „Also hast du ihn gar nicht gefickt, Indy?" Aber sie mochten sich. Wie sehr würde es sie quälen, wenn dem Jungen etwas zustoßen würde? Er grinste. War es das wert? Wenn dem Schönling etwas zustieße, dann würde sie eventuell abtauchen und er würde sie verlieren. Es war den Ärger nicht wert.

Es sei denn, der Junge war gar nicht schwul, sondern bisexuell und hatte India gefickt? Dann wäre es das wert, ihn zu töten. In Braydons Händen juckte es jemanden sofort umzubringen – ganz egal wen.

Doch Südkorea war zu weit weg, nur um das Jucken zu befriedigen. Stattdessen zog er sich schwarze Trainingshosen und einen Hoodie an und ging in die Stadt. Es war bitterkalt, aber das störte ihn nicht. Sein Adrenalin pumpte durch seinen Körper, und in seinem Kopf kreischte Blutdurst und Verlangen. Er würde die ganze Nacht suchen, wenn er musste, aber er hatte Glück.

Er nahm die U-Bahn zu seinem Vorort in Queens und ging zu einer Bar, die er kannte. Er sah sie, als er sich setzte und der Bartender ihm seinen Drink brachte. Dunkle Haare, die sich über ihre Schultern wellten, ein süßes Gesicht und wunderschöne, goldene Haut. Nicht so atemberaubend wie India, aber sie würde ausreichen. Er hatte schon eine Erektion. Sie saß zusammen mit einer Gruppe Freunden, schwatze und lachte, aber nach ein Uhr morgens ging sie allein hinaus, um zu rauchen. Dummer Fehler.

Eine Hand über ihren Mund, und das Messer war sofort aus seiner Tasche. Sie hatte es nicht kommen sehen. Eins … zwei … drei … vier … dann ließ er ihren Körper fallen, während das Blut ihren Sweater durchtränkte. Er hörte sie ein letztes Mal nach Luft schnappen, dann wich das Leben aus ihren Augen, und ihr letzter Atem entwich seufzend aus ihr. Indias Gesicht legte sich vor seinen Augen über ihres. Es würde für den Moment reichen müssen, aber India würde nicht so schnell sterben.

Er lief von dem Körper weg, als Menschen aus der Bar kamen, und nahm die U-Bahn nach Manhattan, zog seine blutige Kleidung aus und warf sie in die Waschmaschine. Er duschte, befriedigte sich bei der Erinnerung an den Mord selbst und kam grunzend und bebend. Die Vorfreude brachte ihn fast um, aber er hatte die Erinnerung daran, was er das letzte Mal mit India angestellt hatte. Es war zwölf Jahre her. Diese Erinnerung hatte ihn zwölf Jahre lang über Wasser gehalten, und bald würde er es erneut erleben dürfen. So bald.

Braydon ging ins Bett und träumte von Indias Schreien, träumte davon, wie sie ihn anflehte und um ihr Leben bettelte.

KAPITEL NEUNZEHN – PILLOW TALK

Weihnachtstag, **Manhattan NZC**

INDIA DREHTE SICH IM BETT AUF DIE ANDERE SEITE UND ÖFFNETE IHRE Augen. Weihnachten. Es war bereits nach zehn Uhr, und Lazlo und ihre Freunde waren schon auf. Sie streckte sich. Sie hatte schon seit Jahren nicht mehr so gut geschlafen, außer …

… außer, als sie bei Sun gewesen war. Sie fragte sich, wie es ihm ging. Sie hoffte, dass er zumindest bei seiner Familie war. Sie nahm ihr Handy und schickte ihm eine Nachricht.

Engel, Baby, du bist geliebt und geschätzt. Tae liebt dich, er hat nur Angst. Du bist sehr mutig, mein Liebling. Frohe Weihnachten, Ich liebe dich, I xx

Es war bereits vier Uhr Nachmittag in Korea, also war sie nicht allzu überrascht, aber erfreut, als eine Antwort kam.

Mir geht es gut. Bin bei meiner Familie. Bin geliebt und geschätzt, keine Sorge. Ich liebe dich auch. Tae und ich werden das Problem lösen. Ob du es glaubst oder nicht, wir sind beide erwachsen. Ich vermisse dich. Frohe Weihnachten dir und Lazlo. Sun x

India lächelte, als sie es noch einmal las. „Engel", flüsterte sie und sah sich die Bilder an, die sie gemacht hatte, als sie bei ihm gewesen war und schickte sie ihm. *Für immer Freunde*, schrieb sie. Eine Sekunde später antwortete er mit einem Herz.

India seufzte. Sie war nervös wegen der Nachricht, die sie schicken würde, was lächerlich war angesichts der letzten Nacht. Sollte sie stattdessen lieber anrufen?

Bevor sie es sich anders überlegen konnte, drückte sie auf *Anrufen* bei Massimos Nummer. In der Sekunde, in der sie seine Stimme hörte, wusste sie, dass sie die richtige Entscheidung getroffen hatte.

„Principessa", schnurrte er, und Lust rollte durch ihren Körper. „Frohe Weihnachten, Bella."

„Frohe Weihnachten, Massi." Es war seltsam, wie schnell sie die Kosenamen füreinander gefunden hatten. Sie liebte das an ihrer Beziehung. Sie waren wie wirkliche Freunde und doch auch Liebhaber. „Ich bin faul. Ich bin immer noch im Bett."

Er lachte leise und dunkel. „Das ist gut, denn genauso stelle ich mir dich vor. Aber ich bin bei dir."

„Bald Baby."

Sie hörte, wie er scharf die Luft einsog. „Si. Bald."

Sie plauderten noch eine Weile und verabschiedeten sich dann. „Ich rufe dich später an, Bella, falls dir das recht ist."

„Das ist mir sehr recht", sagte sie lächelnd.

Sie duschte, zog sich an und ging dann zu ihrer Familie hinaus. „Wird ja auch Zeit", sagte Coco mit vollem Mund. India grinste und umarmte alle.

„Gabe ist auf dem Weg hierher", sagte Lazlo mit fragendem Blick, aber sie lächelte ihn an.

„Gut. Wir sollten heute alle zusammen sein. Kommt Jess?"

„Später. Sie besucht heute die Eltern ihrer neuen Freundin."

India gluckste. „Also sind wir traurige Singles heute ganz unter uns?"

„Ja." Alex klopfte ihr auf die Schultern. „Du hast dich mit Sicherheit nicht nach Single angehört letzte Nacht."

„Ha?" Lazlo sah verwirrt aus, und India starrte Coco und Alex an, die kicherten.

„Egal. Lass uns mit der Party anfangen …"

Apulia, Italien

Massimo legte sein Handy hin, und sein Bruder stieß ihn mit dem Ellbogen an. „Ich kenne das Grinsen. Wer ist sie?"

Sie saßen in der Küche des Farmhauses seiner Eltern, der Tisch war mit Essen gefüllt, das seine Mutter und seine Schwester zubereitet hatten. Sie waren heute Morgen von der Kirche heimgekommen, die Pflicht war getan, und jetzt konnten sie sich entspannen und den Tag genießen. Die drei Kinder drängten ihre Mutter sich hinzusetzen und auszuruhen, aber das war vergebens. Angelo amüsierte sich über ihre Bemühungen, denn er wusste aus Erfahrung, dass Giovanna sich erst dann ausruhen würde, wenn alle satt waren.

Sie sah ihren ältesten Sohn an. „Eine neue Frau?"

Massimo zögerte. Giovanna und Valentina standen sich sehr nah, und seine Mutter hatte die Trennung ziemlich mitgenommen. Doch das lag in der Vergangenheit, und er konnte ihnen India nicht verheimlichen, wenn sie eine gemeinsame Zukunft haben wollten.

„Sie ist eine Sängerin. Und Amerikanerin. India Blue. Ich habe sie vor ein paar Monaten in Venedig kennengelernt, und wir reden oft."

„Magst du das Mädchen?", fragte Angelo interessiert.

„Ja. Sehr sogar …" Massimo sah zu seiner Mutter. Giovanna hatte ein schreckliches Pokergesicht. Sie war nicht glücklich. „Mama … ich weiß, dass du Val liebst, und sie wird auch immer zur Familie gehören, aber wir werden nicht wieder zusammenkommen." Er beschloss

Vals Verhalten nicht zu erwähnen – warum sollte er es noch schwieriger machen?

„Das weiß man nie." Seine Mutter winkte mit der Gabel, gab dann aber nach.

„Erzähl uns mehr von dem anderen Mädchen."

Also erzählter er ihnen von Indias Karriere, ihrer liebevollen Art, ihren gemeinsamen Freunden und am Ende bemerkte er, dass seine Mutter freundlicher gesinnt war. Ein bisschen.

Sie saßen stundenlang zusammen und genossen den gemeinsamen Tag. Massimo erfuhr, dass seine jüngeren Geschwister darüber nachdachten, zusammen in die Videoproduktion einzusteigen.

„Vielleicht kann uns deine Freundin ja helfen? Wir haben jede Menge gute Ideen."

Massimo grinste. „Es ist eventuell noch etwas zu früh, um sie darum zu bitten, aber wenn ihr euch an der Filmschule anmeldet, dann zahle ich dafür. Danach könnt ihr ja ein Praktikum bei einer Produktionsfirma machen – wir bringen euch da schon irgendwo unter – und dann, wenn ihr bereit seid, dann werde ich euer Unternehmen finanzieren. Aber zuerst müsst ihr hart arbeiten."

Gracia und Francesco starrten ihren älteren Bruder an. Massimo war schon immer großzügig gewesen – er hatte ihnen auch ihr Haus in Rom gekauft – aber das war mehr, als sie jemals erwartet hatten. „Du würdest das tun?"

„Natürlich würde ich das!", gluckste er und sah die Tränen in den Augen seiner Mutter. „Ihr seid vielleicht zwei Nervensägen, aber ihr habt mich noch nie um etwas gebeten. Ich weiß, dass ihr es schaffen könnt, denn ihr habt es schon bewiesen. Das ist auch für mich eine gute Investition. Und eine Investition in eure Zukunft."

„Wow ..." Seine Geschwister waren sprachlos, und seine Mutter fing an zu schluchzen. Aber Massimo bemerkte, dass sein Vater sehr ruhig und leise geworden war. Später, als Angelo auf der Terrasse stand, ging er zu ihm.

„Was ist los, Pa?"

Angelo lächelte ihn müde an. „Es ist eigentlich ziemlich dämlich … es ist großartig, dass du deinem Bruder und deiner Schwester hilfst. Ich … ich wünschte nur, ich hätte es tun können."

Massimo legte einen Arm um die Schultern seines Vaters und versuchte es sich nicht anmerken zu lassen, als er die Knochen unter dessen Hemd spürte. „Papa, du und Mama habt uns alles gegeben. Das ist alles was zählt. Sicher, Geld kann einem vieles kaufen, aber ich hätte das Geld nicht, wenn ihr mich nicht unterstützt hättet, auch wenn wir manchmal trockene Pasta gegessen haben. Gracia und Frannie wären nicht die Freigeister, die sie sind, hätten nicht die Arbeitsmoral und die Freude am Leben ohne dich. Sie sind großartige Kinder, Pa, und das sind sie wegen dir und Mama."

Angelo wandte seinen Blick ab, und seine Augen waren rot. „Danke, Massi. Das bedeutet mir sehr viel." Plötzlich ergriff er Massimos Hand. „Versprich mir, dass du auf sie aufpasst, wenn ich nicht mehr da bin. Ich weiß, dass du das tun wirst, aber es zu hören, würde mir das Herz leichter machen."

„Ich werde mich immer um Mama und die Zwillinge kümmern, Pa. Immer. Und rede nicht so, als würdest du irgendwohin gehen. Wir Verdis sind unsterblich."

Angelo gluckste. „Ich fürchte mich nicht vor dem Tod. Nur davor, euch alle zurückzulassen."

Massimo lehnte seinen Kopf an den seines Vaters. „Papa, wir werden immer zusammen sein, ob nun körperlich oder im Geist."

Sie standen eine Weile schweigend da, und Angelo nickte. „Lass uns wieder rein gehen. Den Rest des Abends genießen."

Massimo war der Letzte, der zu Bett ging, und er nahm sein Handy. Er sah eine Nachricht von Val.

Frohe Weihnachten. Bitte grüße deine Familie recht herzlich von mir. Ich habe ein aufregendes neues Projekt, und ich würde gern deine Meinung hören. Keine Sorge, es hat nichts mit uns zu tun. Ich habe es verstanden – endlich. Es tut mir leid, ich wünschte, die Dinge zwischen uns wären anders gelaufen. Ich werde es immer bereuen, dass ich dich habe gehen lassen, aber es war das Richtige. All meine Liebe, für immer, Val

Massimo las die Nachricht noch einmal. War das wieder eines von Vals Spielchen? Da es Weihnachten war, konnte er ihr einen Vertrauensbonus geben.

Frohe Weihnachten an dich und deine Familie, Val. Wir reden im neuen Jahr. Mass.

Kurz und freundlich ... so ziemlich. Wenn er noch freundlicher wäre, dann würde Val das gegen ihn verwenden. Konnte es gegen ihn verwenden. Vertrauensbonus, erinnerst du dich?

Dann vergaß er Val, als sein Display aufleuchtete, weil ein Anruf hereinkam. Sein Herz – und sein Schwanz – reagierten sofort.

„Bella India ...“

„Bella Massimo“, kicherte sie, und er lachte.

„Bist du betrunken?“

„Ein bisschen“, sagte India und gluckste. „Eigentlich ganz schön. Ein Tag mit gutem Essen, Freunden und Brettspielen zusammen mit vie... ficken ... hoppla, nein, nicht das ... viel... *einer Menge* Drinks.“

Er lachte über ihre wirren Worte. „Verrückte Bella.“

„Verrückt nach dir ... oh Gott ... ich bin betrunken.“

„Ha, und ich bin auch verrückt nach dir.“

„Das Ganze ist fanatisch... wir haben lediglich vor ein paar Wochen einige Stunden miteinander verbracht, Himmel nein, Monaten. Also warum fühle ich mich dir so nah?“

Massimo grinste. India, seine geliebte India, war liebestrunken. Er sollte es erwartet haben. „Wegen der Chemie Baby."

„Ah Wissenschaft." Sie hickste. „Und dann gibt es natürlich auch Gründe."

„Gründe?"

„Einfach Gründe. Ich wünschte, ich wäre jetzt in deinen Armen."

„Ich wünschte das auch. India?"

„Ja?"

„Bist du allein?" Er senkte seine Stimme und hörte sie erregt nach Luft schnappen.

„Ja."

„Ich will dich berühren."

Er hörte ihr Stöhnen. „Du berührst mich bereits."

Massimo grinste, legte seine Hand an seinen Schwanz und fing an, ihn zu streicheln. „Wo ist meine Hand, Prinzipessa?"

„Du streichelst meine Brustwarzen, Massi … jetzt meinen Bauch …"

„Ja, deinen Bauch … spürst du, wie meine Zunge um deinen Bauch-nabel kreist? Meine Lippen auf deiner Haut?"

„Oh Gott, ja … Baby, dein Schwanz ist so dick und schwer in meiner Hand, spürst du meine Finger, die darüber streicheln?"

Massimo stockte der Atem in der Kehle. „Ja", sagte er heißer. „Es fühlt sich so gut an, Indy, so gut … meine Lippen wandern nach unten und meine Zunge ist an deiner Klitoris."

India stöhnte lauter. „Dreh dich um Baby, ich will an dir saugen."

Massimo schloss seine Augen und stellte sich ihren schönen Mund vor, der sich um seinen Schwanz schloss. „Mio Dio, India …"

Sie stöhnte. „Du schmeckst so gut, Baby, so gut …"

„Meine Zunge ist tief in deiner Fotze vergaben, schönes Mädchen, so tief in deiner samtigen Wärme. Ich will ewig an dir lecken, dein Honig ist so süß …"

Sie keuchte, als sie kam, und einen Moment später stöhnte er, als er seinen Höhepunkt erreichte. „India, du machst es mir sehr schwer, mich nicht jetzt sofort ins Flugzeug zu setzen …"

India, die nach Luft schnappte, lachte leise. „Sag mir, was du tun würdest, wenn du jetzt hier wärst."

„Ich würde dich auf das Bett drücken und dich ficken, bis wir beide nicht mehr können. Ich würde meinen Schwanz in dir vergraben, immer wieder, India Blue, bis du mich anflehst, aufzuhören."

„Ich flehe dich an, niemals aufzuhören", sagte sie mit brüchiger Stimme, und dann lachte sie. „Massimo, wie zur Hölle wollen wir es schaffen zu arbeiten?"

Massimo gluckste. „Vorfreude, erinnerst du dich? Ich würde sagen, das Video wird mehr als jedes andere Musikvideo vor ihm vor Erotik knistern. Vielleicht zensieren sie es sogar."

India lachte. „Das wäre das erste Mal für mich. Und für meine Kritiker. Ich glaube, die meisten denken, dass ich Miss Unschuld bin."

Massimo war überrascht. „Wirklich?"

„Ich flirte nicht auf dem roten Teppich. Ich hatte noch nie eine Beziehung, von der die Öffentlichkeit wusste. Ich muss wahrscheinlich meine wenigen Schauspielkünste einsetzen, um zu verheimlichen, wie verrückt ich nach dir bin."

Massimo lächelte. „Verstecke es nicht. Ich werde es auch nicht tun."

Sie sprachen noch stundenlang, bis beide erschöpft waren, und verabschiedeten sich dann.

„Neun Tage", flüsterte India.

„Ich kann es kaum noch erwarten."

KAPITEL ZWANZIG – ALL THE STARS

Silvester, Manhattan, NYC

Lazlo las den Zeitungsartikel dreimal, bevor er ihn beiseitelegte. Zufall, das war alles, sagte er sich, aber er konnte den Blick von dem Bild des ermordeten Mädchens nicht abwenden. Ihre Ähnlichkeit zu India war offensichtlich, dazu kam die Art, auf die sie ermordet worden war ...

... die Wunden des Opfers waren denen, die Carter India vor Jahren zugefügt hatte, unglaublich ähnlich. Die hinterhältige Messerattacke. Er fühlte sich nicht gut.

„Hey, was machst du für ein Gesicht?" India, barfuß und mit einem hochgeschlossenen beigefarbenen Pullover und einem langen braunen Rock bekleidet und die Haare zu einem unordentlichen Knoten aufgesteckt, setzte sich ihm gegenüber. Sie zog die Zeitung zu sich, aber Lazlo nahm sie ihr aus der Hand.

„Das brauchst du nicht zu sehen."

Indias Lächeln verblasste. „Ich habe es bereits gesehen." Sie sah Lazlo in die Augen und nickte. „Ja, ich weiß es."

Lazlo seufzte. „Es ist vielleicht nur Zufall. Messerattacken sind ja nicht so selten."

Unbewusst legte India ihre Hand auf ihren Bauch und wandte den Blick ab. Lazlo tat das Herz weh. „Oh, Indy …"

„Lass uns von etwas anderem reden", sagte sie schnell. „Es war so eine wundervolle Woche."

Er lächelte. „Das war es."

„Ich wünschte, Coco und Alex wären zu Silvester geblieben."

Lazlo lachte. Ihre Freunde waren nur schweren Herzens wieder nach Los Angeles zurückgekehrt, um sich zwischen Weihnachten und Neujahr um geschäftliche Dinge zu kümmern, und Indy hatte Interviews, sodass Lazlo und sie die beiden nicht begleiten konnten.

Lazlo sah Indy an. „Soll ich dir eine sichere Party suchen, zu der du gehen kannst?"

Sie schüttelte ihren Kopf. „Nein. Ich bleibe lieber bei dir – wenn du nicht ausgehst, dann gehen wir halt nicht aus. Es macht mir nichts aus, mit dir allein zu sein."

„Ich bin nicht allein."

„Laz … mir kommt es so vor, als würdest du zu hart arbeiten. Nein, streich das, ich *weiß*, dass du zu hart arbeitest. Du bist ein gutaussehender Mann – warum verabredest du dich nicht?"

Lazlo zuckte mit den Schultern. „Ich komme gut zurecht."

„Mit One-Night-Stands?"

„Ab und zu. Ich suche nicht nach einer Beziehung."

India stand auf und machte ihnen Kaffee. „Solange du dir nicht selbst etwas vormachst, weil … Himmel, Lazlo, kann ich ehrlich sein? Das hört sich jetzt vielleicht narzisstisch an, aber ich mache mir Sorgen, dass du es dir zur Aufgabe gemacht hast, mich zu beschützen, und keine Ablenkung willst."

„Mein Job *ist* es, dich zu beschützen."

India brachte den Kaffee und setzte sich neben ihn. „Nein, Laz, das ist es nicht. Wirklich nicht. Was damals passiert ist …"

„Ich habe deiner Mutter gesagt, dass man ihm vertrauen kann", sagte Lazlo schnell, ohne sie anzusehen. „Ich habe kein Problem darin gesehen, dass du mit ihm gefahren bist."

„Laz … du warst damals selbst noch ein Kind. Warum zur Hölle hat Mutter einen Ratschlag von einem …" Sie seufzte. „Mom … ich habe sie geliebt, aber sie hat uns die Probleme eingebracht. Sie hat Menschen vertraut, denen sie nicht hätte vertrauen sollen. Selbst wenn du nein zu Carter gesagt hättest, dann wäre sie trotzdem noch mit ihm mitgegangen."

Lazlo nahm ihre Hand. „Es ist lieb von dir, mir die Schuldgefühle nehmen zu wollen, aber …"

„Die Welt dreht sich nicht nur um mich. *Deine* Welt tut das nicht. Zumindest sollte sie das nicht. Wenn du wegen dem, was passiert ist, dein eigenes Leben einschränkst … dann hat er gewonnen. Auf diese Art hat Carter Macht über mehr als nur ein Leben. Scheiß auf *ihn*. *Scheiß* auf ihn."

India kochte vor Wut, und ihre normalerweise dunklen Augen blitzen zornig. Sie sprang auf und fing an, auf und ab zu laufen. „Er wird das nicht mehr tun. Versprich mir, heute, an Silvester, dass du nächstes Jahr dein eigenes Leben in die Hand nimmst. Ich werde es tun. Ich werde für fünf Tage in Venedig sein, und ich werde – entschuldige – Massimo Verdi um den Verstand ficken und Spaß mit ihm haben und jede einzelne Minute genießen. Ich werde auch nach Seoul fliegen und dafür sorgen, dass Sun und Tae guter Dinge sind. Ich habe dieses ständige auf der Hut sein satt. Wenn Carter mir auflauert … dann lass ihn doch. Ich bin kein armseliges Opfer. Aber das ist meine eigene Entscheidung, nicht deine, Laz."

Sie hielt inne, holte Luft und lachte. Lazlo schnaubte. „Woher kam das denn?"

„Aus zwölf Jahren Gefangenschaft." India setze sich und sah ihn verlegen an. „Ich laufe nicht mehr weg. Ich will Wurzeln schlagen, Laz, und du solltest das auch tun. Das ist jetzt mein Ziel."

Sie nahm erneut Lazlos Hand. „Und ich will nur das Beste für dich. Und Gabe. Ich will, dass du ganz nach oben kletterst, Lazlo, und nicht nur für mich. Ich habe damit nichts zu tun. Lebe. Bitte."

Lazlo gluckste. „Wenn du darauf bestehst, Indy."

„Das tue ich." Sie grinste ihn verschmitzt an. „Ich meine, da ist Jess …"

„Ha, Träum weiter. Ich bezweifle, dass daraus etwas wird." Lazlo schüttelte seinen Kopf. „Aber wer weiß, wen ich treffe, wenn ich wieder ausgehe?"

„Dann geh heute Nacht zu einer Party, Laz. Du hast jede Menge Einladungen." Sie tätschelte seine Hand. „Okay?"

„Schön." Er stand auf. „Kommst du heute Nacht allein zurecht?"

„Ja. Der ganze Kühlschrank ist voller Essen, ich habe Netflix und einen Anruf nach Italien." Sie klimperte mit den Wimpern, und Lazlo gluckste.

„Nun, dann sollte ich vielleicht wirklich ausgehen. Ihr zwei werdet allein sein wollen … und meine Ohren brauchen eine Pause. Ich glaube, sie haben letzte Nacht geblutet."

„Lazlo! Wie eklig!" Aber sie lachte und wurde rot. „Es tut mir nicht leid. Er macht mich glücklich."

Später, allein im Penthouse, machte sie sich etwas hübsch und nahm dann ihr Handy. Bevor sie jedoch Massimo anrief, gab es noch jemand anderen, mit dem sie reden wollte. Sie scrollte durch ihre Kontaktliste und drückte dann auf *Anrufen*. Sie wartete nervös, wusste nicht, ob er abnehmen würde.

„India."

Sie seufzte erleichtert. „Hi, Tae."

Schweigen. „Was willst du?" Die Frage war barsch, aber es lag kein Vorwurf in seiner Stimme.

„Ich wollte mich entschuldigen. Dafür, dass ich geschrien habe, dass ich die Dinge noch komplizierter gemacht habe. Es tut mir nicht leid, dass ich Sun liebe – und dich – aber es tut mir leid, dass ich ihn benutzt habe – obwohl ich wusste, dass sein Herz dir gehört."

Erneutes Schweigen und dann: „Okay."

„Hast du ihn gesehen?"

Tae zögerte. „Er ist im Moment bei mir."

„Oh, dem Himmel sei Dank", seufzte sie mit hörbarer Erleichterung. „Geht es ihm gut? Geht es euch beiden gut?"

„Wir reden." Sie hörte ihn rumoren. „Schau", sagte er mit gesenkter Stimme. „Ich bin nicht dumm, India. Ihr liebt euch, und es gibt nichts, was euch leidtun müsste. Er hat die Entscheidung getroffen, sich zu outen, nicht ich. Er hat das nicht mit mir besprochen und … ich war nicht darauf vorbereitet."

Eine Welle aus Traurigkeit schwappte über sie. „Das tut mir leid, Tae."

Tae seufzte. „Das Management hat uns beide angerufen. Sie haben uns eigentlich ziemlich den Rücken gestärkt. Sie haben uns niemals gebeten, das alles geheim zu halten, aber sie waren verärgert, dass Sun es nicht mit ihnen abgesprochen hat. Sie haben erwähnt, ihn eventuell für eine Weile von der Arbeit freizustellen, bis sich der aufgewirbelte Staub gelegt hat."

„Oh nein, Tae." India war bestürzt.

„Im Moment ist es nur Gerede. Sie wissen, dass die Gruppe ohne Sun nicht weitermacht."

„Wie geht es ihm?"

„Er ist auf jegliche Maßregelung von ihrer Seite aus vorbereitet. Er hat sogar angeboten zu kündigen." Tae klang verwundert und amüsiert. „Er hat ihnen gesagt, dass es ihm nicht leidtut."

„Weil er dich liebt Tae. Er liebt dich." India sprach es sanft aus. „Und das ist alles, was zählt."

„Danke, Indy. Es tut mir leid, was passiert ist … ich habe das, was ich gesagt habe, nicht so gemeint."

„Aber du hattest recht. Ich war egoistisch und leichtsinnig. Ich will, dass du weißt, dass ich euch beide liebe und eine gute Freundin sein will. Falls ihr irgendetwas braucht …"

„Ich weiß. Ich liebe dich auch. Wir werden das schon überstehen."

Sie wollte ihn fragen, ob er bereit war, sich zu outen, aber es war ihr klar, dass das im Moment unangebracht wäre. Sie verabschiedeten sich, und India ging in ihr Zimmer. Sie stand am Fenster und sah hinaus in den Nachthimmel. Es war kurz vor Mitternacht, und sie schaltete den Fernseher an. Während sie dem Countdown lauschte, sah sie zum Mond hinauf und lächelte. „Frohes neues Jahr, Sun und Tae. Frohes neues Jahr, Massimo."

Sie war fest entschlossen, es auch zu einem zu machen.

KAPITEL EINUNDZWANZIG – HURTS

enedig, Italien

India zwang sich, sich auf den Videodreh vorzubereiten, ohne allzu aufgeregt zu sein. In weniger als einer Stunde würde sie das erste Mal seit ihrem gemeinsamen Abendessen Massimo wiedersehen, und sie freute sich wahnsinnig.

Sie wollte in seine Arme rennen und ihm die Sachen vom Leib reißen, aber das würde mit den ganzen Menschen um sie herum wohl nicht so angemessen sein.

Der Drehort war einer der edlen Paläste auf einem von Venedigs wunderschönen Plätzen. Der erste Teil des Videos würde ein Maskenball sein. Sie wusste, dass sie für den Dreh in fantasievollen Sachen kostümiert sein würde und entschloss sich ein lila T-Shirt und ihre Lieblingsjeans anzuziehen. Sie wusste, dass sie darin gut aussah, und als sie duschte, rasierte sie sich gründlich die Beine und unter den Armen und bebte vor Aufregung wegen dem, was später geschehen würde.

Auf der Fahrt sah sie auf ihr Handy und kicherte, als sie die Nachricht von Massimo sah, die nur aus einem einzigen Wort bestand.

Heute.

Ihr Magen flatterte vor Aufregung und als das Auto am Set hielt und ihre Leibwächter heraustraten, sah sie ein Auto, das hinter ihnen hielt und aus dem Massimo ausstieg.

Er sah sie sofort, und einen Moment lang blieb die Zeit stehen, als sie sich anstarrten. Massimos Lächeln passte zu dem Verlangen in seinen Augen, und Indias Anspannung schmolz dahin. Sekunden später lagen sie sich in den Armen und scherten sich nicht darum, was alle anderen um sie herum dachten.

Massimo streichelte ihr Gesicht. „Hallo, meine Schöne."

„Hallo, Massimo. Endlich."

„Endlich."

Und dann wurde ihnen klar, dass sie nicht allein waren. Auch wenn sie sich danach sehnten, sich zu küssen, nahm Massimo ihre Hand und sie gingen zusammen in den Palast. Haare und Make-up kamen zuerst, sie saßen nebeneinander und unterbrachen nicht eine Sekunde lang den Augenkontakt, während die Menschen um sie herumwirbelten.

Der Direktor kam und besprach mit ihnen die Szenen, die sie filmen würden. „Wir fangen mit dir an, Massimo, auf der Party, wo du mit anderen Frauen redest und von ihnen umgeben bist. India sucht in der maskierten Menge und trifft auf dich in dem Moment, in dem du deine Maske abnimmst. India sieht dich an – das ist die Stelle wo dein Lied kommt India – und läuft weg. Wir werden Massimo filmen, der sich durch die Menge schiebt und versucht sie einzuholen und dann auf die Straße kommt, die voller Partygäste ist. Gefühlt werden wir euch so lange wie möglich getrennt halten."

Massimo und India tauschten einen Blick. Wir sind daran gewöhnt. India musterte seinen trainierten Körper. Die Versuchung, die sie in seiner Nähe überkam, war gleichzeitig elektrisierend und frustrierend. Sie wollte ihm diese Sachen vom Körper reißen und ihn direkt hier ficken – scheiß auf die Crew.

Als sie endlich einen Moment lang allein waren, ließ Massimo seine Hand über ihren Oberschenkel gleiten und hielt inne, bevor seine Hand ihre Scham erreichte.

„Ein Vorgeschmack", flüsterte er, und sie zitterte vor Begierde.

„Verführer", sagte sie lüstern. „Du wirst dafür bezahlen."

Massimo lachte. „Ich freue mich darauf."

India sah sich um, um sicherzustellen, dass niemand sie beobachtete, und drückte seinen Schwanz durch seine Hose hindurch. Er stöhnte. „Teufelsweib."

Jetzt musste India grinsen. „Das wird richtig Spaß machen."

Sie wurden an das Set gerufen, einen weitläufigen Ballsaal voller Menschen in Abendroben und Anzügen. Massimo sah spektakulär aus in seiner blauen Samtjacke und einer dunklen, eleganten Maske, die nur seine leuchtend grünen Augen zeigte.

India trug ein weißes, enganliegendes Kleid, das es ihr einfach machen würde, im zweiten Teil des Videos davonzulaufen, in dem Massimo sie durch die dunklen Straßen von Venedig jagen würde, über Brücken und an den Kanälen entlang.

India und Massimo tauschten einen langen Blick, bevor der Dreh anfing. India hoffte, sie würde mit Massimos schauspielerischen Fähigkeiten mithalten können – sie war schon die ganze Woche lang deshalb nervös gewesen –, aber sie fand es ziemlich einfach, so zu tun, als wäre sie verletzt und eifersüchtig, als Massimo mit anderen Frauen flirtete. In diesem Szenario konnte sie eifersüchtig sein, konnte ihren Schmerz zeigen, und sie tat es auch. Als sie dazukam, als ihr Geliebter eine andere Frau küsste, fühlte es sich nur zu real an, und sie zuckte bei dem scharfen Schmerz, der sie durchströmte, zusammen und drehte sich wie ausgemacht um und floh, als Massimo sie bemerkte und ihr hinterherlief.

India verlor sich so sehr in der Rolle, dass sie zusammenschrak, als der Direktor lauthals die Szene für beendet erklärte. Massimo kam zu

ihr und grinste breit. „Wow", sagte er sichtlich beeindruckt. „Wow ...
du bist eine großartige Schauspielerin, Indy!"

India wurde rot vor Freude und lehnte sich an ihn. „Das bin ich nicht.
Es liegt an dir ... du machst es mir einfach ..." Sie schluckte und lachte
beschämt. „Machst es mir leicht, das alles wirklich zu fühlen.
Begierde, Verlangen, Eifersucht ..." Sie sah ihm in die Augen. „Liebe."

Sie sahen sich einen Moment lang an, bevor sie erneut zum Set
zurückgerufen wurden, aber etwas hatte sich in ihrer Beziehung
verändert, etwas Greifbares, und es schien, als wäre jeder in ihrer
Nähe davon betroffen. Das Set war geladen mit erotischer Spannung,
und der Direktor war hocherfreut, wie India und Massimo ihre
Rollen spielten.

Der Tag schritt voran, und der Videodreh machte gute Fortschritte.
Als es so weit war, den Übergang für den Song zu filmen, den
Moment, an dem die zwei Hauptcharaktere auf einer Brücke standen
und sich küssten, zitterte India so sehr, dass Massimo sie stützen
musste.

„Action!", rief der Direktor Luke, und Massimo presste seine Lippen
sanft auf ihre. Gott, das war himmlisch, das Gefühl seines Mundes auf
ihrem, seine Zunge, die zärtlich ihre liebkoste. Der Kuss dauerte an,
bis sie beide außer Atem waren. Massimo zog sie näher an sich. Sie
spürte seinen Schwanz, hart, dick und lang an ihrem Bauch. India sah
Massimo tief in seine grünen Augen und sah ihr eigenes Spiegelbild.

Als die Menschenmenge von Luke dirigiert um sie herum anschwoll
und sie auseinanderzwang, war es nicht schwer, daran zu verzweifeln,
von ihm weggerissen zu werden. Als die Menge sie fortzog und sie
umgab, musste India sich daran erinnern, dass es nur gespielt war.

Dann kam die Mordszene. Die Geschichte besagte, dass die Menge so
von ihrer Dekadenz und Hemmungslosigkeit aufgeputscht war, dass
sie nach Blut riefen und India war ihr Opfer, während Massimo
verzweifelt versuchte zu ihr zu kommen.

Als die Leute der Garderobe um sie herumwuselten und ihr weißes Kleid mit falschem Blut besudelten, wurde es India schwindelig. Auch wenn die Handlung typisch für eine tragische Liebesgeschichte war, fühlte sie sich nicht wohl bei dem Gedanken, dass Mord ein Teil davon war. Sie sah die Requisiten an.

„Ich weiß, dass ist jetzt eine dumme Frage", sagte sie leise zu einem der Männer, Alan. „Diese Messer sind alle nicht echt, richtig?"

Alan, der wusste, was ihr zugestoßen war, klopfte ihr beruhigend auf die Schulter. „Alle, Indy, keine Sorge. Wir haben sie zweimal überprüft. Auch wenn eines davon dich aus Versehen trifft, wird es sofort zuschnappen. Du wirst nicht einen Kratzer bekommen."

Sie lächelte ihn dankbar an. „Tut mir leid, dass ich so ein Angsthase bin."

„Das bist du nicht." Alan lächelte sie an, und dann war sie wieder allein.

„Bella."

Massimo kam in das Zimmer und zuckte beim Anblick des falschen Blutes auf ihr zusammen. „Ich sollte mich eigentlich mittlerweile an den Anblick von rotem Sirup gewöhnt haben … aber es sieht einfach entsetzlich aus."

Sie gluckste. „Es ist ziemlich heftig, hm? Aber es passt zur Geschichte. Ich mache mir mehr Sorgen darüber, dass du mich hochhebst und mich tragen must. Du wirst dir den Rücken verrenkten."

Massimo lachte. „Unsinn." Er kam näher. „Das, was ich später mit dir tun werde, wird viel anstrengender sein."

Sie stöhnte voller Erwartung, und dann küsste er sie erneut, dieses Mal mit einer wilden Begierde, die sie so sehr antörnte, dass sie es kaum noch aushielt.

„Verdammt, ich wünschte, der Videodreh wäre endlich vorbei …"

„Vorfreude", grinste er, und sie lachte.

„Es gibt Vorfreude und dann gibt es reine Qual."

Sie dachte noch an Massimo und seinen Schwanz, der in ihr vergaben sein würde, als sie hinaus zur Todesszene ging. Der Direktor wollte unruhige, schnelle Bilder von der aufgedrehten Menge und India, die vollkommen verwirrt aussehen sollte, wenn man sie ermordete.

India musste kaum schauspielern, als sie die Meute sah, die mit Messern fuchtelte. Sie schluckte schwer. Das ist nur gespielt. Sie tun nur so.

Aber die Bilder kamen zurück. Blut, die Schreie, Braydon Carters Gesicht, der Blutdurst in seinen Augen, als er immer wieder auf sie einstach ...

Die Panikattacke setzte ein, aber niemandem fiel auf, dass India nicht schauspielerte. Die Menge stach mit den falschen Messern auf sie ein. Indias Augen drehten sich in ihren Höhlen und die Luft entwich ihrem Körper. Nein, nein, aufhören, bitte, aufhören ...

Sie konnte nicht atmen. Ihre Augen konnten sich nicht fokussieren. Sie sah nicht einmal, als die Menge mit entsetzten Blicken zurückwich, als jemand ihnen zurief, dass sie aufhören sollten.

Massimo fing India, als sie ohnmächtig wurde, und drückte sie fest an sich. „Indy?", flüsterte er ihr zu. „Es ist nur gespielt ... Indy ..."

Dann war sie wieder dort, dort wo sie als Teenager gewesen war, mitten im Nirgendwo in Tennessee ... Braydon ermordete sie ... sie drehte ihren Kopf und sah ihre Mutter, die sie mit toten Augen anstarrte, unfähig sie zu beschützen ... Mama ... Mama ...

„Macht etwas Platz!"

India schloss ihre Augen und zwang sich dazu, sich zu beruhigen. Sie drehte ihren Kopf und vergrub ihn an Massimos Brust. Er tröstete sie, während er sie sanft wiegte.

„Ist sie in Ordnung?" Luke, der Direktor, war besorgt. India wollte es ihm versichern, aber sie konnte nicht sprechen.

„Sie ist keine Schauspielerin. Es kann ganz schön heftig sein, solch eine gewalttätige Szene zu filmen, sogar für einen erfahrenen Schauspieler", sagte Massimo zu allen. „Das ist nicht außergewöhnlich."

Er kaschierte es, und India spürte, wie eine warme Welle sie durchrollte. „Mir geht es gut", sagte sie und öffnete ihre Augen. „Ich habe nur etwas Panik bekommen. Tut mir leid."

Massimo half ihr dabei, sich aufzusetzen, und sie grinste alle beschämt an und umklammerte fest Massimos Hand. „Tut mir leid", sagte sie noch einmal. „Ihr müsst ja denken, dass ich eine Dramaqueen bin", sagte sie an die Menge gewandt. „Ihr wart ziemlich überzeugend."

Das brachte alle dazu, sich zu entspannen. Alan beobachtete sie und hob seine Augenbrauen. Geht es dir gut, fragte er stumm. Sie nickte und lächelte ihn dankbar an.

„Kommt, lasst den beiden mal etwas Raum", sagte Luke. „Wir drehen heute noch die Schlussszene, wenn das in Ordnung ist. Indy, geht es dir gut?"

„Ja, danke."

Massimo nahm sie in seine Arme und trug sie an einen ruhigen Ort. Er nahm ihr Gesicht in die Hände. „Das war mehr als eine Panikattacke", sagte er. „Du bist wahrscheinlich noch nicht bereit, darüber zu reden, aber ... ich bin für dich da, Indy. DU und ich. Wenn du bereit bist ... dann bin ich hier."

Er küsste sie zärtlich, und India wusste, dass sie tief drinsteckte. Das war mehr als nur sexuelle Anziehungskraft. Es beschwingte und verängstigte sie, aber sie schob ihre Ängste beiseite und erwiderte seinen Kuss mit derselben Leidenschaft wie er.

„Indy ..." Er zog sie näher an sich, seine Finger fuhren in ihre Haare, und ihr Atem vermischte sich, als sie sich küssten. „Ich habe mich in dem Moment in dich verliebt, als ich dich gesehen habe", sagte er, als sie sich endlich voneinander lösten. „Und jetzt kann ich mir mein Leben ohne dich nicht mehr vorstellen."

„Ich auch nicht", erwiderte sie mit ernstem Blick. „Für mich bist du etwas Besonderes, sehr Besonderes, Massimo. Ich hasse es, wenn ich nicht bei dir bin."

Er küsste sie erneut, bis sich ihnen die Köpfe drehten. Er lehnte seine Stirn an ihre, und dann lachten beide. „Es gibt noch so viel mehr, was ich sagen will", sagte er. „Aber nicht hier. Nicht jetzt."

„Ich weiß."

Sie hörten, wie Luke sie rief und gingen Hand in Hand zurück zu den anderen. Es herrschte ein unausgesprochenes Einverständnis zwischen ihnen – sie würden sich nicht mehr verstecken.

Der Videodreh ging ohne weitere Zwischenfälle von der Bühne, und Massimo trug ihren toten Körper zur Mitte des jetzt leeren Platzes und sank langsam auf die Knie, während er ihren Tod beweinte.

Massimo war so überzeugend, dass Indys geschlossene Augen sich mit Tränen füllten und eine entwich und ihr auf die Wange tropfte. Massimos Hand war an ihrem Gesicht, und dann küssten seine Lippen die Träne weg.

„Cut! Das war phänomenal! Danke! Wow, ich liebe die Träne am Ende, Indy. Großartige Arbeit!"

Indy öffnete ihre Augen, gluckste und sah Massimo an. „Danke, Massi", sagte sie. „Dein Auftritt hat ich zum Weinen gebracht."

Massimo zog sie auf die Füße. „Du warst unglaublich."

„Du auch", sagte sie, überrascht, dass sie sich so ruhig anhörte. Der Dreh war geschafft. Endlich konnten sie allein sein …

Massimo nickte, als könnte er ihre Gedanken lesen, und sie dankten allen und verabschiedeten sich.

„Wir beenden die anderen Szenen morgen", sagte Luke. „Und ich habe mich gefragt, ob ihr zwei bereit wärt, einige Bettszenen zu drehen? Nichts Explizites, aber die Chemie ist so gut zwischen euch."

Indy nickte, traute sich nicht ihren Mund zu öffnen, ohne zu kichern, und Massimo drückte ihre Hand. „Ja, das geht in Ordnung", sagte er amüsiert.

Endlich. Sie stiegen in das Auto, und der Fahrer brachte sie zu Indys Hotel. India und Massimo hielten sich an den Händen und sahen sich an, bevor Massimo sich zu ihr beugte und sie küsste. „Rate mal, was wir gleich tun werden?"

India lächelte ihn an. „Endlich …", hauchte sie und presste ihre Lippen auf seine.

„Endlich …"

Braydon kehrte erschöpft in sein Hotel zurück. Wie leicht es doch gewesen war, das Filmset zu infiltrieren. Mit einer Maske und einer Klinge in der Hand war er ihr so nahe gekommen, dass er ihr Parfum hatte riechen können. Er hatte ihre Panik gesehen und dasselbe Entsetzen in ihren Augen wie vor zwölf Jahren: dieselbe Überraschung und dieselbe Qual.

Es war atemberaubend gewesen.

Und die Versuchung, die Klinge einfach in sie zu stoßen, sie vor all den Menschen zu töten, vor dem Bastard, mit dem sie ins Bett ging …

Die kleine Miss Unschuld war gar nicht so unschuldig. Zuerst der Schönling in Seoul und jetzt dieser italienische Schauspieler. Als Braydon gesehen hatte, wie sehr dieser Kerl India anhimmelte … hatte er das Bedürfnis gehabt, sie direkt vor seinen Augen auszuweiden.

Sie gehört mir … sie gehört mir …

Braydon fokussierte sich darauf, warum er hier war. Es war ein Test ihrer Security gewesen, und sie hatte diesen nicht bestanden – auf spektakuläre Weise.

Er zog seine Sachen aus und ging in die Dusche, um sich dort einen herunterzuholen. Er tat das in letzter Zeit ziemlich oft, aber heute war er India so nah wie seit zwölf Jahren nicht mehr gekommen und hatte ihr Leben wortwörtlich in seinen Händen gehabt. Und sie war so schön gewesen, sogar noch schöner als früher. Diese großen, sanften, braunen Augen, die cremig zarte Haut, der perfekte Mund, auf dem sich roter Sirup befand …

Er kam genau in dem Augenblick, als sich das Bild von ihr und Massimo, die sich küssten, dazwischenschob, und es für ihn ruinierte. Ja. Sie war eine Hure, die eindeutig mit zwei Männern fickte. Er fragte sich, ob die beiden voneinander wussten. Wie würde der eine reagieren, wenn er Indias Trauer sehen würde, wenn der andere getötet wurde? Mitleid? Eifersucht? Wut?

Vielleicht sollte er das herausfinden. Vielleicht sollte er das …

KAPITEL ZWEIUNDZWANZIG – 8 LETTERS

*V*enedig, Italien

India hielt Massimos Hand, als sie mit dem Fahrstuhl zu ihrer Suite hinauffuhren. Keiner von beiden sagte ein Wort, aber die Luft war so aufgeladen, dass India kaum atmen konnte.

Sie öffnete die Tür, und sie traten ein. Massimo hängte das Bitte-nicht-Stören Schild an die Tür und verschloss diese, bevor er sich lächelnd wieder zu ihr umdrehte. Er küsste sie sanft.

India lächelte, ihre Lippen verzogen sich an seinem. Sie hatte sich ein T-Shirt und Jeans angezogen, aber ihr Körper klebte von dem falschen Blut, und sie gluckste.

„Ich muss duschen."

„Soll ich dir Gesellschaft leisten?"

Sie lachte. „Als ob ich nein sagen würde."

Massimo lachte, und sie war froh, dass er jemand war, der die Dinge nicht so ernst nahm. Sie war nicht schüchtern, als sie sich vor ihm auszog, und konnte auch nicht den Blick von seinem schlanken, beeindruckenden Körper abwenden. Auch wenn sie ihn bereits über

Videoanruf nackt gesehen hatte, konnte man das nicht damit vergleichen, ihn in Fleisch und Blut vor sich zu haben. Seine breiten, festen Schultern, die dick bemuskelten Arme, der flache Bauch und sein Schwanz – dick und lang und bereits hart – der stolz vor seinem Bauch stand.

Massimo lächelte lasziv und genoss ihre Bewunderung. Sie nahm seine Hand und schob sie zwischen ihre Beine. „Du machst mich nass, so verdammt nass", flüsterte sie, als er anfing, sie zu streicheln.

„Du siehst großartig aus", gab er zu und stöhnte, als sie seinen Schwanz in ihre Hände nahm. „Gott, Indy …"

Irgendwie schafften sie es in die Dusche und berührten und streichelten sich, während das Wasser über sie strömte. Massimo half ihr den klebrigen Sirup abzuwaschen und bemerkte die Narben an ihrem Bauch. Er sah sie fragend an. Sie schüttelte ihren Kopf. Nicht jetzt. Lass mich sie nicht jetzt erklären.

Massimo hob sie aus der Dusche und trug sie tropfnass zu dem großen Bett. Er legte sie ab und bedeckte ihren Körper mit seinem. Sie seufzten beide erleichtert, als die Anspannung, die sich in all den Monaten aufgebaut hatte, von ihnen abfiel. Dann kicherten sie. Massimo grinste. „Endlich", war alles, was er sagte, und sie nickte.

India half ihm, ein Kondom über seinen Penis zu ziehen, und er schlang sich ihre Beine um seine Taille, als er in sie stieß. India wimmerte, als er sie vollständig ausfüllte, schlang ihre Oberschenkel fester um ihn, als er anfing immer wieder zuzustoßen. Seine Lippen lagen an ihrem Hals, seine Hände waren an ihren Seiten, während er seinen Schwanz mit jedem Stoß seiner Hüften tiefer in ihr vergrub. „Mio Dio … India … India …"

Sie zog sein Gesicht zu ihrem herab, ihre Zunge brannte darauf, seinen Mund zu erforschen, und Massimo schob ihre Beine auf seine Schultern und spreizte ihre Oberschenkel weiter, während er seine Bewegungen beschleunigte.

Als sie sich liebten, spürte India wie ihr ganzer Körper in Flammen aufging – jede Berührung von ihm ließ die Flammen höher lodern. Sie konnte nicht genug von ihm bekommen, ihre Hände fuhren über seinen muskulösen Rücken, und sie grub die Fingernägel tief in seinen Hintern, drängte ihn tiefer, fester in sich und wollte ganz von ihm eingenommen werden.

Sie kam, verlor die Kontrolle über ihren Körper an die Lust, die er ihr bereitete, drückte den Rücken durch, presste ihren Bauch an seinen und rief immer wieder seinen Namen. Dann spürte sie, wie er sich versteifte und kam und sein Schwanz tief in ihr pulsierte.

Sie brachen auf dem Bett zusammen, schnappten nach Luft und wollten sich noch nicht trennen. Massimo küsste sie zärtlich. „Es gibt keine Worte", sagte er keuchend und gluckste dann. „Nur diese fünf: Ich liebe dich, India Blue."

„Ti amo, Massimo", grinste sie ihn an und brachte ihn zum Lachen.

„Touché, mein Liebling … wie zur Hölle konnten wir so lange warten?"

India schüttelte ihren Kopf. „Ich weiß es nicht, Massi, aber wir werden die verlorene Zeit wiedergutmachen."

„Himmel, ja."

Sie kicherten und küssten sich, bevor Massimo sich zögernd von ihr löste, um das gebrauchte Kondom zu entfernen. India streckte sich. Ihre Muskeln taten angenehm weh, und ihre Scham pochte und war noch sensibel von seinem Schwanz. Sie streckte die Hand aus und berührte ganz leicht ihre Klitoris, zuckte zusammen, als sie neue Lust durchflutete. Sie kicherte, als sie sah, dass Massimo, der an der Badezimmertür lehnte, sie beobachtete. Seine Augen erzählten von Verlangen und Ehrfurcht.

„Hör nicht wegen mir auf", sagte er und kam langsam zum Bett. „Ich mag es, dich dabei zu beobachten, wie du dich berührst."

Er legte sich neben sie und strich mit der Hand über ihren Körper, spreizte seine Finger über ihrem Bauch. Er fuhr eine der silbernen Narben nach, die sich zu ihrem Nabel zog. „Wer hat dir das angetan?"

„Ein entsetzlicher Mann. Vor langer Zeit." Irgendwie machte es ihr nichts aus, ihm jetzt davon zu erzählen, und selbst als sie es laut aussprach, war es nicht so schmerzhaft, wie sie angenommen hatte.

Massimo strich über eine andere Narbe. „Ist er der Grund, warum du damals Venedig verlassen hast?"

India nickte. „Sie haben ihn aus dem Gefängnis gelassen. Wegen einer Formsache."

„Und er ist noch auf freiem Fuß? Sucht nach dir?"

Sie nickte. „Ja. Er will seinen Job beenden."

Massimo umarmte sie. „Dazu wird er keine Chance haben", schnappte er.

India kuschelte sich in seine Arme. „Ja. Massi …, wenn ich bei dir bin, dann kann mir niemand etwas antun. Niemand."

„Das versichere ich dir."

Sie sah ihn an. „Und darum können wir nicht an die Öffentlichkeit gehen. Wir müssen ihm einen Schritt voraus sein. Deshalb bin ich eine Zeitlang nach Helsinki … und Seoul gegangen."

„Zufällige Wahl."

Sie wandte den Blick ab, hoffte, er würde die Schuldgefühle in ihren Augen nicht sehen. „Ja. Aber es hält ihn auf Trab."

„Also, wer ist dieser Psychopath?"

India schnaubte spöttisch. „Ein Arschloch, das dennoch sehr charmant sein kann." Sie biss sich auf die Lippe. „Er hat meine Mutter eine Zeitlang bezaubert."

„Was ist passiert? Ich meine, was ist passiert, dass …" Er berührte ihren Bauch erneut. „Dass er dir das antun konnte?"

India zögerte. Wollte sie ihn in ihrer ersten gemeinsamen Nacht damit wirklich belasten? Massimo legte einen Daumen unter ihr Kinn und hob ihren Kopf, damit er ihr in die Augen sehen konnte. „Indy … das hier ist es für mich. Du und ich. Erzähl es mir. Erzähl mir alles.“

Und das tat sie.

KAPITEL DREIUNDZWANZIG – FRESH BLOOD

 *Zwölf Jahre zuvor ...*

Tennessee

„Mama? Ich glaube nicht, dass wir mit ihm mitgehen sollten."

Priya schnaubte frustriert und drehte sich zu ihrer sechzehn Jahre alten Tochter um. India war gereizt, ihr langes Haar hing lose nach unten und bedeckt ihr Gesicht wie immer, wenn sie mit etwas nicht einverstanden war.

„Liebling, es ist nur eine Fahrt in die Stadt, um in einer Bar zu spielen. Du liebst doch Musik und Gesang."

„Ich bleibe lieber Zuhause."

Priya schüttelte ihren Kopf. In letzter Zeit hatte India sich geweigert, mit ihrer Mutter auszugehen, und zog die Gesellschaft ihres Pseudo-Bruders Lazlo vor. Wenn er daheim war, verkrochen sich die beiden oft in Lazlo Zimmer, um zu lesen, zu lachen und Musik zu hören. Indys Schüchternheit verschwand, wenn sie bei ihrem Bruder war, sogar bei Gabe, der jünger als Lazlo war und auch aufsässiger.

Priya wusste jedoch, dass, wenn India eine Zukunft in der Musik-branche haben wollte, die Zukunft, die Priya für ihre talentierte Tochter wollte, sie hart dafür arbeiten musste. Indias Stimme war phänomenal, wie ihre Mutter anderen Menschen oft sagte, und ihr elterlicher Stolz war nicht übertrieben. Trotz der überirdischen Schönheit ihrer Tochter war Priya klar, dass sie dennoch schwer arbeiten musste, um entdeckt zu werden – schöne Mädchen gab es haufenweise in der Musikindustrie, und auch jemand, der so gut war wie India, brauchte ein Netzwerk und musste sich einen Ruf aufbauen.

Sie hatte India selbst aufgezogen und war entschlossen, ihrer Tochter zu dem Leben zu verhelfen, dass sie selbst nie gehabt hatte. Sie war eine Immigrantin von einem anderen Kontinent und war nach Amerika gekommen, indem sie dem Mann gefolgt war, der sie geschwängert hatte. Als er sie verließ, entschloss Priya sich dazu, das Baby zu behalten.

Sie und India hatten sich immer nahe gestanden. Als sie der Kommune beigetreten und Hanna, Lazlos feurige Mutter, getroffen hatte, hatten sie eine Familie gefunden.

Doch in letzter Zeit spürte Priya eine Entfremdung zwischen ihnen, und sie wusste, dass Braydon Carter der Grund dafür war. Carter hatte vor ein paar Monaten einen von Indias Auftritten gesehen und soweit es Priya betraf, war er ein Geschenk Gottes, denn er bot ihnen an, sie zu weiter entfernten Auftritten zu fahren.

Aber India hasste den Mann – und das war ungewöhnlich. Indy war schüchtern, aber auch liebreizend und freundlich und wies Menschen gewöhnlicherweise nur zurück, wenn diese unhöflich waren.

Carter hatte irgendetwas an sich, was India nicht mochte. Sie hielt sich von ihm fern und hasste es, wenn er in ihre Richtung schaute – was ziemlich oft der Fall war. Priya sah nichts Außergewöhnliches in seiner Musterung ihrer Tochter – Indias unglaubliche Schönheit ließ die Menschen oft starren – aber India sagte ihr oft, wie unwohl sie sich unter seinen Blicken fühlte.

Priya fragte sich, ob ihre jungfräuliche Tochter sich zu dem Mann hingezogen fühlte. Carter sah gut aus, hatte dunkle Augen in einem dunkelhäutigen Gesicht. Es wäre nur natürlich, wenn India sich in ihn verliebte.

India sah das Spiegelbild ihrer Mutter unglücklich an. Wenn Priya einmal etwas entschieden hatte, dann gab es keine Diskussion. Sie würde ihr wegen Carter gar nicht zuhören.

Carter, dessen dunkle Augen India jeden Moment folgten, den sie in seiner Nähe war. Carter, der sie sich schmutzig fühlen ließ, wenn er sie ansah. Carter, den sie mit jedem Zentimeter ihres Seins hasste und kein bisschen traute.

Carter, der ihr tagsüber Angst einjagte und sie nachts in ihren Träumen verfolgte.

India drehte sich um, um sich anzuziehen. Sie würde verdammt sein, wenn sie sich für heute Abend besonders herausputzten würde. Ihre Lieblingsjeans und ein T-Shirt würden reichen – eine kleine Rebellion gegen ihre Mutter. Sie ließ ihre Haare offen über ihr Gesicht fallen und sah sich nach Lazlo um.

Ihr älterer Bruder lächelte, als sie an seine offene Tür klopfte. „Indy, komm rein, du weißt, dass du nicht zu klopfen brauchst."

Sie setzte sich auf seinen Bettrand. „Laz … was hältst du von diesem Carter?"

Lazlo legte sein Buch weg. „Er scheint okay zu sein. Was ist los?"

„Ich hasse ihn", gab sie zu. „Er macht mir Angst."

„Er ist harmlos", sagte Lazlo und zuckte mit den Schultern. „Er ist nur ein seltsamer Kerl, das ist alles." Er sah sie aufmerksam an. „Geht es dir gut?"

India nickte. „Ja." Sie seufzte und fragte sich, ob sie noch mehr sagen sollte. Alles in ihr schrie danach, heute Nacht nicht mit Carter mitzugehen. War sie irrational? Warum sollte heute Abend anders sein als sonst? Alles würde in Ordnung gehen.

„Indy, wenn du wirklich nicht gehen willst …"

„Nein, schon gut. Ignoriere mich einfach, ich bin … nur ein bisschen gereizt …" Sie lächelte halbherzig. „Nein, es geht mir gut."

„Sicher? Denn ich kann auch mitkommen."

„Musst du morgen nicht eine Seminararbeit abgeben?"

„Ja." Lazlo sah sie resigniert an, und India grinste und warf ein Kissen nach ihm.

„Dann garantiere ich dir, dass dein Abend schlimmer sein wird, als meiner. Bis später."

„Bis später."

India starte aus dem Fenster auf dem Rücksitz vom Braydons Auto. Ihre Mutter saß vorn und plauderte mit Carter über den bevorstehenden Auftritt und erst als Braydon vor einem unbekannten Haus langsamer wurde, bemerkte India, dass sie nicht in dem Stadtteil waren, in dem sich der Klub befand.

„Warum hältst du an?"

Carter grinste hämisch. „Ich hole nur einen Freund ab. Er will dich gern singen hören."

Indias Magen drehte sich um, aber Priya schien nicht besorgt zu sein. „Ein neuer Fan, Indy. Wie findest du das?"

India sah Carter im Rückspiegel in die Augen und ihr wurde schwindelig. „Warum hast du das nicht schon vorher erwähnt?"

„Hab's vergessen."

Die hintere Tür öffnete sich und ein Mann stieg neben ihr ein. Indy stieg der stechende Geruch nach Rost und Salz in die Nase. Er sah sie spöttisch an.

„Hey, schönes Mädchen."

„Bud, das ist India und ihre Mama, Priya. Ladies, das ist Bud, ein alter Freund von mir."

Bud lächelte und India wurde schlecht. Etwas schien ganz und gar nicht zu stimmen …

Bevor sie nach dem Türgriff fassen konnte, fuhr Carter wieder los und Bud lehnte sich zu ihr herüber und verriegelte die Autotür. „Wir können doch nicht zulassen, dass du herausfällst, nicht wahr?"

India versuchte so weit entfernt von ihm zu sitzen, wie ihr das möglich war. „Mama?"

Auch Priya war ruhig, bemerkte den veränderten Ton. „Du fährst in die falsche Richtung", sagte sie, aber Carter ignorierte sie. Sie drehte sich um und sah die Panik in den Augen ihrer Tochter. India griff seitlich vom Sitz nach der Hand ihrer Mutter und Priya nahm sie, drückte sie fest.

„Carter, der andere Weg ist schneller", sagte sie, und dieses Mal lächelte Carter. „Wir fahren nicht zum Klub, Priya. Nicht heute Abend."

„Wohin fahren wir …" Priya kam nicht dazu den Satz zu beenden, bevor Carter sie hart vor die Schläfe schlug sie, wobei sie gegen das Fenster schleuderte und bewusstlos wurde. India schrie und griff nach der Tür. In ihrer Panik brauchte sie einen Moment, bevor sie das kalte Metall wahrnahm, das sich in ihren Bauch presste. Sie drehte sich um und sah die Pistole in Buds Händen. „Sei still, meine Schöne. Ich will nicht, dass das Ding rein zufällig losgeht."

Schier blindes Entsetzen erfüllte sie. Oh, lieber Gott … sie würden sterben, sie wusste es jetzt. Sie sah Carters Spiegelbild an, ihre Augen fehlten ihn an, und er zischte.

„Ja, Süße. Ich werde dich umbringen, aber das weißt du wahrscheinlich schon. Hör auf dich zu wehren oder deine hübsche Mama wird noch mehr leiden. Bud, binde ihre Hände zusammen."

Grinsend wand Bud ein Kabel um Indias Handgelenke. „Ich will sie kosten, bevor sie stirbt, Carter."

„Das Mädchen gehört mir, Bud."

„Was ist mit der Mutter?"

„Überflüssig."

India wurde panisch. „Nein! Bitte, tut ihr nicht weh ... ich werde alles tun, überall hingehen, nur bitte ..."

Carter zog seine eigene Waffe heraus und brachte das Auto ohne Vorwarnung zum Stehen. „Bud, bring die Mutter raus. Sie kommt langsam wieder zu sich. Viel Spaß mit ihr."

„Nein!", schrie India, als Bud ausstieg und die halb bewusstlose Priya aus dem Auto zerrte. Carter kletterte auf den Rücksitz und streichelte Indias Gesicht.

„Ich habe schon lange auf diesen Moment gewartet, India."

Sie wehrte sich, aber er war zu stark, und Carter tat, was er schon lange geplant hatte. Priya hatte Bud von sich gestoßen und kam an das offene Autofenster. Sie schrie nach ihrer Tochter. India weinte, und schließlich hatte Carter genug.

„Zum Teufel nochmal halt dein Maul!" Er schoss Priya in die Brust. Langsam sank sie zu Boden, das Blut strömte aus ihr heraus, und ihre Augen waren unverwandt auf India gerichtet. India war außer sich vor Entsetzen, als sie beobachtete, wie ihre Mutter starb.

Carter lachte nur, schob India zurück und zerriss ihr Oberteil. Aufgrund ihrer Verzweiflung und ihres Entsetzens wehrte sich India nicht, als er anfing, auf sie einzustechen. Sie gab auf, schloss ihre Augen und wünschte sich, dass alles endlich vorbei war. Das Letzte, an was sie sich erinnerte, war der Schmerz, den das Messer verursachte, das sich immer wieder in ihren Bauch versenkte und Carters fast schon orgastisches Gelächter ...

Einen Monat später wachte sie in einem Krankenhaus in New York auf. Sechs Monate später fing sie wieder an zu sprechen.

KAPITEL VIERUNDZWANZIG – NEVER LET ME GO

V *enedig, Italien*

Gegenwart ...

Massimo starte sie ungläubig an. „India. Mio Dio. Mio Dio."

"Das war es, das ist die ganze Geschichte. Außer, dass der Richter, der ihn weggesperrt hat, korrupt war, das Ganze noch einmal aufgerollt und Carter daraufhin freigelassen wurde. Seitdem verfolgt er mich." Sie stieß ein freudloses Lachen aus. „Er hat mich irgendwie in Helsinki aufgespürt."

Massimo wich die Farbe aus dem Gesicht. Er glitt vom Bett, lief auf und ab und fluchte leise vor sich hin. India beobachtete ihn. „Wenn das zu viel für dich ist, Massi, dann verstehe ich das. Es ist eine ganze Menge."

Er ging zu ihr, legte seine Hände an ihr Gesicht und sah sie mit flammendem Blick an. Sie liebte diesen Mann wirklich. „India Blue, sag das niemals wieder. Zweifel niemals an mir. Ich liebe dich. Wir werden das zusammen durchstehen, verstehst du? Ganz egal, was dazu nötig ist."

Er küsste sie und schloss sie fest in seine Arme. Sie fühlte sich sicher. „Bist du sicher?"

„Auf jeden Fall", versicherte er ihr. Sie liebten sich immer wieder bis weit in die Nacht hinein und sprachen stundenlang über ihre Zukunft.

Obwohl sie nur ein paar Stunden geschlafen hatten, gingen sie am Morgen zurück, um den Videodreh zu beenden. Die Szenen, die sie filmten, erforderten nur die Anwesenheit von ein paar Menschen. Zu ihrer Überraschung schämte sie sich nicht nackt vor der Crew zu sein. Massimo schottete sie so gut es ging mit seinem Körper ab und es war seltsam erotisch eine solche Szene vor den anderen zu filmen. Sie trug ihr Höschen, und Massimo seine Boxershorts. Eine weiße Decke bedeckte ihre Hüften, als sie die Liebesszene spielten. Sie konnte seine Erektion spüren, und sie tauschten einen Blick, den nur sie beide verstanden.

Massimo schien sie mit seinen Augen zu fragen, und sie nickte, versuchte nicht zu grinsen, als Luke ihnen Anweisungen gab und die anderen Arbeiter die Beleuchtung setzten. Sie und Massimo rollten ein Kondom über seinen Schwanz. India streifte ihre Unterwäsche ab und verbarg sie.

„Also Kinder, lasst es so real wie möglich aussehen." Sie mussten sich zusammenreißen, um nicht zu lachen. Luke rief „Action!", und Massimo stieß in sie.

India machte es nichts aus, dass zwanzig Fremde sie beobachteten. Sie liebte ihren Mann, und allein das zählte. Als sie kam, ließ sie das Gefühl durch ihren Körper strömen, ohne sich zurückzuhalten.

Als Luke „Cut!" rief, sah er so erregt und verlegen aus wie alle anderen am Set. „Großartig … wow, ähm … okay. Sicher, dass du keine neue Karriere anfangen willst, Indy? Schauspielerei?"

„Method Acting", flüsterte Massimo und brachte sie damit zum Kichern und Erröten. Die Crew wandte sich ab, damit sie sich anziehen konnten. India und Massimo grinsten sich die ganze Zeit an. „Wir haben gerade einen Porno gedreht. Genau das ist es nämlich." India lachte und schüttelte ihren Kopf, während sie ihre Jeans anzog.

„Ah, ich wette, sie werden nicht viel davon verwenden. Das war nur für uns."

„Ja, ich werde sie nach dem Tape fragen", kicherte India und stoppte ihn, indem sie eine Hand auf seine Brust legte. „Ich hätte niemals gedacht, dass ich so experimentierfreudig sein würde. Niemals. Danke."

„Für was?" Massimo sah überrascht aus.

„Dass du mich befreit hast", sagte sie und küsste ihn. „Ich bin so sehr in dich verliebt, Massimo Verdi."

„Von jetzt an sind es du und ich. Für immer."

„Für immer."

Braydon blieb in Venedig, um einfach nur ihr Hotel zu beobachten, und war überrascht, dass sie nicht öfter ausgingen. Er vermutete, dass India sich aus der Öffentlichkeit heraushielt – das war für India eigentlich normal. Aber sie befanden sich in Italien, und Massimo Verdi war der größte Star des Landes. Sie konnten auf keinen Fall ausgehen, ohne von den Paparazzi verfolgt zu werden. Was wiederrum bedeutete, dass India darauf bestehen würde, woandershin zu gehen, und er würde ihnen folgen – wieder einmal.

Braydon fuhr sich mit der Hand durch seine Haare. Vielleicht sollte er sich eine Weile lang bedeckt halten, schauen, ob er sie in falscher Sicherheit wiegen konnte, damit sie irgendwo länger blieben. Er hatte letzte Nacht Erkundigungen im Internet über Massimo Verdi eingezogen und herausgefunden, dass seine Familie in Süditalien lebte. Das bedeutete, dass er irgendwann zu Besuch nach Hause gehen und India mit sich nehmen würde, falls das mehr als nur ein Flirt war. Eifersucht regte sich in seinen Eingeweiden. Er wollte losschlagen, wollte ihr weh tun. Er beschloss, den Jungen in Südkorea in Ruhe zu lassen, bis zu einem späteren Zeitpunkt. Etwas, das er sich aufheben würde, falls der Frust zu groß wurde – eine Möglichkeit, um India noch mehr zu quälen.

An diesem Abend ging er aus, um jemanden zu finden, den er ermorden konnte, ein anderes Mädchen, das wie India aussah. Aber das würde nur Aufmerksamkeit erregen und sie auf ihn aufmerksam machen. Also wanderte er eine Zeitlang durch die Straßen, gab dann auf und ging in eine Bar, um seine Sorgen zu ertränken.

Verdammt. Er steckte in einer Sackgasse. Er konnte keinen vernünftigen Plan fassen, bis er wusste, was mit dem Italiener los war. Wohin würde diese Beziehung führen? Wenn sie sich liebten, dann konnte es alles komplizierter machen, aber es würde auch umso schöner sein zu wissen, dass er ihn mit ihrem Tod zerstören konnte.

Braydon knurrte frustriert. Stanley und seine Leute machten einen einfachen Plan kompliziert. Alles, was er wollte, war Indias Blut an seinen Händen und dass sie einsah, dass es schon immer ihr Schicksal gewesen war. Der Gedanke, dass sie verliebt war, dass sie glücklich war, brachte seine Wut zum Überkochen.

Es macht ihn nur noch versessener darauf, sie umzubringen.

Massimo fuhr mit seinem Finger zärtlich über das weiche Fleisch ihres Oberschenkels, während India ihn verlegen anlächelte. Sie lagen im Hotelbett, die Kissen und Decken um sich verstreut, und erholten sich von ihrem Liebesspiel. Das Video befand sich im Schneideraum, die Crew war entlassen, und Massimo und India hatten viel Zeit. Zeit zusammen, Zeit zum Reden, sich zu lieben – vier Tage lang.

Massimo war fast vierzig Jahre alt, aber er hatte so etwas noch für niemanden empfunden, nicht einmal für Val.

„Bei dir fühle ich mich wieder wie ein Teenager", sagte er zu India, und sie gluckste.

„Ich mich auch. Können wir nicht einfach für immer hierbleiben?"

Massimo rutschte näher, um sie zu küssen. „Ich würde nichts lieber tun."

Er rollte sie sanft auf den Rücken und legte sich auf sie. Ihre Haut, weich und schimmernd in dem Sonnenlicht, das durch das Fenster fiel, weckte seine ganzen Sinne. Er atmete den Duft ihrer sauberen Haut ein und bewunderte ihre Rehaugen, die ihn verliebt ansahen.

„Du bist die schönste Frau auf dieser Erde", schnurrte er. „Und auch wenn dein Gesicht nicht so außergewöhnlich wäre, wärst du immer noch die liebenswerteste Kreatur. Ich liebe dein Herz."

Tränen stiegen ihr in die Augen. „Danke ... das bedeutet mir viel." Sie küsste ihn, verzog dann das Gesicht und deutete darauf. „Das hier ... es ist nur eine Frage der Vorlieben, aber ich bin nicht naiv. Die Gesellschaft bezeichnet das als schön. Wenn ich in den Spiegel schaue, sehe ich lediglich immer denselben Idioten. Ich habe es satt, dass man mich ständig nach meinem Gesicht beurteilt. Du weißt, wovon ich rede, nicht wahr?"

„Ja. Die Menschen sehen das, was sie sehen wollen, und es ist ihnen überlassen, es sei denn, es beeinflusst dich auf negative Art und Weise."

„Genau." India lachte. „Die Probleme der Ersten Welt."

„Ja." Er musterte sie. „War es wegen deinem Aussehen, dass er ..."

„Ich weiß es nicht. Es könnte auch mein Alter sein." Sie erbebte und sah ihn dann schuldbewusst an. „Wenn ich eine Gelegenheit hätte, ihn zu töten ... ich würde nicht zögern. Und ich hasse es, dass er mich zu jemandem macht, der einen anderen Menschen umbringen will."

„Er hat dich zusehen lassen, als er deine Mutter umgebracht hat. Niemand würde dich deshalb verurteilen."

India nickte. „Aber auf der anderen Seite bin ich alles andere als perfekt. Ich habe Fehler gemacht, große Fehler, und ich habe Menschen weh getan. Ich versuche zu lernen, aber ich kann sehr egoistisch sein." Sie grinste verlegen. „Und scheinbar auch eifersüchtig."

Massimo streichelte ihren Bauch. „Die Fotos von mir und Val waren gestellt. Sie hat alles arrangiert. Sie will, dass wir wieder zusammenkommen und war nicht glücklich, als ich mich geweigert habe." Er küsste sie. „Und sie ist auch eifersüchtig. Ich habe ihr gesagt, dass ich jemand anderen mag. Das kam nicht gut an."

„Ihr wart lange zusammen."

„Und sie wird auch immer zur Familie gehören. Aber ich liebe dich, India."

India lächelte. „Und ich liebe dich, aber ich hatte kein recht dazu, eifersüchtig auf dich und Val zu sein. Ich habe kein Problem damit, dass du mit ihr befreundet bist, das schwöre ich." Sie schwieg einen Augenblick. Massimo zog sie näher an sich.

„Was geht dir durch den Kopf, Bella? Ich kenne dich noch nicht so gut, um es dir vom Gesicht abzulesen."

India schüttelte ihren Kopf. „Nichts. Ich denke nur, dass die Menschen mit denen zusammen sind, mit denen sie zusammen sein *sollten*."

Massimo verstand nicht ganz, was sie meinte, aber sie fügte nichts mehr hinzu. Sie liebten sich noch einmal, bevor sie erschöpft und befriedigt in den Armen des anderen einschliefen.

Am nächsten Tag flog Massimo mit India nach New York und nahm damit ihre Einladung an, ihre Familie kennenzulernen.

KAPITEL FÜNFUNDZWANZIG –
HIM & I

*N*ew York

India war erleichtert, als Massimo und Lazlo sich wie alte Freunde begrüßten. Die Tatsache, dass Lazlo ihn akzeptierte, bedeutete ihr viel. „Ich habe ihm alles erzählt", sagte sie zu ihrem Bruder, als sie einen Moment lang allein waren. „Er weiß von der extra Security, und er findet es gut."

Massimo unterhielt sich leise mit Lazlo, als er dachte, sie würde nicht zuhören. Sie hörte, wie ihr Liebhaber sagte, dass er alles tun würde, um sie zu beschützen. Sie wusste, dass Lazlo jetzt ruhiger sein würde, da sie jemanden an ihrer Seite hatte.

Auf der Reise hatten sie die Paparazzi am Flughafen gemieden, besonders in Italien. Sie hatten es geschafft, sich durchzuschmuggeln, als niemand es erwartet hatte, und waren in einer Einzelkabine geflogen, um die Menschen nicht auf sich aufmerksam zu machen. Das hier war ihre Zeit – nur ihre – und je länger sie ihre Liebesaffäre geheim halten konnten, desto besser war es.

Es war früher Abend, und sie warteten auf Gabe und seine neue Freundin. Das Abendessen war bereit, und India, Massimo und Lazlo hatten alle mitgeholfen, die Mischung aus italienischem und indi-

166

schem Essen zuzubereiten. India hatte Massimo gezeigt, wie man Naan Brot zubereitet. „Das ist eine ganz neue Geschmackswelt!", rief er aus.

India grinste. „Ich habe so viele Nationalitäten in meiner DNA, dass es normal für mich ist, alles zu mischen. Ich versuche Dinge zu kreieren, die zueinander passen. Du magst es scharf, richtig?"

„Oh ja." Er zwinkerte, und sie grinste.

„Kerle." Lazlo gab ein Würgegeräusch von sich, und India lachte.

„Laz, warum bringst du niemanden mit?"

„Ich mag es, das fünfte Rad am Wagen zu sein", sagte er trocken. „Das tut mir gut."

Massimo schnaubte über den Sarkasmus des anderen Mannes und bemerkte dann, dass Indias Augen auf die Nachrichten im Fernsehen gerichtet waren.

Ein großer, eleganter, weißhaariger Mann stand auf einem Podium und lächelte, wobei zwei Reihen blitzend weißer Zähne zum Vorschein kamen. Er trug einen Anzug und nutzte umsichtige Gesten, um seine Aussagen zu unterstreichen. Die Schlagzeile lautete: Philip LeFevre, Senator. Massimo war verwirrt. Lazlo stellte die Lautstärke höher.

„So, mit großer Demut und auch mit großem Vergnügen gebe ich bekannt, dass ich mich zur Wahl des Präsidenten der Vereinigten Staaten stelle!"

„Oh, scheiße, nein", sagte India düster, und Lazlo stieß ein finsteres Bellen aus.

„Er ist wahnsinnig."

India rollte mit den Augen. „Jetzt wissen wir, warum er mich ständig anruft. Er will meine Unterstützung. Arschloch."

„Was entgeht mir hier?", fragte Massimo, und India lächelte und deutete auf den Fernseher.

„Philip LeFevre. Er hat sich entschlossen, als Präsident zu kandidieren, und er möchte eine niedliche kleine Fotosession mit mir, um ihm dabei zu helfen."

„Bei allem Respekt, aber warum würde ein Politiker deine Unterstützung brauchen?"

India warf Massimo ein seltsames Lächeln zu. „Um die Geschichte neu zu schreiben. Um den Eindruck zu vermitteln, dass er sich geändert hat und dass er weiß, was Familienwerte sind."

„Familienwerte?"

„Ja." India seufzte, während sie ihren Blick auf den Fernseher gerichtet hielt. „Weil er nicht mehr der Mann sein will, der seine schwangere Freundin sitzen gelassen hat. Oder der Mann, der nicht zu seinem Kind gestanden hat, als ihre Mutter ermordet wurde, und nicht einmal das Kind besucht hat, als es niedergestochen wurde und im Koma lag. Er will meine Unterstützung Massi, denn dann kann er ein Bild von Versöhnung und Verzeihen malen. Er will meine Unterstützung, Liebling, weil er mein Vater ist."

Massimo dachte noch über Indias Vater nach, als der andere Bruder, Gabe, später eintraf. Als er sah, wer die Frau an Gabes Seite war, rutschte ihm das Herz in die Hose und alle anderen Gedanken waren vergessen.

Fernanda Rossi. Sein One-Night-Stand vom letzten Jahr. Oh verdammt! Sie stand hinter Gabe, als Lazlo die Männer einander vorstellte, und sah ihn selbstgefällig und rachsüchtig an. Dann richtete sie ihren Blick auf India, musterte sie langsam und sah dann wieder mit einem Blick zu Massimo, der sagte: Wirklich? Die? Statt ich?

Scheiße.

Er wartete darauf, dass die Bombe explodierte, aber Fernanda schien nicht im Sinn zu haben, ihn leiden zu lassen, denn alles, was sie sagte, war: „Massi, wie schön dich wiederzusehen". Dann küsste sie ihn auf die Wange, wobei sie ihre Lippen dort einen Herzschlag zu lange liegen ließ.

India schien das jedoch nicht aufzufallen, und Massimo war erleichtert. Das Letzte, was er brauchte, war eine Fernanda, die einen Kleinkrieg vom Zaun brach. Er wollte außerdem den jüngeren Bruder einordnen. India hatte ihm erzählt, dass Gabes lose Zunge und seine Drogenabhängigkeit schuld daran waren, dass Carter sie Helsinki aufgespürt hatte. Massimo versuchte seine Meinung von Gabe dadurch nicht beeinflussen zu lassen, aber das war schwer, besonders angesichts der Tatsache, dass er mit Fernanda ausging. Wie zur Hölle hatten die beiden sich kennengelernt?

„Wie habt ihr zwei euch nun eigentlich kennengelernt?" India schien Massimos Gedanken zu lesen, als sie Fernanda anlächelte.

Sie saßen leger gekleidet an dem großen Küchentisch zum Abendessen, außer natürlich Fernanda; ihr aufsehenerregender Körper war in ein enges rotes Kleid gehüllt. Sie probierte von dem Gemüsecurry, das India zubereite hatte, und kräuselte die Nase, als die Schärfe der Gewürze hinten in ihrer Kehle kitzelte. Sie tupfte ihren Mund geziert mit einer Serviette ab, bevor sie antwortete.

„Es war eine Spendengala, ein Weihnachtsball. Vogue Italy hat mich eingeladen, die Party zu moderieren. Gabe war einer derjenigen, mit denen sie mich in Kontakt gebracht haben."

Fernanda berührte besitzergreifend Gabes Nacken. Angesichts des überraschten Ausdrucks auf Gabes Gesicht, hätte Massimo alles Geld der Welt wetten mögen, dass das Fernandas erste liebevolle Geste in ihrer Beziehung war. Massimo wusste, dass Fernanda niemand war, der in der Öffentlichkeit irgendwelche Gefühle zeigte. Sie tat jetzt nur so – versuchte ihn eifersüchtig zu machen.

Gabe warf seiner Freundin einen verwunderten Blick zu und zuckte dann mit den Schultern. „Wir haben uns sofort gut verstanden. Wir sind bereits ein paar Mal miteinander ausgegangen, seit Nanda hier im Land ist." Er lächelte Massimo an. „Ich nehme an, ihr habt bereits zusammengearbeitet?"

Massimo nickte und erwähnte den Namen eines Filmes, den sie vor einem Jahr gedreht hatten. „Er war ganz okay, aber nicht einer der besten den sie oder ich jemals gedreht haben."

„Vielleicht arbeitet ihr ja wieder einmal zusammen?" Gott segne India, die scheinbar keine Ahnung hatte, wie gehässig Fernanda sein konnte. Fernanda starrte sie jetzt an.

„Natürlich sind wir eine Zeitlang danach miteinander ausgegangen, nicht wahr, Massi? Doch zwischen uns sollte es wohl nicht sein."

Und da war es. Massimo bemühte sich um eine neutrale Miene, als India ihn ansah. Gabes Blick wurde kalt. „Nur kurz", nickte er. „Die italienische Presse hat versucht, uns zusammenzubringen, und manchmal ist es schwer, dem Druck und der Verlockung von zusätzlicher Werbung zu widerstehen. Doch es hat sich herausgestellt, dass wir als Pärchen nicht funktionieren. Viel besser als Freunde, nicht wahr, Fernanda?"

Er hielt ihren Blick, forderte sie heraus das abzustreiten, aber sie neigte lediglich anmutig ihren Kopf. India lächelte Massimo an, klopfte ihm unter dem Tisch auf den Oberschenkel, um ihm zu sagen, dass sie kein Problem damit hatte. „Jeder ist bei demjenigen, bei dem er sein soll", sagte sie erneut, und Massimo beugte sich zu ihr und küsste sie auf die Wange.

„Das ist verdammt richtig", sagte er. Er warf ihrem Bruder einen Blick zu. Gabes Gesicht war wie versteinert, und er sagte nichts. Ha. Es würden nicht Massimo und India sein, die heute Nacht streiten würden – Fernandas Plan war nach hinten losgegangen.

Der Rest des Abendessens verlief ohne weitere Zwischenfälle. Später, als Gabe und Fernanda gegangen waren, wappnete sich Massimos für Indias Fragen. Doch er musste sie selbst darauf ansprechen. „Bist du gar nicht neugierig, was mich und Fernanda betrifft?"

„Du hast doch alles erklärt, und es geht mich nichts an, was du getan hast, bevor wir uns kennengelernt haben."

Massimo lächelte. „Es war nur ein One-Night-Stand und ein schlechter obendrein."

India grinste. „Um ehrlich zu sein, finde ich das schon etwas befriedigend. Ich mag sie nicht sonderlich, aber Gabe ist erwachsen."

„Falls du dich dann besser fühlst – Fernanda ist sehr gegen Drogen und Alkohol, also …"

India entspannte sich. „Wenn sie es schafft, ihn von all dem fernzuhalten, dann werde ich ihr größter Fan."

Sie waren im Schlafzimmer, und India zog sich langsam aus, während Massimo auf dem Bett lag, ihr dabei zusah und den Striptease genoss. Er kannte jeden Zentimeter ihrer honigfarbenen Haut, jedes Muttermal und jede Erhebung, die weiche Kurve ihres Bauches, die runden Pobacken und die vollen, reifen Brüste. Er hatte sich ihren Geschmack eingeprägt und den sauberen Geruch ihrer Haut.

„Dir steht die Begierde ins Gesicht geschrieben", murmelte sie, während er sie lustvoll ansah, und er lachte.

„Ich bin auch nur ein Mensch. Komm her, Bella."

„Geduld, mein Junge."

Sie schob langsam ihr Höschen nach unten und ließ es auf den Boden fallen. Und dann stand sie vor ihm wie eine Göttin.

„Mio Dio, Indy …" Sein Schwanz war in seiner Hand und wurde schnell hart. India lächelte hinterhältig.

„Ich werde zu dir kommen, Massimo Verdi, aber du darfst mich nicht berühren … du darfst nur … beobachten … und spüren, was ich mit dir tue."

Er stöhnte. „Du bist so eine Verführerin …"

„Ja." Sie ging langsam zum Bett und krabbelte auf ihn. „Leg dich hin, Massi. Leg deine Hände hinter deinen Kopf." Sie setzte sich auf ihn, wartete, bis seine Hände hinter seinem Kopf waren, bevor sie seinen Schanz in ihren Mund nahm. Sie saugte daran und reizte ihn mit ihrer Zunge, und Massimo stöhnte lustvoll.

„Ich will dich berühren, Bella …"

Sie schüttelte ihren Kopf, behielt ihn weiterhin im Mund und drehte sich so, dass ihre Muschi in seinem Gesicht war und ihn noch mehr provozierte. Sein Schwanz stand kurz davor zu explodieren, als er beobachtete, wie ihr Geschlecht anfing zu glitzern, und er versuchte sich zu beherrschen.

Er kam heftig, schoss dicken Samen auf ihre Zunge und war nicht mehr in der Lage, sich zurückzuhalten. Er tauchte seine Zunge tief in ihr süßes Geschlecht und krallte sich in ihre Pobacken. Sein Daumen massierte ihre Klitoris, entschlossen ihr genauso viel Lust zu bereiten wie sie ihm, und sie hielt ihn nicht auf. Er brachte sie schnell zu einem bebenden Orgasmus, und dann nahm er sie, drehte sie auf den Rücken und schlang sich ihre Beine um seine Taille.

Sein Schwanz, der bereits hart war, glitt heiß in sie, und er fickte sie fast schon gnadenlos, drückte ihre Hände auf das Bett und fixierte sie mit seinem Blick. Indias Augen waren voller Feuer, Leidenschaft und Erregung.

„Fick mich hart", flüsterte sie. „Bring mich zum Schreien, Massi … fick mich, bis es weh tut."

Ihre geflüsterten Worte legten einen Schalter in seinem Kopf um, und er wurde zum Tier: wild in seiner Begierde. Sie bissen, kratzen und rangen miteinander, genossen die körperliche Anstrengung, während sie die ganze Nacht lang Sex hatten. Einmal nahm er sie an dem großen Fenster, von dem aus man die Stadt sehen konnte, ihre Handgelenke auf dem Rücken zusammengebunden und seine Krawatte um ihre Augen geschlungen.

Sie liebten sich immer wieder, auf dem Boden, India auf ihm sitzend und ihn reitend, während er ihre Brüste liebkoste. Und dann in der Dusche, wo er in ihren Hintern eindrang und sie sich langsam miteinander bewegten.

Schließlich, in den frühen Morgenstunden, brachen sie auf dem Bett zusammen, befriedigt und nach Luft schnappend. „Wow", war alles, was India herausbrachte. „Einfach wow."

Massimo schlang seinen Arm um ihren Nacken. „Du bist ein richtig kleines Biest, Miss Blue."

„Für dich immer." Sie küsste ihn und legte ihren Arm um seine Taille. Er streichelte ihr Haar.

„Also …"

„Also?"

„Du kennst meine romantische oder wohl eher sexuelle Vergangenheit."

„Ein bisschen davon", sagte sie grinsend. „Ich bin mir sicher, dass es noch hundert andere gibt. Ich meine, sieh dich doch an."

Massimo lachte. „Nicht hunderte, aber ja, es gab einige. Was ist mit dir?"

„Du würdest es mir nicht glauben, wenn ich es dir sage."

„Versuch es."

India sah auf, erwiderte seinen Blick und lächelte, aber in ihren Augen lag Nervosität. „Zwei."

Massimo riss die Augen auf. „Zwei? Zwei und ich?"

„Dich inklusive." Ihr Gesicht rötete sich, und er berührte das hübsche Pink ihrer Wangen.

„Wie ist das möglich? Ich meine … hast du dich einmal angeschaut?" Er gab ihr ihre Worte zurück, und sie gluckste, aber ihr Gesicht rötete sich noch mehr. „Wer ist der andere glückliche?"

Sie schüttelte ihren Kopf. „Es ist … ich möchte lieber nicht über ihn reden. Es ist kompliziert, und ich … ich habe einen Fehler gemacht. Ich meine ich … Himmel, können wir über etwas anderes sprechen?"

Massimo war neugierig, aber er sah, dass sie sich mit dem Thema nicht wohlfühlte. „Natürlich, Liebling."

Sie redeten noch ein bisschen, bevor sie ineinander verschlungen einschliefen.

Am Morgen duschten sie zusammen, und India kicherte, als sie sich anzogen. „Wir sollten uns besser für den Lärm letzte Nacht entschuldigen. Laz wird traumatisiert sein."

Aber als sie in die Küche kamen, befand sich Lazlo nicht in der Laune zum Herumalbern. Er sah grimmig aus, und India runzelte die Stirn. „Was ist los?"

„Dein Vater", sagte Lazlo und deutete auf die Nachrichten im Fernsehen, wo Philip LeFevre von einer Menge umgeben war, die ihm applaudierte. „Er hat gerade ein großes Charitykonzert angekündigt, auf dem er und seine Tochter sich versöhnen und seine Tochter der Hauptact sein wird."

„Was zur Hölle?" India sah ihren Bruder mit offenem Mund an, und Massimo gab ein verärgertes Geräusch von sich. „Er hat verkündet, dass ich ein Konzert gebe?"

Lazlo nickte mit zusammengebissenen Zähnen. „Er zwingt dich förmlich dazu. Die Wohltätigkeitsorganisationen werden *Aktion gegen Gewalt an Frauen* und *Alleinerziehende Mütter* sein."

India lachte, aber es lag keine Freude darin. „Also kann er mit der Geschichte über den reumütigen Versagervater kommen und wenn ich etwas anderes sage, bin ich die Dumme?"

„So ungefähr."

„Scheiße!" India explodierte, und Massimo nahm sie in die Arme, um sie zu beruhigen.

Er sah Lazlo an. „Gibt es etwas, was wir tun können?"

Lazlo seufzte. „Wir können nein sagen, sagen, dass wir unseren eigenen Auftritt haben und keine Politiker unterstützen und dass Indys Beziehung – oder eher der Mangel einer Beziehung – zu ihrem Vater nicht zur öffentlichen Debatte steht."

„Was sofort Interesse daran erwecken und die Presse auf uns ansetzen wird."

„Genau." Lazlo seufzte. „Was zur Folge haben wird, dass sie hinter dir her sein werden, Indy, was wiederum Carter direkt zu dir führen könnte. Ich hasse es, das zu sagen, aber …"

„Das Sicherste ist den Auftritt stillschweigend hinter mich zu bringen und dann wieder abzutreten, nachdem er mich für seine politische Kariere benutzt hat", sagte India mit Grabesstimme, schüttelte Massimos Arm ab und ging zum Fenster.

Sie spürte die Augen der beiden auf sich gerichtet, als sie ihr Gesicht in ihren Händen vergrub. Sie wollte nichts mit Philip LeFevre zu tun haben. Er hatte ihre Mutter verlassen, als diese schwanger gewesen war und India nicht ein einziges Mal im Krankenhaus besucht, nachdem man sie entführt, vergewaltigt und beinahe erstochen hatte.

Nicht einmal. Das einzige Anzeichen, dass er das Geschehene überhaupt registriert hatte, war, dass er die Krankenhausrechnung mittels eines Vertreters bezahlt hatte. *Alle. Wahrscheinlich wolltest du nicht, dass es irgendwann auf dich zurückfällt und dich in den Hintern beißt, nicht wahr, Papa?* India hatte keine Zweifel, dass er es so darstellen würde, um ihre Geschichte zu spinnen, und es machte sie einfach nur … müde. Sie war es leid, die ganze Zeit zu kämpfen.

Sie drehte sich zu Lazlo um und nickte. „Ruf seine Leute an. Ruf seine Leute an und sag ihnen, dass ich das Konzert geben werde. Ich werde auch für die Presse posieren, aber keine Interviews geben, und ich werde keine Aussage machen, die ihn politisch unterstützt. Ich werde es so aussehen lassen, als hätten wir uns versöhnt, was ich aber in der Realität nicht will. Ich werde mich nur einmal im Voraus mit ihm treffen, um ihm zu sagen, was ich ihm zu sagen habe. Sag ihnen das, und ich werde es tun."

Massimo und Lazlo sahen sie unsicher an. „Bist du dir sicher, Indy?"

Sie nickte. „Ja. Aber das wird das letzte Mal sein, dass Philip LeFevre irgendetwas in meinem Leben bestimmt. Das letzte Mal."

KAPITEL SECHSUNDZWANZIG –
FAKE LOVE

*M*assimo musste zurück an sein neues Filmset in Italien. Er bot an, bei India zu bleiben, als diese sich auf ihr Treffen mit ihrem Vater vorbereitete, aber India schüttelte ihren Kopf. „Nein, Liebling. Ist schon in Ordnung. Ich werde nicht zulassen, dass das alles unser Leben bestimmt, und ich bin sicher, dein Vertrag lässt dir keine Zeit, um deine Freundin zu unterstützen, wenn sie sich mit ihrem beschissenen Vater trifft. Das ist wahrscheinlich nicht darin vorgesehen."

Massimo beeindruckte ihre Fähigkeit, über etwas zu scherzen, was für sie offenbar traumatisch war. Sie hatte seit der Ankündigung des Konzerts nicht mehr richtig geschlafen, und er hatte mit dem Gedanken gespielt seinen Vertrag zu brechen, auch wenn er wusste, dass ihm das eine Menge Geld und seinen Ruf kosten würde. Sie war es wert.

Aber India wollte davon nichts hören. Ihr Abschied war lang, und beide waren sich darin einig, dass es nicht sicher für sie war, ihn zum Flughafen zu bringen. Massimo schnürte es das Herz zusammen, als er sie verlassen musste, und er war froh, dass er nach diesem Filmdreh noch nicht verplant war und er sich ganz nach Indias Verpflichtungen richten konnte.

Massimo freute sich darauf, seinen Bruder und seine Schwester am Flughafen in Rom zu treffen, und als sie ihn bei seiner Ankunft begrüßten, konnte er es kaum erwarten, ihnen von India zu erzählen, aber er kam nicht dazu.

„Wir haben schlechte Neuigkeiten. Papa geht es gar nicht gut. Es geht ihm richtig schlecht", sagte Frannie und verzog das Gesicht.

Massimos Herz brach, als er die Angst in ihren Augen sah. „Wie lange noch?"

„Mama sagt, es kann sich nur noch um Tage handeln."

„Oh Mio Dio…" Massimo setzte sich. „Wir sollten bei ihm sein."

Massimos Publizist, Jake, war bei ihnen. „Ich habe ein paar freie Tage mit dem Filmstudio arrangiert, Mass. Sie sind damit einverstanden, denn Patricia hat die Rolle abgelehnt und sie suchen noch nach jemanden, der sie übernimmt. Also haben wir ein paar Tage Luft. Du solltest noch heute nach Apulien fahren."

Also befand sich Massimo zusammen mit seinen Geschwistern auf dem Weg nach Süditalien statt auf dem Weg nach Rom zum Filmset. Auch wenn sein Bruder und seine Schwester versuchten, die Stimmung zu lockern, war seine Miene düster, als sie ankamen.

Gracia sah aus dem Fenster, als sie sich dem Grundstück näherten. „Jemand ist hier."

Massimo sah einen Ferrari, und sein Herz rutschte ihm in die Hose. Valentina war hier. Als Francesco neben ihrem Auto parkte, kam sie zur Tür heraus.

„Ihr Lieben." Sie umarmte sie und klammerte sich an Massimo.

Massimo seufzte. Das war das Letzte, was er brauchte, aber Valentina schlug sofort einen fürsorglichen Ton an. „Er ist jetzt wach, falls ihr ihn sehen wollt."

„Gern."

Sie folgten ihr ins Haus, und die Zwillinge gingen sofort nach oben. Massimo blieb stehen, hielt Valentina am Arm fest bis sie allein waren. „Val … was machst du hier?"

„Deine Mutter hat mich angerufen. Sie wollte noch eine andere Frau hier haben, eine, die sich um euch Kinder kümmern kann, während …"

„Wir sind keine Kinder."

„Die Zwillinge sind noch Kinder", fügte sie hinzu, und er konnte keine Tücke in ihren Augen erkennen. „Wir beide kennen das Leben und den Tod. Die beiden … werden jede Menge Menschen um sich brauchen."

Ihm wurde schlecht. „Papa?"

Sie schüttelte ihren Kopf. „Er wird immer wieder bewusstlos. Es ist fast an der Zeit, mein Lieber. Es tut mir so leid, Massi."

Massimo wollte zusammenbrechen, wollte schreien, dass es nicht fair war, dass sein Papa noch so viel zu geben hatte. Aber er wagte es nicht, besonders nicht vor seiner Ex, wie gut ihre Absichten auch sein mochten. „Wie geht es Mama?"

„Sie ist der Fels in der Brandung. Sie wird froh sein, dich zu sehen, Massi."

Sie gingen nach oben, und die Zwillinge machten Platz für Massimo am Bett ihres Vaters. Sein Vater war zusammengeschrumpft, seine Wangen hohl und eingefallen, aber er lächelte. „Hey, Papa."

Angelo hielt eine Hand hoch, und Massimo nahm sie. Die Haut fühlte sich wie Papier an. Oh, verdammt …

Massimos Mutter, die eine Hand auf die Schulter ihres ältesten Sohns gelegt hatte, scheuchte alle leise aus dem Zimmer. „Wir lassen euch etwas Zeit zum Reden."

Als er mit seinem Vater allein war, erlaubte er es sich, sich etwas gehen zu lassen. „Papa."

„Es ist okay, Sohn. Ich bin bereit, weißt du … bereit vor den Schöpfer zu treten."

Angelos Augen waren so wach wie immer. „Du siehst anders aus. Entspannt. Ist es das Mädchen?"

„India." Massimo musste lächeln, als er ihren Namen aussprach. „Papa, ich wünschte du …" Er konnte die Worte nicht aussprechen: Ich wünschte, du hättest sie kennenlernen können. Er wollte sich nicht eingestehen, dass, auch wenn India noch in diesem Moment in ein Flugzeug steigen würde, sie wahrscheinlich nicht mehr rechtzeitig hier sein würde. Massimos Vater würde die Liebe seines Lebens niemals kennenlernen.

Angelo drückte seine Hand. „Sie ist die Richtige, hm?"

„Ja. Papa du würdest sie leben. Sie ist rundum perfekt."

„Hast du ein Bild?"

Massimo zeigte ihm ein Bild auf seinem Handy, das sein Lieblingsbild war. Angelo pfiff leise. „Belissimo. Sie ist unglaublich hübsch."

„Innerlich und äußerlich, Papa."

„Und sie singt?"

Massimo nickte. „Ja."

„Ich würde sie gern irgendwann einmal hören." Angelo streckte sich. „Ich muss jetzt noch ein bisschen schlafen, mein Sohn. In ein paar Stunden werde ich mich besser fühlen."

Massimo stand auf und küsste seinen Vater auf die kalte Stirn. „Ruh dich aus, Pa. Wir reden später." Als er zur Tür ging, rief sein Vater ihn noch einmal zurück.

„Massimo? Lass sie dir nicht durch die Lappen gehen. Deine India. Halte sie dicht bei dir. Lass sie niemals gehen."

Massimo lächelte seinen Vater an. „Das verspreche ich, Papa. Ich verspreche es."

Sieben Stunden später, um drei Uhr früh, weckte ihn seine Mutter, um ihm zu sagen, dass sein Vater gestorben war.

Lazlo fragte India noch einmal, ob sie wollte, dass er sie begleitete, wenn sie sich mit ihrem Vater traf, aber sie schüttelte ihren Kopf. „Es gibt Dinge, die ich ihm sagen will, die du nicht hören solltest, Lazlo. Dinge wie … was geschehen ist. Dinge, die ich dir nie erzählt habe, aber dieser Mistkerl soll jedes Detail erfahren, was Carter mir und Mom angetan hat. Da er mich in die Ecke gedrängt hat, werde ich all die Dinge sagen, die ich ihm schon immer einmal sagen wollte. Alle.“

Lazlo umarmte sie. „Eine wütende Indy ist eine furchteinflößende Indy.“

Sie zuckte mit den Schultern. „Ich will einfach nur sehen, ob irgendetwas davon wahr ist, ob irgendetwas damals einen Eindruck bei ihm hinterlassen hat. Ob ihm wirklich etwas an mir liegt. Ich befürchte nicht, also werde ich es ihm so schwer wie möglich machen. Ich weiß, dass das ziemlich gehässig ist …“

„Das ist es nicht.“

„Du bist ein guter Kerl, Lazlo. Du bist die einzige Familie, die ich jemals hatte, und die Tatsache, dass dieser Mann meine DNA hat, spielt keine Rolle. Ich werde mich mit ihm treffen, werde das Konzert geben und danach werde ich ihn in den Wind schießen.“

Lazlo umarmte sie. „Viel Glück, Boo. Denk daran, dass ich nur einen Anruf entfernt bin.“

Im Auto auf dem Weg zu dem Büro ihres Vaters in Manhattan versuchte India ihre Nerven zu beruhigen. Sie sah auf ihr Handy, aber die einzige Person, von der sie etwas hören wollte, schwieg. Es war seltsam, dass Massimo nicht angerufen hatte, aber es lagen auch sechs Stunden Zeitunterschied zwischen ihnen, und Filmen nahm viel Zeit in Anspruch. Hab Vertrauen, sagte sie sich selbst.

Im Büro ihres Vaters wurde sie von jemandem begrüßt, den sie kannte. Howard ‚Howie‘ Black hatte sich damals als Medienanwalt versucht, und India seufzte innerlich. Sie hatten eine gemeinsame

Vergangenheit. Howie hatte ein paar Jahre lang ununterbrochen versucht India nachzustellen und hatte ihr Nein nicht akzeptiert. Jetzt arbeitete er für ihren Vater? Gott. LeFevre wusste mit Sicherheit, wie man sich mit den schlimmsten Menschen umgab.

Noch ein Grund mehr beide zu hassen. „Howie." Ihr Ton war kühl, und sie ließ die angebotene Hand schnell wieder los. Sie hasste es sogar, in derselben Stadt wie er zu sein.

Howie lächelte, hinterhältig und fast schon triumphierend. „India, wie charmant dich wiederzusehen. Das Schicksal hat uns zu lange getrennt gehalten."

„Wenn du das sagst." Sie hatte keine Lust, ihn zu einem Gespräch zu ermutigen, als er sie zum Fahrstuhl brachte. Sie stand so weit wie möglich von ihm entfernt und beantwortete seine Fragen einsilbig. Seine Augen ruhten auf ihr, wanderten über ihren Körper und sie war froh, dass sie einen weiten Pancho und Yogahosen trug, kein Make-up und eine dicke, schwarzgeränderte Brille. Sie hatte sich geweigert, sich für ihren gottverdammten Vater in Schale zu werfen.

Als sich die Fahrstuhltür öffnete, trat sie heraus und sah Philip LeFevre, der bereits mit breitem Lächeln auf sie wartete. „Liebling."

Er breitete seine Arme aus, um sie zu umarmen, aber India trat an ihm vorbei und hielt ihm stattdessen ihre Hand hin. Das falsche Lächeln auf seinem Gesicht verblasste kurz und erschien dann wieder. „Komm rein. Es ist wundervoll, dich zu sehen."

Arschloch, dachte India. Als sie sein Büro betrat, rutschte ihr das Herz in die Hose. Offenbar würde das keine private Unterredung zwischen Vater und Tochter werden. Um einen großen Tisch herum saßen etliche Männer in Anzügen, die sie alle neugierig ansahen.

„India, das ist …" LeFevre nannte ihr die ganzen Namen, aber India hörte nicht zu. So, er wollte sie also noch mehr ärgern? Sie setzte sich auf den Stuhl, auf den er deutete, und seufzte, als Howie sich neben ihr niederließ. Das grenzte schon an Nötigung.

Verdammt seist du, Philip. „Mir gefällt es nicht, dass man mich für ein Konzert ankündigt, dem ich niemals zugestimmt habe, Mr. LeFevre."

„India, ich bin dein Vater. Bitte nenn mich Dad."

„Nein, ich denke nicht, LeFevre."

Ärger färbte sein Gesicht rot. „Also bist du nicht daran interessiert, den Frauen in diesem Staat zu helfen? In diesem Land?"

India starte ihn an. „Ach ja. Weil du dich ja so um sie sorgst, Mr. LeFevre. Ich bin sehr daran interessiert, Frauen zu helfen. Ich habe nur kein Interesse daran, dir zu helfen. Und bitte tu nicht so, als wäre das etwas anderes als ein pathetischer Versuch, mehr Stimmen zu bekommen. Frauen sind dir schon immer scheißegal gewesen."

„Ich denke, wir sollten über das Konzert reden", unterbrach Howie, als LeFevres Gesicht angesichts Indias offenkundiger Ablehnung immer roter wurde. „Bitte."

India und ihr Vater starrten sich an, beide wütend, sich gegenseitig hassend. Sie fragte sich, wie sie mit solch einem Dreckkerls verwandt sein konnte. „Ich werde das Konzert geben, aber wenn du glaubst, dass ich für dich Werbung mache oder mit dir eine gemeinsame Pressekonferenz gebe, dann liegst du falsch."

„Wir bitten dich nur um deine Teilnahme am Konzert. Natürlich bist du der Headliner."

India starrte Howie an, auf dessen Gesicht sich ein ekelerregendes Lächeln ausgebreitet hatte. „Es gibt weit bessere Künstler, die das übernehmen könnten."

„Aber wir haben uns für dich entschieden, India", sagte ihr Vater schließlich. „Das könnte ein herausragendes Ereignis für deine Karriere sein."

„Ich dachte, es ginge dabei um misshandelte Frauen und alleinerziehende Mütter? Darauf sollte auch der Fokus liegen. Du sagst das nur, weil du der Welt erzählen willst, dass das deine Tochter ist, die da auf der Bühne steht. Das wird nicht geschehen."

Ihr Vater schwieg einen Augenblick und wandte sich dann an die anderen Männer. „Könntet ihr uns bitte kurz allein lassen? Du auch, Howie."

Alle verließen leise das Zimmer. Howie, der als Letzter ging, schloss die Tür hinter sich. Philip stand auf und ging im Raum auf und ab. „Also schön. Was willst du?"

„Von dir? Absolut gar nichts, außer dass du mich in Ruhe lässt."

Er schüttelte seinen Kopf. „Das wird nicht geschehen. Wir müssen wieder zueinander finden, India, und ja, schon gut, ich gebe zu, dass es sich positiv auf meine Kampagne auswirken wird."

„Aber du schaffst es nicht wirklich, Zuneigung für mich zu empfinden, nicht wahr?"

Um seinen Mund spielte ein Grinsen. „Ich soll mich um dich sorgen?"

„Nein. Denn warum jetzt auf einmal? Warum nicht, nachdem Braydon Carter meine Mutter vor meinen Augen umgebracht hat? Warum nicht, als er mich vergewaltigt, auf mich eingestochen und mich dann sterbend in einem brennenden Auto liegen gelassen hat?"

Philip setzte sich, und es war India eine Genugtuung, Schuldgefühle in seinen Augen zu erkennen. „Ich werde das jeden Tag bis an mein Lebensende bereuen, India. Ich habe deine Arztrechnungen bezahlt, ja, aber ich hätte … deine Brüder haben mich davon abgehalten, dich zu besuchen. Ich habe es versucht."

„Nicht genug." Er wollte ihre Hand in seine nehmen. India schüttelte sie ab. „Nein. Ich will mich nicht mit dir versöhnen, Philip. Ich will gar nichts von dir. Hör auf, mich als Unterstützung für deine Kampagne zu verwenden."

„Das kann ich nicht. Die jungen Wähler beten dich unglaublich an – mit dir in Verbindung gebracht zu werden, würde mir unermesslich helfen."

„Das wird nicht passieren."

Philip grinste hämisch. „Oh, ganz im Gegenteil, ich denke, dass wird es." Er stand auf, ging zu seinem Schreibtisch und holte einen Ordner heraus. „Denn es gibt da noch etwas anderes, was du vor der Öffentlichkeit geheim halten willst, nicht wahr?"

Er ließ den Ordner vor ihr auf den Tisch fallen. India starrte ihn an und wollte gar nicht wissen, was sich darin befand. „Was ist das?"

„Öffne ihn." Seine Stimme war kalt, und India erbebte ob der Drohung, die darin lag. Zögernd öffnete sie den Ordnern und spürte, wie sich ihr Magen scherzhaft zusammenzog.

„Ich habe gehört, dass Carter wieder auf freiem Fuß ist und dir ein paar explizite Briefe geschrieben hat, in denen er dir haarklein erzählt, was er mit dir vorhat. Was könnte dieser Verrückte anstellen, wenn er davon erfahren würde?"

Indias Hände ballten sich zu Fäusten, als sie auf die Bilder einer Familie schaute. Mutter, Vater, Kind.

„Sie ist jetzt elf", fuhr Philip fort. „Und scheinbar sehr intelligent. Sie ist die Beste in allen Fächern. Ihre Mutter ist, soweit ich weiß, auch sehr intelligent. Klug genug, um sich darüber im Klaren zu sein, was passieren würde, wenn die wirklichen Eltern des Mädchens bekannt werden würden …"

Indias Hand flog hoch, und sie schlug ihrem Vater hart ins Gesicht. Er lachte, scheinbar vollkommen unbeeindruckt von ihrer Wut. „Als Carter das Messer in dich gestoßen hat, ist er vermutlich davon ausgegangen, dass du nicht überlebst. Dass du niemals schwanger werden würdest, wenn er dich vergewaltigt. Und das, selbst wenn du deine Wunden überleben würdest, dein Baby es nicht schaffen würde." Philip lehnte sich zu India, die starr vor Schock war. „Aber das hat sie, nicht wahr India? Deine Tochter … seine Tochter … das Kind, das du weggegeben hast und dafür gesorgt hast, dass sie niemals erfährt, dass sie adoptiert wurde. Kannst du dir vorstellen, was sie durchmachen würde, wenn sie erfahren würde, dass ihr Vater ein Mörder ist und ihre berühmte Mutter sie nicht will?"

India unterdrückte ein Schluchzen, und Philip gluckste. „Das dachte ich mir. Und deshalb, India Blue, sind deine selbstherrlichen Vorwürfe ... ein bisschen heuchlerisch, oder? Deine Fans wären sicherlich der Meinung."

„Verdammt sollst du sein! Verdammt bis in die Hölle, LeFevre! Du bist ein Monster, und die Welt wird das herausfinden. Deine Kampagne wird vorbei sein, bevor sie begonnen hat."

Ruckartig krallte sich Philip in ihre Haare, zog sie daran hoch und schleuderte sie quer durch das Zimmer. Er war bei ihr, bevor sie sich aufrappeln konnte, nahm den Brieföffner vom Tisch und hielt ihn ihr an die Kehle. India erstarrte. Philip grinste hämisch. „Du glaubst, ich würde das nicht tun?"

„Ich weiß, dass du es tun würdest", flüsterte sie, als sie ihre Stimme wiederfand. Sie drückte sich näher an die Klinge. „Los doch, tu es. Und versuche dann allen mein Blut an deinen Händen zu erklären. Ich gebe dir die Schuld an Mutters Mord, denn du hattest nicht die Eier, deiner Verantwortung ins Gesicht zu sehen. Aber ich habe das. Deshalb habe ich meiner Tochter Geld geschickt. Deshalb hat sie ein liebevolles Zuhause. Sie ist im Kopf nicht so gestört wie ich, weil mein Vater ein gewalttätiges, egoistisches Arschloch ist. Also los, bring mich um, genau hier, genau jetzt. Du denkst, dass all die Kerle dort draußen dich verteidigen würden?"

Philip warf den Brieföffner durch das Zimmer und zog sie auf die Füße. Er ging weg, glättete seinen Anzug und versuchte sich zu beruhigen. India machte nicht den Versuch ihre Sachen oder ihre Haare zu glätten. Sie wollte, dass jeder sah, was geschehen war, wenn sie hier herausging. Kein Wort war hässlich genug, um das auszudrücken, was er war. Sie nahm ihre Tasche und ging zur Tür.

„Du wirst das Konzert geben. Das ist alles, um was ich dich im Gegenzug für mein Stillschweigen über deinen Bastard bitte."

Seine Stimme war kalt, und India blieb stehen. Sie drehte sich zu ihm um. „Ich werde das Konzert geben. Für all die Frauen und Kinder, die wissen, wie es ist, wenn man von der Person, die einen eigentlich beschützen sollte, verlassen oder missbraucht wird. Ich tue es für sie. Und für meine Tochter. Aber ich werde nicht gemeinsam mit dir auf der Bühne stehen."

„Schön."

India öffnete die Tür, aber ihr Vater rief sie zurück. „Wie war es?"

„Wie war was?"

Sie schnappte nach Luft, als sie die Kälte in seinen Augen sah. „Erstochen zu werden. Wie hat es sich angefühlt?"

India presste die Zähne aufeinander. Er geilte sich an dem Gedanken auf. Ihr war schlecht. Sie hob ihren Pancho, um ihm ihre Narben zu zeigen. „Es war die reinste Tortur. Unvorstellbare, gnadenlose Schmerzen. Und doch würde ich es wieder über mich ergehen lassen, bevor ich mir noch einmal mit ansehen muss, wie meine Mutter ermordet wird."

Philip nickte und wandte sich ab und India verließ das Zimmer und schlug die Tür hinter sich zu. Sie stürmte an den wartenden Anwälten und Assistenten vorbei, die sie neugierig ansahen. Sie hieb auf den Fahrstuhlknopf und ignorierte ihre starrenden Blicke, aber als sie eintrat, sprang Howie hinter ihr durch die Tür. India stöhnte und machte einen Versuch den Fahrstuhl wieder zu verlassen, aber er drückte sie an die Wand, als die Tür sich schloss.

„Ich bin dran", grinste er höhnisch. Er presste seinen Mund auf ihren, als sie sich gegen ihn wehrte. India stieß ihr Knie in seinen Unterleib und drückte ihn von sich, als er vor Schmerzen brüllte. „Verdammte kleine Schlampe!"

Er versuchte es erneut, und India schlug mit ihrer Tasche nach ihm, aber er schlug sie ihr aus den Händen und rammte ihr seine Faust in den Bauch. India sank auf ihre Knie. Howie krallte sich in ihre Haare, zwang ihren Kopf nach hinten und küsste sie erneut. „Kleiner Tiger. Ich weiß, dass ihr kleinen Schlampen es alle etwas härter mögt. Komm schon, gib auf, ich wollte dich schon immer, India."

Dieses Mal war India vorbereitet. Als seine Lippen über ihre Wangen und ihren Hals glitten, fand ihre Hand ihre Handtasche und sie wühlte darin herum. Ihre Finger schlossen sich um einen Stift, den sie in ihrem Notizblock hatte. Sie holte ihn blitzartig heraus und rammte die scharfe Spitze in seine Hoden. Sie hört, wie der Stoff seiner Hose riss, und spürte, wie das weiche, verletzliche Fleisch nachgab, als der Stift ihn durchbohrte.

Howie schrie, als sich die Fahrstuhltür öffnete, und India schob sich halb schluchzenden, halb zusammenbrechenden an ihm vorbei und stolperte in die Lobby. Einige Menschen eilten herbei, um ihr zu helfen, als sich die Fahrstuhltür schloss und Howies zusammengekauerte Gestalt dahinter verschwand.

Sie boten an, die Polizei zu rufen, aber India lehnte ab, hoffte, sie würden sie nicht erkennen. „War das Howie Black?", fragte eine Frau und half India, die Tränen abzuwischen. India nickte, und die Frau seufzte.

„Er ist ein widerlicher Kerl. Ich bin überrascht, dass es so lange gedauert hat, bis er sein wirkliches Ich gezeigt hat. Was hast du mit ihm gemacht?"

India erzählte es ihr, und die Frau lächelte. „Gut so. Falls er versucht, dich zu verklagen, kannst du uns als Zeugen anrufen. Er wird keine Chance haben."

Sie versuchten sie zu überreden, die Polizei anzurufen, aber India lehnte höflich ab und dankte ihnen für ihre Hilfe. Sie rief sich ein Taxi und sobald sie davonfuhr, wich das Adrenalin aus ihrem Körper. Neue Tränen kamen, aber sie wischte sie ungeduldig weg. Sie beschloss zu warten, bis sie sich beruhigt hatte, bevor sie Lazlo aufsuchte.

Das Penthouse war leer, als sie heimkehrte, und India nutze die Gelegenheit, um ein langes, heißes Bad zu nehmen und ihren Frust wegzuspülen.

Sie nahm ihr Handy, als sie im Schlafzimmer war, und nachdem sie sich die Haare getrocknet und frische Sachen angezogen hatte, überprüfte sie ihre Nachrichten.

Da war eine von Massimo, und sie runzelte die Stirn. Seine Stimme klang fremd, und sie rief ihn zurück. „Hey, Baby, alles in Ordnung?"

„Nein ... nein, das ist es nicht." Sie hörte, wie seine Stimme brach. „Indy ... mein Vater ist gestorben."

India war betroffen. „Oh nein, Massi! Das tut mir so leid. Wann?"

„Heute Morgen. Wir haben ... also ... wir versuchen seitdem, damit fertig zu werden."

„Oh Liebling ... ich kann mich gleich ins Flugzeug setzen. Ich werde kommen."

„Nein ... das ist nicht sicher."

„Scheiß auf sicher", sagte sie. „Ich liebe dich, und du brauchst mich. Ich bin unterwegs."

KAPITEL SIEBENUNDZWANZIG – YOU AND ME

*H*owie Black hatte Mühe, dem Personal in der Notfallaufnahme zu erklären, was mit seinen geprellten und angeschwollenen Hoden geschehen war, und er war sich absolut sicher, dass sie hinter seinem Rücken über ihn lachten. Schlimmer noch, seine Krankenversicherung wurde nicht anerkannt. Er bat sie, es noch einmal zu versuchen, und sie wurde erneut abgelehnt. Als er selbst anrief, sagte man ihm, er wäre nicht mehr auf der Gehaltsabrechnung und seine Versicherung deshalb nicht mehr gültig. Howie verlangte auf der Stelle mit Philip zu sprechen und war überrascht, dass man ihn sofort durchstellte.

Philip jedoch gab nur eine knappe Erklärung bezüglich seiner Entlassung. „Du hast meine Tochter angegriffen, Black. Du hast versucht, sie zu vergewaltigen. Die Kameras im Fahrstuhl haben alles aufgezeichnet ... du hast nicht gewusst das da welche sind, nicht wahr? Oder bist du wirklich so dumm?"

Er schien mehr verärgert darüber zu sein, dass der Skandal auf ihn zurückgegangen wäre als über den Angriff selbst. „Schau, es tut mir leid ... deine Tochter und ich kennen uns von früher. Sie hat mich angestiftet. Ich habe nur mitgemacht."

„India hat dich verführt?", erwiderte er lachend. „Das bezweifle ich, Black. Das bezweifle ich sehr. Glaubst du, nur weil mein Kontakt zu ihr begrenzt ist, habe ich sie nicht all die Jahre im Auge behalten? Du würdest nicht einmal ihre Fantasie anregen. Du hast versucht, sie zu vergewaltigen, und sie hat es dir heimgezahlt. Du warst ziemlich leichtsinnig."

Philip legte auf, ohne auf eine Antwort zu warten, und Howie stand mit offenem Mund da.

Bastard.

Howie war nicht so dumm wie India, aber scheinbar war Philip der Meinung. Er hatte schon seit Jahren Geld von der Kampagne abgezweigt und auch wenn es ihm leidtat, dass er etwas davon für die Arztrechnungen opfern musste, blieb ihm nichts anderes übrig. Gott sei Dank war es nur ein geprellter Hoden, der etwas Eis und Ruhe brauchte. Als er das Krankenhaus verließ, beschloss er, Indias Wohnung zu observieren. Er wollte Rache und würde geduldig auf eine passende Gelegenheit warten, aber als er dort ankam, sah er sie gerade mit einem Koffer in ein Taxi steigen. Er folgte ihr zum Flughafen und runzelte die Stirn. „Warum die Eile, meine Liebe?", murmelte er vor sich hin.

Er zog die Wollmütze, die er in seiner Tasche gehabt hatte, weit über die Ohren, als er ihr durch den Flughafen folgte. Italien? Warum zur Hölle hatte India es so eilig, nach Italien zu kommen?

Was ... oder wer war dort?

Egal. Er stand nah genug bei ihr, um ihr Ziel zu erfahren, dessen Name ihm vollkommen unbekannt war: Bari Palese. Er fand heraus, dass der nächste Flug erst in vier Stunden ging. Er hatte genug Zeit, um nach Hause zu gehen und seinen Reisepass zu holen. Er würde ihr nach Bari Palese folgen und herausfinden, was zur Hölle sie dort wollte.

India stieg schließlich ins Flugzeug und verabschiedete sich von Massimo. Sie konnte hören, dass er erleichtert war, dass sie kam.

Himmel, armer Massimo …

Es rückte ihren Streit mit ihrem Vater und Howie in ein anderes Licht. Sie hatte niemals erfahren, wie es war, einen Vater zu haben, den sie liebte, aber sie wusste, wie sehr es weh tat, da sie ihrer Mutter beim Sterben zugeschaut hatte. Alle Gedanken an ihre Probleme mit ihrer chaotischen Familie verblassten. Sie rief Lazlo an, um ihm mitzuteilen, dass sie auf dem Weg nach Italien war und auch wenn er besorgt klang, versuchte er nicht, sie aufzuhalten.

„Nimm wenigsten Nate mit."

„Habe ich. Er ist hier mit den Taschen."

„Gut. Wie ist es mit deinem Vater gelaufen?"

Sie gab ein trockenes und humorloses Lachen von sich. „Es ist gelaufen. Das ist alles, was ich sagen kann. Ich gebe das Konzert, aber ohne Presse. Er hat sich einverstanden erklärt."

Sie würde Lazlo alles andere erzählen, wenn sie zurückkam, aber jetzt waren Massimo und seine Familie ihre oberste Priorität. Obwohl es schon dunkel war, als das Flugzeug abhob, konnte India nicht schlafen. Ihr Sie dachte voller Mitleid an Massimo, während das Flugzeug über den Atlantik flog.

Schließlich schlief sie ein, als das Flugzeug sich über Irland befand und wachte ein paar Stunden später auf, als sie zur Landung ansetzten. Sie hatte nicht bemerkt, dass ein Mann ihnen durch Bari Palese, Apuliens Flughafen, gefolgt war.

Zu ihrer Freude wartete Massimo auf sie und Nate. Er trug eine dunkle Sonnenbrille, aber es war unverkennbar er, und sie war überrascht, nirgendwo Paparazzi zu sehen. Massimo zog sie in seine Arme, und sein ganzer Körper bebte. Er vergrub sein Gesicht in ihren Haaren. „Danke", murmelte er mit brüchiger Stimme, die ihr das Herz brach. „Danke, dass du gekommen bist, Liebling."

Nate fuhr, so dass India und Massimo auf dem Rücksitz Platz nehmen konnten. Massimo drückte zärtlich seine Lippen auf Indias. „Du weißt gar nicht, wie sehr mir das hilft", sagte er und lehnte seine Stirn an ihre. Er sah erschöpft und abgeschlagen aus.

„Ich liebe dich so sehr", flüsterte sie und streichelte sein Gesicht. „Und das mit deinem Dad tut mir so leid, Massi."

„Danke." Er schloss seine Augen und rieb sie. „Mama versucht stark zu sein, aber es fällt ihr schwer. Die Zwillinge versuchen uns aufzumuntern, und ich komme mir so nutzlos vor. Ich bin der ältere Bruder. Ich bin wie betäubt. Ich weiß nicht, was ich tun soll. Ich weiß nicht, wie ich in einer Welt ohne ihn leben soll."

„Oh, Massi ..." India schlang ihre Arme um ihn und spürte wie sein Körper unter seinen leisen Schluchzern bebte. Sie hielt ihn den ganzen Weg bis zu dem Farmhaus auf dem Land, murmelte leise Worte und tröstete ihn.

Als sie sich dem Farmhaus näherten, erinnerte sich Massimo plötzlich daran, dass er vergessen hatte, ihr etwas zu sagen. „Indy ... Himmel, das habe ich ganz vergessen." Sie war überrascht Schuldgefühle in seinen Augen zu sehen. „Valentina ist hier. Meine Mutter hat sie vor ein paar Tagen angerufen, noch bevor ich angekommen bin. Sie stehen sich sehr nah, seit ich und Val ... Also, man bricht nicht einfach mit der Familie, wenn eine Beziehung endet ..."

„Massi, es ist okay", unterbrach India ihn leise, streichelte sein Gesicht und beruhigte ihn. „Es ist okay. Selbstverständlich ist und war sie Teil der Familie. Das ist in Ordnung. Mach dir deshalb keine Sorgen. Komm, lass uns deine Familie begrüßen."

Massimo hielt Indias Hand fest umklammert, als sie das Farmhaus betraten. Die ersten, denen sie begegneten, waren die Zwillinge, die India umarmten und sie willkommen hießen, als würden sie sich schon ewig kennen. Er verspürte eine enorme Erleichterung, als er sah, wie India sich entspannte. Sie mit seinem Bruder und seiner Schwester zusammen zu sehen, erfreute sein Herz. Er sah die Wärme, als sie beide umarmte und sie fragte, ob sie etwas tun könne, damit sie sich besser fühlten. Seine Schwester Gracia schien sich ganz besonders gut mit ihr zu verstehen, und

Massimo sah die Hand seiner Schwester in Indias und sah Indias Lächeln.

Valentina tauchte eine Weile später auf, aber keiner bemerkte sie, bis sie „Hallo" sagte.

Alle sahen auf, und Massimo beobachtete, wie Val und India sich gegenseitig musterten. Schließlich lächelte Val. „Es freut mich, dich endlich kennen zu lernen, India. Massimo ist ganz verrückt nach dir."

India ging auf Massimos Exfreundin zu. Sie umarmte eine überraschte Val. „Und nach dir, Valentina. Es ist mir eine Ehre, wirklich. Massi hat mir gerade erzählt, wie sehr du der Familie in dieser schwierigen Zeit geholfen hast."

Massimo unterdrückte hustend ein Lachen. Das hatte er nicht, aber er war India für diese Notlüge dankbar und für das Vertrauen, das sie ihm entgegenbrachte. Valentina war tatsächlich eine große Hilfe gewesen, und Massimo hatte sich bereits gefragt, ob ihre Hilfsbereitschaft nur ein weiterer Versuch war, ihn zurückzuerobern. Es bedrückte ihn, dass er so dachte, also versuchte er es herunterzuspielen und als Trauer hinzustellen, aber ...

Es gab so viele kleine Momente, in denen sie ihn manipulierte. Nichts, was für einen Außenstehenden anders als reine Fürsorge aussehen würde, aber Massimo kannte Val besser. Er kannte ihre Intrigen.

Er tadelte sich dafür, dass er angesichts der Tatsache, dass sein Vater am nächsten Morgen beerdigt werden würde und seine Mutter sich so sehr an Valentina lehnte, so dachte. Er fragte sich, wie Giovanna auf India reagieren würde. Val war seiner Mutter vom Alter her so viel näher als India, und seine neue Liebe hatte mehr mit seiner jüngeren Schwester gemeinsam. Und seine Mutter liebte Val ... er musste zugeben, dass der Gedanke daran, wie seine Mutter auf seine neue Freundin reagieren würde, ihm Sorgen bereitete.

Doch seine Mutter ging zu Bett, ohne die Neuankömmlinge zu begrüßen. Nachdem Massimo Nate sein Zimmer gezeigt hatte, brachte er

India in sein eigenes Schlafzimmer und schloss die Tür hinter sich.

Er nahm sie in die Arme und küsste sie, spürte, wie sich sein ganzer Körper bei der Berührung entspannte. „Du hast keine Ahnung, wie gut es sich anfühlt, dich zu halten, Mia Amore."

India streichelte seine Wange. „Willst du schlafen, mein Liebling?"

Er schüttelte seinen Kopf, und sie begannen langsam, sich gegenseitig auszuziehen, jede Bewegung langsam und sacht und ihre Lippen lagen aufeinander, als wäre es das erste Mal. Sie lagen nackt auf seinem Bett, und Massimo rutschte nach unten, bis er ihre Klitoris in seinem Mund hatte und von ihrem süßen Honig kostete.

India vergrub ihr Gesicht in seinem Kissen, als sie kam, revanchierte sich dann bei ihm und saugte an seinem Schwanz, bis er steinhart war. Massimo zog sie nach oben, drehte sie auf den Rücken und stieß tief in sie. Sie liebten sich leise und intensiv, schauten sich in die Augen, während sie sich zusammen bewegten.

Massimo dämpfte ihr leidenschaftliches Stöhnen mit seinem Mund, als sie zitternd und nach Luft schnappend kam und spritzte cremig weißen Samen tief in sie. Erst später kam ihm der Gedanke, dass sie kein Kondom benutzt hatten, aber beide störte das im Moment nicht. Falls etwas geschehen war, würden sie sich später darüber den Kopf zerbrechen, im Moment wollten sie Haut an Haut liegen, so dicht beieinander, wie nur möglich.

Sie liebten sich erneut, und Massimo spürte, wie seine Trauer langsam verblasste. Als sie endlich befriedigt und erschöpft waren, schlief India in seinen Armen ein. Massimo lag wach, sah auf sie herab und streichelte ihre weiche Haut. Sein Herz tat ihm weh, wenn er daran dachte, dass sie seinen Vater niemals kennenlernen würde, aber er glaubte von ganzem Herzen daran, dass sein Vater von oben auf sie herabsah. Diese Mädchen in seinen Armen, die Frau, seine Frau, seine Liebe ... sie würde ihn heilen, daran hatte er keine Zweifel.

Er streichelte ihr Gesicht. Es lagen dunkelviolette Schatten unter ihren Augen, was keine Überraschung war, da sie gereist war, aber es lag eine Anspannung in ihr, über die er sich wunderte. Sie hatte ihm fast gar nichts über das Treffen mit ihrem Vater erzählt, aber er hatte eine Gereiztheit in ihren Augen gesehen. Sie hatte versucht, es ihm zuliebe zu verbergen, aber er wusste, dass es da war. Wie verschieden ihre Familien doch waren.

Er betete, dass seine Mutter India mögen würde, aber ihm war klar, dass es schwierig werden würde. Wenn Val nicht hier wäre, wäre es eventuell einfacher, aber …

India murmelte im Schlaf und drehte sich um. Massimo sah den blauen Fleck an ihrer Schulter. Was zur Hölle? Er berührte ihn und bemerkte, dass es wie Fingerabdrücke aussah. War er zu heftig gewesen, als sie sich geliebt hatten? Aber der Fleck verfärbte sich schon … er runzelte die Stirn.

Als er daraufhin genauer hinsah, bemerkte er zum ersten Mal den kleinen roten Fleck an ihrem Haaransatz und einen weiteren neben ihrem Auge. Er schob die Decke beiseite und inspizierte ihren restlichen Körper. India grummelte, als die Kälte auf ihre Haut traf und öffnete ihre Augen. „Was ist los?"

„Woher kommen diese blauen Flecken?"

Jetzt sah er einen weiteren auf ihrem Bauch. „Wer hat das getan?"

Er spürte Panik in sich aufsteigen und setzte sich auf, zog sie an sich. India schlang ihre Arme um ihn. „Schhh, Liebling, es ist nichts. Ich bin in Ordnung. Schhh."

Er kniff die Augen zusammen, versuchte sich zu beruhigen. Der Gedanke, dass jemand versucht hatte, India weh zu tun, machte ihn wahnsinnig. Aber sie küsste ihn. „Es war nichts. Ich bin damit fertig geworden."

„War er es? War es Carter?"

India schüttelte ihren Kopf. „Nein Liebling." Sie holte tief Luft. „Ich habe meinen Vater besucht."

„Und er hat dir das angetan?"

„Nicht alles. Die schlimmen Flecken stammen von einem Mann namens Howie Black, der dachte, er könnte haben, was er wollte. Hat sich herausgestellt, dass er falsch lag."

Massimo starrte sie entsetzt an. „Also hat er dich geschlagen?"

„Fast. Dann habe ich seine Hoden mit einem Stift bearbeitet. Ende des Kampfes."

Massimo starrte sie lange wortlos an und sah, wie sich ihr Mund zu einem Lächeln verzog. Er lachte kopfschüttelnd. „India Blue, du bist eine Naturgewalt. Aber ich wünschte, die Leute würden aufhören, meiner wunderschönen Frau weh tun zu wollen."

India grinste ihn an. „Ah, das war nichts. Ich habe schon Schlimmeres erlebt. Ernsthaft, Massimo. Mir geht es gut. Bitte mach dir keine Sorgen um mich. Wir müssen uns auf dich und deine Familie konzentrieren."

Er drückte seine Lippen sanft auf ihre. „Ich fühle mich stärker mit dir, Indy. Versprich mir, dass wir immer zusammen sein werden."

„Ich verspreche es." Sie lächelte zu ihm auf. „Ich liebe dich, Massimo Verdi. Vergiss das niemals."

Massimo lehnte seine Wange an ihre und atmete ihren sauberen Geruch ein. „Du bist die Liebe meines Lebens, India Blue." Er lehnte sich zurück und sah ihr in die Augen. „Denk immer daran. Du wirst es in den nächsten Tagen eventuell brauchen. Val scheint nett zu sein und dich zu akzeptieren, aber sie ist hinterhältig. Erinnerst du dich an die Fotos, die sie gestellt hat?"

Indias Mund verzog sich zu einem Lächeln. „Oh, mach dir keine Sorgen. Ich habe das niemals geglaubt. Eine Frau weiß, wenn jemand eifersüchtig ist, aber ich werde nicht diejenige sein, die einen Streit anfängt. Ich spiele dieses Spiel nicht mit. Ich vertraue dir, Massi."

„Und ich werde dieses Vertrauen niemals betrügen."

KAPITEL ACHTUNDZWANZIG – THE LIMIT TO YOUR LOVE

*W*ie es sich herausstellte, war es nicht Valentina, die India am nächsten Morgen, als sie und Massimo zum Frühstück nach unten gingen, das Gefühl gab, nicht willkommen zu sein. Es war seine Mutter. Giovanni nickte India lediglich knapp zu, als Massimo sie seiner Mutter vorstellte und ignorierte sie dann.

India sah die Verwirrung auf Massimos Gesicht, als seine Mutter sich Valentina zuwandte, aber India legte ihm eine Hand auf den Arm und schüttelte ihren Kopf. Es war im Moment unwichtig. Heute ging es darum, Angelo zu beerdigen, und India wollte der Familie nicht noch mehr Stress verursachen, wenn sie es vermeiden konnte.

Massimo hielt ihre Hand, während der Trauerzug durch das Dorf zu der kleinen Kirche ging. Sie sah und spürte die Trauer in seinen Augen in ihrem eigenen Herzen. Ihr Herz schlug voller Mitgefühl gegen ihre Rippen. Während des Gottesdienstes setzte sich Massimo neben seine Mutter. Die Zwillinge setzten sich zu India und Gracia nahm Indys Hand.

Der Gottesdienst war wunderschön und herzzerreißend melancholisch. Danach gingen alle wieder zum Farmhaus, und India half Giovanna, Valentina und Garcia dabei, das Essen für die Gäste zu servieren, die sie alle neugierig anschauten. Massimo stellte sie als seine Freundin vor, als seine Liebe und die Jüngeren unter ihnen erkannten sie sogar, aber India hielt sich im Hintergrund.

Die Traurigkeit, die über der Familie lag, ergriff India. Als sie sah, dass alle beschäftigt waren und Essen und Trinken hatten, schlüpfte sie leise hinaus an die frische Luft.

Es war wirklich ein wunderschöner Ort. An der Steilküste wuchsen Wildblumen, und unten schlug das Meer an die Felsen. Das Meer war tiefblau und grün. Frieden, dachte India. Dieser Ort war friedlich.

„Brauchst du ein bisschen Abstand?" India drehte sich um und sah Valentina, die lächelnd auf sie zukam. Sie nickte. „Ich will mich nicht aufdrängen."

„Das tust du nicht." Valentina kam an ihre Seite und schob ihren Arm durch Indias, während sie auf das Meer sah. „Ich habe diesen Ort immer geliebt."

India lag es auf der Zunge zu fragen, ob sie ihn vermisste, aber sie wollte diesen Moment nicht zerstören, was auch immer Valentina vorhatte. Nicht jetzt und nicht heute. Sie würde gute Miene machen zu dem, was Valentina sich heute ausgedacht hatte.

Valentina seufzte. „Ich hoffe Massimo kommt darüber hinweg. Er hat Angelo vergöttert."

Sie sah India an. „Hast du Familie?"

Ah. Valentina wusste scheinbar über ihre Familie Bescheid. „Zwei Brüder."

„Keine Eltern?"

„Meine Mutter ist tot und mein biologischer Vater war niemals ein Teil meines Lebens."

„Ich verstehe."

Tust du das? India lächelte. „Es ist wunderbar, eine Familie wie Massimos zu erleben, auch wenn die Umstände schrecklich sind. Ich wünschte, ich hätte Angelo gekannt."

Valentina musterte sie aufmerksam. „Er hätte dich gemocht."

India sagte nichts. „Wir sollten wahrscheinlich wieder rein gehen."

„Klar."

Sie gingen zurück zum Haus, aber Valentina stoppte India, bevor sie hingingen. „Ein guter Rat von einer Freundin."

Und ... da ist es. India wappnete sich gegen das, was jetzt kommen mochte.

„Was denn?"

„Massimo. Er lässt sich schnell auf etwas ein und bindet sich. Ich kann dir gar nicht sagen, wie oft ich ihn in unserer Beziehung bremsen musste. Doch irgendwann ... langweilt er sich. Er merkt es nicht, aber wenn es soweit ist, dann bekommt er Panik und versucht alles wieder ins Lot zu bringen, indem er es übertreibt. Wie einen Antrag machen. Nur eine Warnung. Lass dir Zeit."

India versuchte nicht mit den Augen zu rollen. „Zur Kenntnis genommen", sagte sie glatt und lächelte die Exfreundin ihres Liebhabers halbherzig an. „Wollen wir reingehen?"

Am Abend nach der Beerdigung, nachdem die ganzen Gäste verschwunden waren, küsste Giovanna alle ihre Kinder und Val, und verkündete dann, dass sie zu Bett gehen würde. Als sie an der Tür war, meldete sich Massimo zu Wort. „Mama? Du hast vergessen, dass India heute mitgeholfen hat."

India stieß ihn an, schüttelte ihren Kopf und wurde hochrot, aber Massimo war davon vollkommen unbeeindruckt. Seine Mutter war keine grausame Frau, aber sie hatte Indias Existenz und Mithilfe vollständig ignoriert, und Massimo konnte das nicht durchgehen lassen.

Giovanna drehte sich um, sah India aber nicht direkt an. „Danke für deine Hilfe heute. Ich weiß es zu schätzen."

„Kein Problem", sagte India vorsichtig. „Es ist eine Ehre hier bei der Familie zu sein."

Giovanna nickte steif und sagte dann gute Nacht. Val, die ein verräterisches Lächeln im Gesicht hatte, das sie nur mit Mühe unterdrücken konnte, folgte ihr bald darauf. Die Zwillinge gingen nach draußen, um einen Joint zu rauchen.

Massimo zog India an sich, mit seinem Körper und seinen Augen. „Meine Mutter wird sich irgendwann an dich gewöhnen."

„Im Moment ist sie ziemlich aufgewühlt, und sie kennt mich nicht wirklich. Mach dir deshalb keine Sorgen."

Massimo lehnte seine Stirn an ihre, atmete sie ein und spürte die sanfte Berührung ihrer Lippen an seiner Wange. „Ich liebe dich, weißt du das? Den ganzen Tag heute habe ich daran gedacht, wie sehr mein Dad dich gemocht hätte, Indy. Er hätte dich vergöttert."

India lächelte, und ihre Augen leuchteten warm. „Du wirst das niemals glauben, aber Valentina hat dasselbe gesagt."

„Hat sie das? Wann?"

India nickte. „Wir waren kurz allein, als sie es gesagt hat, und habe es einfach zur Kenntnis genommen." Sie streichelte sein Gesicht. „Wie geht es dir, mein Liebling? Du siehst müde aus."

Er nickte. „Das bin ich, glaube ich, auch, mit all den Sorgen wegen Dad, wegen dir und wegen allem, was in letzter Zeit passiert ist. Ich muss übermorgen wieder zurück nach Rom, um weiterzudrehen."

„Ich könnte mit dir kommen, zumindest solange mein eigener Zeitplan es erlaubt. Ich muss nächsten Montag wieder in New York sein." Sie seufzte schwer. „Und dann ist da dieses verdammte Konzert. Aber danach halte ich mir meinen Terminkalender frei, solange du mich brauchst."

Massimo strich mit den Fingern durch ihre langen dunklen Haare. „Ich will dich nicht von deiner Arbeit abhalten."

India seufzte und lehnte sich an ihn. „Ich kann überall Songs schreiben, Massi. Soll ich mit dir kommen?"

„Ich will die ganze Zeit mit dir zusammen sein, Indy. Wir müssen noch so viel voneinander kennenlernen, und ich will nichts verpassen."

Sie schlang ihre Arme um seine Taille. „Das werden wir auch nicht. Wir haben Zeit, Baby. Es eilt nicht. Lass uns einfach zusammen sein, wann immer wir können."

Er hob ihr Kinn mit seinem Finger und küsste sie. „Lass uns ins Bett gehen, meine Schöne. Ich will in dir sein."

Nur ein paar Minuten später war er in ihr, und sie bewegten sich langsam zusammen, sahen sich in die Augen und liebten sich. Seine Trauer trat in den Hintergrund, als er auf sie herabsah, auf seine liebliche India, und sein Herzschmerz verblasste. Er wollte den Rest seines Lebens mit ihr verbringen, das wusste er ohne einen Zweifel. Sie war die Richtige für ihn: sein Mensch, seine Liebe, sein Schicksal. Wen interessierte es, was alle anderen dachten? Massimo Verdi, Filmstar, war unglaublich verliebt in India Blue und so wie er sich gerade fühlte, in diesem Augenblick, in diesem endlosen, schwerelosen Moment, konnte niemand das verderben.

Durch die dunkle italienische Nacht fuhr ein kleines Mietauto vom Farmhaus zur nahegelegenen Stadt und zum nächsten Hotel. Howie Black konnte sein Glück kaum fassen. India war mit Massimo Verdi zusammen? Offenbar hatten sie sich entschlossen, es geheim zu halten und Stillschweigen darüber zu bewahren. Ha, lachte er in sich hinein – keine Chance. Er wusste genau, warum sie es für sich behielten.

Braydon Carter. Der verrückte Psychopath, der India vor zwölf Jahren vergewaltig und niedergestochen hatte. Der Vater ihrer Tochter. Der Mann, der bezahlt wurde, um sie zu töten. Was würde er tun, wenn er herausfand, dass sie Massimo Verdi fickte? Oder dass sie in Italien war?

Howie grinste. Rache ist aufregend, nicht wahr India? Er konnte sich nur vorstellen, was Carter ihr antun würde – es war entsetzlich und erregend zur gleichen Zeit. Howie sah auf die Uhr und tätigte einen Anruf.

India und Massimo standen kurz davor, geoutet zu werden – vor der ganzen Welt – und es gab nichts, was sie dagegen tun konnten.

KAPITEL NEUNUNDZWANZIG -
STRANGERS

Zwei Tage später verabschiedeten sich Massimo und India von der Familie. Gracia und Francesco umarmten India fest, und sie musste versprechen, sich per E-Mail zu melden und sie in Rom zu besuchen. Sie versprach ihnen all das und mehr – es fiel ihr nicht schwer. Sie liebte die Zwillinge und hatte fast schon mütterliche Gefühle für sie. Das sagte sie natürlich niemandem, da sie Giovanna nicht noch mehr verärgern wollte. Massimos Mutter war nicht aufgetaut, aber zumindest verhielt sie sich höflich. Als sie sich verabschiedeten, riskierte India es, Giovanna auf die Wange zu küssen. „Wenn du etwas brauchst, ruf mich bitte an. Wir können innerhalb von ein paar Stunden hier sein."

Giovanna nickte steif und schien dann zu realisieren, dass sie seit ihrer Ankunft unhöflich India gegenüber gewesen war. Sie tätschelte unbeholfen und in einer entschuldigenden Geste Indias Arm. „Du bist ein gutes Mädchen."

Das kam einer Akzeptanz für den Moment am nächsten, erkannte India, aber sie fühlte sich dennoch besser. Sie lächelte die Familie an, als sie ins Auto stieg, hielt dann aber mitten in der Bewegung inne, als sie sah, wie Valentina ihren eigenen Koffer aus dem Farmhaus zog.

India warf Massimo, der genauso verwirrt aussah wie sie, einen Blick zu. „Was soll das?"

Val küsste Giovannas Wange. „Meine Lieben, es ist gerade bestätigt worden. Ich übernehme Patricias Rolle im Film."

Massimo blinzelte. „In meinem Film?"

„Genau der. Liebes, es tut mir leid, dich so verlassen zu müssen."

„Sei nicht albern. Geh, geh." Giovanna winkte ab. „Ich bin eine erwachsene Frau, und ich muss mit meinem Leben weitermachen."

Valentina blickte entschuldigend zu India und Massimo. „Es tut mir leid, das fünfte Rad am Wagen zu sein, aber ich habe es geschafft, den gleichen Flug wie ihr zu ergattern."

„Sei nicht albern", sagte India glatt. „Je mehr, desto fröhlicher." So, versuch doch das gegen mich zu verwenden. Es war glasklar, was Valentina vorhatte, und sie weigerte sich entschieden, die eifersüchtige Freundin zu sein, vor allem nicht vor Massimos Mutter. „Wir sehen uns am Flughafen."

Als sie im Auto saßen, rief Massimo Jake an, der bestätigte, dass Valentina für seinen neuen Film gecastet worden war. „Das ist die schlechte Nachricht. Die gute Nachricht ist, dass es keine romantische Rolle ist", sagte Jake seufzend. Ihm waren Valentinas Spiele auch bekannt. „Ihre Rolle ist begrenzt. Sie wird nur für maximal zwei Wochen am Set sein."

„Es ist okay, Jake, danke." Massimo beendete den Anruf mit Blick auf India. „Ein Wort von dir und ich breche meinen Vertrag."

„Sei nicht albern", sagte India und schüttelte den Kopf. „Es sind nur zwei Wochen, und ich vertraue dir. Ich vertraue ihr nicht, aber ich vertraue dir", fügte sie schmunzelnd hinzu.

Massimo schlängelte seinen Arm um sie. „Ich liebe dich."

„Und ich liebe dich. Das ist kein Problem, Massi."

Und das war es nicht, obwohl Valentina ein wenig enttäuscht schien, dass weder India noch Massimo wegen ihrer Anwesenheit einen Aufstand gemacht hatten. In der Tat schienen sie es zu genießen, ihre Liebe offen zu zeigen, wenn auch natürlich niemals vor den Augen der Presse.

India flog am darauffolgenden Montag für einen anderen Job zurück nach New York, aber sie und Massimo telefonierten jeden Tag, manchmal oft mehrmals am Tag. Als sie am darauffolgenden Freitag zurück nach Rom flog, sagte Massimo alles ab, um Zeit für sei zu haben, ging sogar undercover zum Flughafen, um sie abzuholen.

Sie genossen ein gemeinsames Abendessen, plauderten und brachten sich auf den neuesten Stand er Dinge, flirteten und gingen dann direkt in seine Wohnung und waren bereits nackt, bevor sie überhaupt das Schlafzimmer erreichten. India kicherte, als er sie auf den Teppich rollte und anfing jeden Zentimeter ihrer Haut zu küssen. Er brachte sie zum Kreischen, als er mit seinen Zähnen an ihrer Klitoris knabberte, bevor er so fest daran saugte, dass sie fast sofort kam.

Sie vögelten auf dem Boden jedes Zimmers, erst im Gästezimmer, dann in seinem Schlafzimmer – das jetzt ihr Schlafzimmer war, wie er sagte, und dann auf dem Dach unter den Sternen.

Danach lagen sie nebeneinander, ruhten sich aus und schauten in den Nachthimmel. India erinnerte sich an etwas, woran sie vor einiger Zeit gedacht hatte, und kicherte leise in sich hinein. Massimo grinste sie an und erkundigte sich, was los war. „Was?"

„Du wirst mich für kitschig halten."

„Ohne Kitsch."

India lachte. „Nun, ich glaube, es war an Weihnachten. Ich habe den Mond angestarrt, du weißt schon, so ein Hipster-Emo-Moment, und ich habe an die Menschen gedacht, die ich liebe, und daran, dass du gesagt hast, dass wir den gleichen Mond sehen."

Massimo schnaubte. „Oh, das habe ich wirklich gesagt?"

India kicherte und stieß ihn in die Seite. „Ich habe dir gesagt, dass es kitschig ist."

„Ziemlich kitschig."

Massimo grinste. „Also, sag mir, India Blue, an wen hast du gedacht?"

India schaute ihn an und fasste einen Entschluss. „An dich. Meine Brüder. Meine Freunde. Und an einen Jungen namens Sun."

„Sun?"

„Koreanisch."

„Ah. Also, ich nehme an, er war ein Liebhaber?"

Indien studierte seine Augen und sah keine Eifersucht darin. „Das war er. Und das letzte Mal, dass ich mit ihm geschlafen habe, war ... nachdem ich dich kennengelernt habe."

Jetzt lag Neugier in seinen Augen. „Okay."

„Wir waren nicht zusammen, du und ich, und ich dachte, wir würden es nie sein. Nach Helsinki musste ich weg, und ich ging nach Seoul, nur um bei ihm zu sein und etwas Luft zu bekommen. Aber es wurde mehr, etwas, was wir beide zu der Zeit brauchten. Deshalb fühle mich besonders mies, dass ich dir wegen der Fotos von dir und Valentina Vorwürfe gemacht habe." Sie rollte die Augen. „Und jetzt fühle ich mich noch schlechter, weil ich es überhaupt erwähnt habe und es sich so anhört, als würde ich versuchen eine Entschuldigung zu finden. Nein. Hier ist die Wahrheit. Ich liebe Sun, und er liebt mich. Manchmal brauchten wir uns körperlich, aber meistens ... wir sind Seelenverwandte. Wir lieben uns, aber wir sind nicht ineinander verliebt. Er ist in einen anderen Mann verliebt, Tae. Und ich bin in dich verliebt."

Sie verstummte und wartete auf seine Reaktion. Massimo nickte langsam und brachte seine Gedanken und Emotionen zusammen. „Ich verstehe es. Wirklich. Und ich bin irgendwie eifersüchtig."

India verzog das Gesicht, doch Massimo schüttelte den Kopf. „Nein, nicht so. Was ich meine, ist, dass ich noch nie eine solche Beziehung mit einer Frau hatte, außer mit dir. Wir waren zuerst Freunde, und so etwas hatte ich noch nie zuvor. Ich denke, ich bin ein wenig eifersüchtig, weil du das bereits mit jemand vor mir hattest. Aber eigentlich ich finde es wirklich wunderbar."

„Ehrlich?" India konnte ihr Erstaunen nicht verbergen, und Massimo lachte.

„Ich bin selbst erstaunt, um ganz ehrlich zu sein. Ich bin ein provinzieller Typ, dummer männlicher Stolz und alles, was damit einhergeht. Aber bei dir ... liegen die Dinge irgendwie anders. Ich lerne, die Welt und Beziehungen mit anderen Augen zu sehen. Ich würde ihn gern kennenlernen."

„Du wirst ihn lieben", sagte India mit erstickter Stimme. Sie hatte sich so viele Sorgen gemacht, Massimo von Sun zu erzählen, aber sie hatte gewusst, dass sie es tun musste. Sie war nicht bereit, einen von ihnen aufzugeben. „Ich muss dich warnen – er könnte dich verführen. Er ist die schönste Kreatur auf der Erde, und sein Herz ist riesengroß. In Sun kann man sich leicht verlieben." Sie kicherte. „Er könnte dich sogar verführen – er ist so schön."

Massimo grinste. „Wird schon in Ordnung gehen. Ich liebe ja bereits das vollkommenste Wesen."

„Ha, nicht mal ansatzweise, aber ich nehme das Kompliment an." Sie rollte sich auf ihn und küsste ihn voller Vertrauen. „Weißt du, was ich sonst noch nehmen werde?"

„Was?"

Sie grinste schelmisch auf ihn herab. „Deinen Schwanz. Fick mich bis ich den Verstand verliere, Signor Verdi."

Und lachend fügte er sich ihrer Forderung.

Der Fotograf, der auf dem Dach gegenüber von Massimo Verdis Wohnung saß, war sich nicht sicher, ob die Aufnahmen, die er von

Verdi machte, wie er das wunderschöne Mädchen fickte, deutlich genug sein würden, aber es war einen Versuch wert. Er hatte sie seit Tagen auf Geheiß von Howard Black verfolgt. Er mochte Black nicht besonders – er fand ihn kriecherisch und schleimig, aber er zahlte gut, und es bereitete ihm Spaß, India Blue zu folgen und sie nackt zu sehen. Gott, sie war so verdammt sexy, er hatte permanent einen Steifen, aber der Gedanke an das Geld, das er für diese Aufnahmen bekommen würde, half auch.

Ihr ekstatischer Schrei war weit über die Dächer zu hören, und er grinste. Massimo Verdi war bekannt dafür, ein außergewöhnlicher Liebhaber zu sein und offensichtlich genoss India Blue sein Talent.

Er machte noch ein paar Aufnahmen, aber da das Licht wirklich nicht mehr gut war, als der Mond hinter Wolken verschwand, gab er auf und ging bei einem leckeren Abendessen und etwas Wein feiern. Er wusste, dass er die Aufnahmen bekommen hatte, wegen derer er gekommen war.

New York City

Braydon Carter hatte Lazlo Schulers Wohnung seit Tagen beobachtet, und es gab keine Anzeichen von India. Sie hatte es geschafft, sich seiner Kontrolle zu entziehen, war wieder verschwunden und sogar seine Kontakte zu 'Stanley' hatten sie nicht aufspüren können. Er war frustriert, weil er nicht wusste, wo sie war.

Er war des Wartens müde geworden. Er hatte jetzt genug Geld angehäuft, um zu fliehen, sobald India tot war, und jetzt wollte er es einfach nur noch hinter sich bringen. Er wollte sie töten.

Zurück in seiner Wohnung schaltete er den Fernseher ein und schaltete gedankenlos durch die Kanäle. Bei einem Unterhaltungskanal hielt er kurz an, da er den Mann auf dem Bildschirm kannte. Es war der koreanische Junge, der hübsche, den India gefickt hatte. Er drehte den Ton auf, so laut es ging, um kein Wort zu verpassen.

„Und zum ersten Mal im K-Pop haben zwei Mitglieder der Band Midnight Snow angekündigt, dass sie in einer Beziehung sind. Kim

Sung-Jae und Cho Taehyung, beide 23 Jahre alt, haben sich geoutet, als Kim Sung-Jae, auch bekannt als Sun, seine Bisexualität offenbarte und seine Liebe zu Cho erklärte. Nun hat Cho die Beziehung bestätigt, und die anderen Mitglieder und das Management von Midnight Snow haben ihre bedingungslose Unterstützung für das Paar getwittert."

Braydon starrte die beiden schönen Männer auf dem Bildschirm an. Wie verdammt süß. Und im selben Moment formte sich in seinem Kopf eine Idee.

Was würde India aus ihrem Versteck locken? Doch sicherlich der Tod eines lieben Freundes, eines Liebhabers? Braydon lächelte. Er rief seinen Kontakt an.

„Fein. Wir werden jemanden schicken, der dich in Seoul trifft, aber ich muss dich warnen. Diese Band hat verdammt gute Security."

„Deshalb habe ich Sie um ein Langstreckengewehr gebeten."

„Du kannst schießen?"

Braydon hatte sich nicht die Mühe gemacht, diese Frage zu beantworten. „Kümmern Sie sich einfach darum."

Am anderen Ende entstand eine kurze Pause und als sein Kontakt wieder sprach, war seine Stimme eiskalt und warnte ihn deutlich davor, es nicht zu weit zu treiben. „Denken Sie daran, dass Sie für uns arbeiten, Carter. Reizen Sie mich nicht."

Der Kontaktmann wandte sich an seinen Chef, als die Leitung tot war. „Er geht nach Seoul. Er glaubt, dass die Ermordung von Indias Exliebhaber sie hervorlocken wird."

‚Stanley' zuckte mit den Schultern. „Könnte sein."

„Es wird in den internationalen Nachrichten sein."

Auch hier zeigte sich sein Chef unbeeindruckt: „Ich will sie mittlerweile einfach nur noch tot sehen. Es ist mir egal, wie er es anstellt." Er zündete sich eine Zigarette an. „Und für danach ist alles bereit? Eure Männer sind bereit, Carter zu entsorgen, sobald India tot ist?"

„Das sind sie." Er studierte seinen Chef. „Willst du ihren Tod wirklich so sehr?"

„Ja. Sie ist zu einem ernsten Problem geworden, denn sie ist jemand, dem es nichts ausmacht, der Öffentlichkeit und der Presse zu sagen, was sie denkt. Ihr Tod wird für Mitleid sorgen."

„Und für den so wichtigen Anstieg in den Umfragen."

Philip LeFevre lächelte. „Genau. Wer würde einem trauernden Vater nicht seine Stimme geben? Und die Tatsache, dass Carters Brief an die Presse veröffentlicht wird, worin ersichtlich wird, dass er ein obsessiver Stalker ist, macht es nur noch besser. Wir müssen nur sicherstellen, dass man uns durch nichts mit ihm in Verbindung bringen kann."

Sein Assistent nickte und ließ ihn allein. Er wollte nicht in den Schuhen der Tochter des Chefs sein, wenn das alles losging. Sie würde nicht nur ermordet werden ... es würde ein Gemetzel geben.

Philip LeFevre rauchte seine Zigarette und zündete dann eine weitere an. Es kam alles zusammen. Wenn India tot war, würde er seine Rolle als der am Boden zerstörte Vater spielen. Er würde sich mit Massimo Verdi in Verbindung setzen. Der Schuler-Mann, Lazlo, würde ein Problem werden, aber ein ‚Selbstmord' konnte immer irgendwie arrangiert werden. Geschichten über Lazlo und Indias Beziehung könnten in die Welt gestreut werden, Unterstellungen einer ‚inzestuösen' Obsession von Schulers Seite. Philip hatte sich immer gefragt, warum sie sich so nahe waren.

Egal. Nichts davon spielte eine Rolle, bis India tot war. Philip hatte nie Kinder gewollt, und als Priya ihm gesagt hatte, dass sie schwanger sei und das Kind behalten würde, hatte er deutlich gemacht, dass er niemals etwas mit ihr oder dem Kind zu tun haben wollte.

Als Priya ermordet und die sechzehnjährige India schwer verletzt worden war, hatte es einen kurzen Moment gegeben, in dem er sich verantwortlich gefühlt hatte. Deshalb hatte er ihre Arztrechnungen bezahlt. So hatte er von dem Kind erfahren. Einen Monat später, als Indien aus dem Koma erwachte, hatte sie über Übelkeit geklagt. Ein Schwangerschaftstest erwies sich als positiv. Schwanger, sechzehn, allein, und gleichzeitig noch Monate der Erholung vor sich. Eines musste er India lassen, sie war hart im Nehmen.

Das Kind war bei der Geburt an ein von der Adoptionsstelle geprüftes Paar gegeben worden. India hatte sie nicht einmal gesehen. Sie hatte es nicht gewollt. Sie wollte nur wissen, wohin sie das Geld schicken musste.

Philip verfolgte die aufblühende Karriere seiner Tochter voller Neugierde auf ihr Leben. Er verfolgte auch die Adoptiveltern ihres Kindes und stellte fest, dass seine Enkelin gut versorgt war und dass India ihr regelmäßig viel Geld schickte, während sie nichts über sie wusste, außer, dass ihre Tochter gut versorgt war und geliebt wurde. Das war alles, was sie interessierte: dass sie geliebt und geschätzt wurde, obwohl es eigentlich ihr Kind war.

Das Kind würde nie erfahren, dass der berühmte Star, der auf entsetzliche Weise ermordet worden war, ihre leibliche Mutter war.

Philip lächelte. Ihm gefiel die Tragik des Ganzen und sah den Ereignissen voller Vorfreude entgegen.

KAPITEL DREISSIG – RUNAWAYS

*R*om, *Italien*

India schaute auf, als Massimo den Raum betrat, und kicherte, als er seine Arme weit ausbreitete und rief: „Ta-da!"

India grinste. „Was feiern wir?"

Massimo küsste sie zuerst, bevor er antwortete. „Wir sind fertig."

„So früh?" Ihre Augenbrauen schossen in die Höhe, und Massimo lächelte.

„Jup. Nun, meine Szenen sowieso. Sie haben einige von Oliveros Szenen auf später in der Woche verschoben, und da ich nur ein paar mehr hatte, haben wir sie heute gedreht. Dank der enzyklopädischen Kenntnis deines Freundes bezüglich seines Textes und natürlich dank seines außergewöhnlichen Talents!"

„Oh, natürlich." India stand auf und umarmte ihn. „Also haben wir ein paar zusätzliche Tage zusammen?"

Seine Lippen legten sich leicht auf ihre. „Das haben wir ... also dachte ich, wir könnten eine Reise machen. Vielleicht nach Osten?"

India lächelte an seinen Lippen. „Seoul?"

„Ich bin neugierig, seit du mir von Sun und Tae erzählt hast. Ich möchte sie kennenlernen – sie sind etwas Besonderes für dich, und ich möchte deine Welt kennenlernen."

India lehnte sich weit genug zurück, um ihm fragend in die Augen schauen zu können. „Und du bist sicher, dass das mit Sun und mir für dich okay ist?"

„Ja. Wie gesagt, ich bin fasziniert von eurer Beziehung."

„Du wirst ihn lieben und auch Seoul. Es ist atemberaubend. Eine so lebendige Stadt."

Massimo lächelte und schob seine Hand unter ihr Hemd. „Apropos atemberaubend ... Ich habe den ganzen Tag an diesen Körper gedacht."

„Diesen Körper?" India zeigte auf sich selbst und gab vor, überrascht zu sein. „Diesen hier? Dieses schlaffe alte Ding?"

Massimo lachte, als er sie hochhob. „Dieser perfekte Körper, dein Körper, ja."

„Dieses untaugliche, schlaffe Ding von einem Körper?" Sie kicherte immer noch, als er sie auf das Bett warf und anfing, ihre Kleider auszuziehen.

„Schlaffes Ding, hmm? Nun, lass mich einfach mal nachsehen ... hmm, Oberschenkel? Gut und fest. Waden. Wohlgeformt." Er fuhr mit den Händen über ihre Beine. „Füße. Perfekt geformt."

„Nuckle *nicht* an meinen Zehen."

Massimo lachte. „Ich bin kein Masochist. Konzentrieren wir uns nun auf die obere Hälfte, und wir kommen später darauf zurück", sagte er und deutet auf ihr Geschlecht. Er knöpfte ihre Bluse auf und lächelte. „Ah, heute der BH mit Vorderverschluss. Umso besser." Er öffnete ihn mit einer geschickten Bewegung, und ihre Brüste sprangen schwer und voll aus dem BH. „Mm, lecker."

India kicherte so heftig, dass ihr ganzer Körper zitterte. Er ließ sich, Zeit bevor er seinen Mund um ihre Brustwarze stülpte, daran saugte und sie reizte, bevor er sich der anderen zuwandte.

„Und jetzt", sagte er eine Weile später, und seine Lippen glitten über ihre Kehle und folgten dann entlang ihres Kiefers, „das schönste Gesicht, das ich je gesehen habe." Er küsste ihre Wangen, ihre Nase, ihre Stirn und jedes Augenlid und zum Schluss ihren Mund.

India hatte aufgehört zu kichern und genoss seine sanften Berührungen. Sie öffnete die Augen und lächelte ihn an.

Seine grünen Augen sahen sie liebevoll an. „Du weißt es", flüsterte er leise, und sie nickte.

„Ich weiß."

Sie half ihm, sich auszuziehen, und sie liebten sich zärtlich und träge, bis es dämmerte. Sie duschten zusammen und zogen sich gemütliche Sachen an, hatten keine Lust an einem Freitagabend in die Stadt zu gehen.

Sie bereiteten gemeinsam das Abendessen bestehend aus frischem Lachs und Salaten zu, setzten sich auf die Dachterrasse und balancierten ihre Teller auf den Knien, während sie aßen. Massimo entfernte ein Stück Rucola von ihrer Wange und grinste. „Du kleine Chaotin. Also, wollen wir Tickets buchen?"

„Ich rufe zuerst Sun an, wenn das in Ordnung ist. Ich habe den Besuch nicht erwähnt, und in einer für sie so heiklen Zeit möchte ich mich nicht aufdrängen." Sie aß das letzte Stück ihres Fisches. „Obwohl ich schon von dem Essen dort träume. Rote Bohnen Mochi ... Gott." Sie verdrehte genussvoll die Augen, und er grinste.

„Ich sollte im Namen meines Landes beleidigt sein, aber ich bin es nicht."

India grinste. „Du kennst mich, das Essen ist überall gut. Ich mag sogar englisches Essen."

„Was für ein Sakrileg."

„Damit musst du leben." Sie nahm etwas Spargel von seinem Teller. „Ich könnte mehr essen. Ich weiß nicht, was mit mir los ist. Wahrscheinlich ist es Zufriedenheit." Sie schenkte ihm ein breites Lächeln, und er lachte.

Massimo strich ihr eine Strähne ihres weichen braunen Haars hinter das Ohr. „Warum rufst du Sun nicht per Videochat an ... dann kann ich ihm persönlich Hallo sagen?"

„Das ist eine gute Idee. Brechen wir das Eis. Sun ist kein verrückter, eifersüchtiger Mensch, also sollte es nicht schwer sein."

„Lass es uns tun."

India sah auf ihre Uhr. „Aber es wird bereits nach Mitternacht in Seoul sein, also sollten wir besser bis morgen warten."

„Cool." Massimo legte sich zurück und fuhr ihr mit dem Finger über die Wirbelsäule. India lächelte ihn an.

„Baby?"

„Ja?"

India zögerte. „Ich habe heute deine Mutter angerufen."

Massimo war überrascht. „Hast du? Wie ist es gelaufen?"

„Okay, denke ich. Ich habe ihr nur gesagt, dass wir an sie denken und dass wir für sie da sind, wenn sie etwas braucht."

„Wie hat sie reagiert?"

India lächelte schief. „Es ist schwer zu sagen, aber sie schien ... herzlicher zu sein."

„Sie wird sich an dich gewöhnen. Das bedeutet auch, dass Val sie nicht gegen dich aufgewiegelt hat."

„Wie war Val am Set?"

Massimo warf ihr einen amüsierten Blick zu, als sie sich zurücklegte und so tat, als würde die Antwort sie nicht wirklich interessieren. „Das willst du schon die ganze Zeit wissen, nicht wahr?"

India kicherte. „Nur rein aus Neugierde."

Massimo warf lachend den Kopf zurück. „Nun, sie war freundlich, aber nicht kokett. Fragt immer nach dir."

„Auf eine *wie geht es ihr* Art und Weise oder *ist die Tussi noch da* Art und Weise?" India wackelte mit den Augenbrauen.

„Schwer zu sagen", scherzte er, „es könnte beides sein."

Nach einer Weile gingen sie hinein und ins Bett. In den frühen Morgenstunden weckte sie der scharfe, durchdringende Klingelton des Telefons. Es war Jake. „Ihr solltet besser den Fernseher einschalten. Unterhaltungskanal."

Eingewickelt in Massimos Bademantel schaltete India den Fernseher ein und schnappte nach Luft. Die Fotos von ihr und Massimo waren von unterschiedlicher Qualität – die Tagesfotos von ihnen, als sie durch seine Heimatstadt in Apulien herumliefen, Hände hielten, lachten, scherzten, küssten, waren scharf und eindeutig. Die Fernschüsse von ihnen, als sie sich in seiner Wohnung in Rom geliebt hatten, waren zum Glück unscharf, aber da es *seine* Wohnung war, konnte es kaum jemand anderes sein.

„Oh, verdammt ..." Massimo legte seinen Arm um sie. „Liebling, es tut mir so leid."

India rieb sich über ihr Gesicht. „Mir sind die Nacktaufnahmen egal. Es ist einfach ..."

„Das bringt dich in Gefahr."

Sie nickte kläglich und wandte sich dann an ihn. „Wir sind geoutet worden. Ich nehme an, es wäre sowieso irgendwann passiert, doch jetzt läuft die Uhr gegen mich." Sie schaute ihn an. „Es tut mir nicht leid, dass die Welt weiß, dass ich dich liebe, Massimo Verdi. Ich wollte es schon seit Wochen von den Dächern schreien. Ich bin dein."

„Und ich bin dein. Für alle Zeiten, India. Wir werden das schaffen." Er fuhr sich mit seiner Hand durch seine dunklen Locken. „Aber so wie ich die Paparazzi kenne, werden schon draußen auf uns warten."

Als er sprach, klopfte es an der Tür. Es war Nate, der Massimos Verdacht bestätigte. „Wir müssen euch beide von hier wegbringen. Es ist zu gefährlich mit Carter auf freiem Fuß."

Sie packten schnell und dann gelang es Nate, sie durch den Keller aus dem Gebäude zu schmuggeln. „Wir werden nicht immer so viel Glück haben. Zum Glück sind die Paparazzi nicht so schnell. Wir werden am Flughafen sein, bis sie es herausgefunden haben. Das Privatflugzeug wartet."

„Das Flugzeug ist *hier?*"

Nate nickte, das Gespenst eines Lächelns auf seinem Gesicht. „Lazlo hat es euch hinterhergeschickt, falls ihr schnell wegmüsst. Wir fliegen nach Wien, dann auf die Malediven und von dort nach Seoul."

„Ich habe noch nicht mit Sun gesprochen."

„Ich habe. Er ist derjenige, der mich alarmiert hat – die Nachrichten kamen zuerst in Korea."

Massimo runzelte die Stirn. „Das ist seltsam."

Nate nickte. „Ich weiß. Man sollte annehmen, sie würden es zuerst in Europa bringen ... aber wer weiß, woher sie ihre Informationen bekommen haben und wer dafür gezahlt hat, dass man dir folgt. Wir prüfen es."

„Was hat Sun noch gesagt?"

„Er sagte mir, ich solle dir sagen, dass du zu ihm kommen sollst. Du und Massimo. Ihr Sicherheitsteam wird Dich so lange versteckt halten, wie es notwendig ist."

Massimo seufzte. „Ich hasse es, ihn auf diese Weise kennenzulernen."

Nate lächelte. „Das ist egal. Sun will nur, dass ihr beide in Sicherheit seid."

Sie stiegen ohne weitere Vorkommnisse in das Privatflugzeug und machten sich auf den Weg nach Österreich. India hielt Massimos Hand, während sie dasaß, und schüttelte dann den Kopf. „Was für ein Leben, hm?"

Massimo grinste. „Was für ein Leben." Er lehnte sich hinüber, um sie zu küssen. „Trotz allem bin ich froh, dass die Welt jetzt von uns weiß. Ich möchte dich halten und dich küssen, ohne mir Sorgen machen zu müssen, ob wir gesehen werden."

Sie legte ihre kleine Hand auf seine Wange und flüsterte: „Ich liebe dich."

„*Ti amo, bella* India." Er rieb seine Nase an ihrer, bevor er sie wieder küsste.

„Wenigstens können wir unseren Kindern sagen, dass wir ein aufregendes Leben hatten, hm?"

India lächelte, aber in ihren Augen lag Traurigkeit, und Massimo musterte sie. „Nicht das ich drängen will, Liebling. Darüber haben wir noch nicht gesprochen."

Sie schüttelte den Kopf und schaute weg. „Dafür ist es noch zu früh." Sie seufzte. „Viel zu früh." Ihre Stimme war nicht mehr als ein Flüstern. Er konnte kaum verstehen, was sie sagte.

Massimo runzelte die Stirn. „Was ist, *Bella*?"

India sagte einen Moment lang nichts und wandte sich dann an ihn. „Warum hattest du und Valentina nie Kinder?"

„Es ist einfach nicht dazu gekommen", sagte er und zuckte mit den Achseln, „und jetzt bin ich froh darüber. Wir haben oft darüber geredet, und eine Weile war ich fast verzweifelt darum bemüht, eine Familie zu gründen. Ich hätte nie gedacht, dass ich fast vierzig Jahre alt werde und kinderlos sein würde. Aber in den letzten Jahren unserer Beziehung habe ich Angst gehabt, dass sie schwanger werden *würde*." Er lächelte halbherzig. „Weil sie und ich nicht für die Ewigkeit waren, Indy. Das Schicksal wusste, dass du und ich zusammengehören."

India lehnte sich an ihn, und er schlang seine Arme um sie. „Es ist noch zu früh, um über Kinder zu sprechen. Oder nicht?"

„Vielleicht." Er bemerkte, dass sie seinem Blick auswich. „Was ist los?"

Aber sie schüttelte nur den Kopf und schwieg.

Seoul, Südkorea

Es dauerte noch anderthalb Tage, bis sie schließlich erschöpft von Reise und Stress in Seoul landeten. Suns Sicherheitsteam brachte sie durch die Passkontrolle und dann in einen Transporter mit getönten Fenstern. India fühlte sich bedrängt, aber als der Transporter sie immer weiter von der Stadt wegbrachte, war sie einfach dankbar für die Anstrengungen, die in ihrem Namen unternommen wurden.

Gleichzeitig war sie angespannt und ahnte, dass etwas in der Luft lag, als hätten sie nicht nach Seoul kommen sollen. Eine Bedrohung. Eine Warnung.

Das war lächerlich. Der Transporter fuhr sie zu einer Anlage – einer Luxusanlage –, wo sie rund um die Uhr bewacht waren.

Sun und Tae kamen eine Stunde später, und Sun schlang sofort seine Arme um India. Sie umarmten sich lange, bevor sie sich losließen, und India stellte ihnen Massimo vor. Tae umarmte India und schüttelte Massimo die Hand, aber Sun zog Massimo in eine Bärenumarmung. „Danke", sagte er, „danke, dass du sie liebst."

Massimo kicherte amüsiert, während Tae die Augen rollte. „Er ist nicht immer so, versprochen. Es waren ein paar emotionale Wochen."

India drückte Tae die Hand. „Vielen Dank an euch für diese Oase. Es war ein Schock, als die Fotos herauskamen." Sie versuchte zu lächeln. „Den Rest kennst du."

„Nun, ihr werdet hier etwas Privatsphäre haben. Es gibt sogar einen Strand, an dem wir alle spazieren gehen können. Das Unternehmen hat uns wirklich geholfen."

„Wir können euch nicht genug danken", wiederholte Massimo und lächelte dann schief. „Ich habe mich darauf gefreut, euch beide zu treffen."

Sun lächelte, schaute aber fragend zu India, die nickte. „Er weiß alles, Sun."

„Ah." Sun lächelte. „Gut. Das erspart unangenehme Gespräche."

Sein Sonnenscheinlächeln brach das Eis, und sie alle kicherten. „Ihr müsst hungrig sein. Warum entspannt ihr euch nicht in eurem Zimmer, bis es Zeit zum Essen ist? Sun und ich werden etwas für euch kochen."

Das Zimmer war luxuriös ausgestattet und komfortabel. „So verdammt weich", sagte sie und schloss die Augen. In nächsten Moment schlief sie ein, die dunklen Ringe unter ihren Augen waren ein Zeichen dafür, wie müde sie war.

Er selbst konnte nicht schlafen, also duschte er, zog sich um und ging dann seine Gastgeber suchen. Tae war allein in der Küche, hackte Gemüse. Er lachte, als Massimo ihm erzählte, wie schnell India eingeschlafen war. „Ich bin davon ausgegangen. Ich kenne die violetten Schatten. Ein klares Zeichen. Das ist okay. Wir dachten uns schon, dass ihr beide vielleicht etwas Ruhe braucht, also bereiten wir Essen vor, das wir in letzter Minute kochen können." Er wischte sich die Hände ab. „Willst du ein Bier?"

„Sicher." Tae reichte ihm eine kalte Flasche und setzte sich dann zu ihm. Massimo sah sich um. „Wo ist dein Mann?"

„Drückt sich vor dem Kochen", grinste Tae. „Hat behauptet, er sei plötzlich zum Schreiben inspiriert worden. Er ist im Studio." Er nickte in die entgegengesetzte Richtung des Schlafzimmers, und Massimo lachte.

„Hier gibt es wirklich alles, hm?"

Tae lächelte. „Du hast ja keine Ahnung." Er stieß mit Massimo an. „Cheers."

Sie plauderten ein paar Minuten lang über alles und nichts, dann schaute Tae Massimo an. „Du hast wahrscheinlich Fragen. Wegen Sun und Indy."

Massimo seufzte. „Ich will nicht aufdringlich sein, es ist nur … Ich hatte vor India noch nie eine solche Beziehung – wo wir zuerst Freunde waren. Sie ist eine ungewöhnliche Frau."

„Und Sun ist einzigartig. Ich weiß. Am Anfang, bevor Sun und ich zusammen waren, habe ich es nicht begriffen. Manchmal sind sie wie Bruder und Schwester. Sun ist ein Einzelkind, also dachte ich, Indy sei sein Schwesternersatz. Dann habe ich sie zusammen im Bett erwischt." Er zwinkerte. „Leider kam mir dabei auch die Erkenntnis, dass ich in ihn verliebt bin."

„Autsch, tut mir leid, Kumpel."

„Nicht nötig. Ich war noch so weit entfernt davon, mich zu outen, dass ich irgendwie dankbar war, dass es mir aus den Händen genommen wurde. Aber danach waren sie wieder wie Geschwister. Also, ja, wenn du es nicht begreifst, kann ich es auch nicht. Es war hart. Vor allem nach dem letzten Jahr." Er nahm einen Schluck von seinem Bier. „Du weißt, dass die beiden letztes Jahr eine Affäre hatten?"

„Ja. Indy hat sehr offen mit mir über Sun und ihre Beziehung geredet. Sie erzählte mir auch, wie schuldig sie sich gefühlt hat."

„Eigentlich war das nicht nötig. Sun und ich hatten große Probleme, und dann habe ich ihm gesagt, dass es vorbei sei. Und India hatte Angst. Sie brauchten einander damals." Tae schaute Massimo an. „Gibt es irgendwelche Neuigkeiten über Carters Aufenthaltsort?"

„Nein. Wo immer er ist, was immer er plant, seltsamerweise hat er ausreichend Geld."

Massimo und Tae schauten sich an, bevor Tae vorsichtig fragte. „Wie steht sie zu Philip LeFevre?"

Massimo nickte. „Ja. Daran habe ich auch schon gedacht. Wer sonst würde ihren Mord finanzieren, sofern er nicht für einen politischen Vorteil benutzt werden kann?"

„Hast du mit India darüber gesprochen?"

„Nein. Sie hat schon genug Stress."

„Sie ist nicht dumm, Massimo. Sie denkt wahrscheinlich dasselbe."

„Wer denkt was?" Sun erschien, und nicht zum ersten Mal dachte Massimo, wie passend sein Name war. Seine Schönheit war außergewöhnlich und da seine Haare blond gefärbt und sein Pullover gelb war, strahlte er Licht aus.

Tae rutschte, als Sun sich neben ihn setzte und kurz seine Stirn an die seines Geliebten legte. Sie waren so ein schönes Paar. Massimo wandte mit einem seltsamen Gefühl den Blick ab. Er war sich seiner Männlichkeit sicher, aber diese Jungs waren so hübsch, sie schienen nicht ... menschlich zu sein. Er grinste in sich hinein und als sie ihn fragten, worüber er lächelte, sagte er es ihnen.

Sun lachte. „Ja, Indy sagt uns immer, dass wir Vampire sind."

„Seid ihr das?" Massimo lachte, halb im Ernst, halb im Scherz. Im Moment schien es eine reale Möglichkeit zu sein.

Sie sprachen über viele Dinge, vermieden es aber, über Indias Vater zu reden, und als die Dame selbst erschien, mit wirrem Haar und schläfrig, neckten alle drei sie, bis sie kicherte.

Massimo spürte, wie ein Teil seiner Anspannung von ihm abfiel. Hier, in diesem Luxus-Apartment, mit seiner Geliebten und ihrem –ihren– schönen Freunden, konnte er sich ausruhen und sich vormachen, dass ihre Probleme weit entfernt waren.

Es war interessant, sie alle zu beobachten, als sie zusammensaßen und die leckerste asiatische Mahlzeit aßen, die Massimo je hatte. Sun und

Tae erzählten ihm, dass ihre Agentur darauf bestanden hatte, dass sie das College beendeten und einen Beruf lernten, während sie zu K-Pop-Idolen wurden. Daher kam ihre Kochkunst, und Massimo und India aßen, bis sie nicht mehr konnten.

Und so saßen sie bis in die frühen Morgenstunden zusammen. Als sie Gute Nacht sagten, umarmte Sun Massimo wieder und flüsterte ihm ins Ohr: „Danke, dass du sie glücklich machst."

KAPITEL EINUNDDREISSIG – ONE LAST TIME

*A*ls sie in ihr Zimmer gegangen waren und sich ausgezogen hatten, erzählte Massimo India, was Sun gesagt hatte. India schlüpfte neben ihm ins Bett und lächelte. „Das hast du. Du hast keine Ahnung, wie glücklich du mich machst." Sie streichelte sein Gesicht. „Ich habe das Gefühl, dass wir die ganze Zeit verschwendet haben, in der wir nicht zusammen waren."

„ICH DENKE, RÜCKBLICKEND PASSIERTEN DIE DINGE SO, WIE SIE ES sollen. Aber ich liebe dich. Ich glaube, ich habe mich in dich verliebt, als ich dich zum ersten Mal auf dieser Bühne gesehen habe. Seltsamerweise habe ich also nicht das Gefühl, dass wir getrennt waren, sondern einfach nur pausiert haben."

INDIA KICHERTE. „DAS IST EINE NETTE ART, ES AUSZUDRÜCKEN." SIE küsste ihn sanft. „Weißt du, Suns und Taes Schlafzimmer liegt *weit* auf der anderen Seite des Gebäudes."

. . .

Massimo grinste, als sie ihre Beine um seine Hüften schlang. „Ist das so?"

„Ja", sagte sie langsam, „damit du mich die ganze Nacht zum Schreien bringen kannst. Niemand wird etwas hören ..."

Massimo zog sie an sich, kitzelte sie und brachte sie zum Kichern, bevor er in sie stieß, sein Schwanz schon steinhart und pochend. Er bewegte seine Hüften und vergrub sich mit jedem Stoß tiefer in ihr.

India klammerte sich an ihn und schaffte es irgendwie, ihn auf seinen Rücken zu rollen, ihn zu umarmen und ihn zu reiten bis sie kamen und lachten.

Das Loslassen von Anspannung und Verlangen fühlte sich so gut an.

India rollte sich von ihm. „Wir haben wieder kein Kondom benutzt."

„Nein."

„Stört es dich?" Sie stützte sich auf ihren Ellenbogen und studierte ihn.

„Nein." Er erwiderte ihren Blick. „Wir haben im Flugzeug darüber gesprochen. Warum machst du dir keine Sorgen?"

„Ich kann es dir ehrlich gesagt nicht sagen. Alles, was ich weiß, ist ... wenn es passiert, dann passiert es."

．．．

Massimo setzte sich auf. „Baby ... das sieht dir nicht ähnlich."

India lächelte. „Vielleicht bin ich übermüdet, aber ..." Und zu seinem Entsetzen fing sie an zu weinen. Er zog sie in seine Arme und ließ sie sich ausweinen.

„Es tut mir leid", nuschelte sie und versuchte die Tränen aufzuhalten. „Ich habe alles einfach so satt ... Wenn ich hierherkomme, um mit den Menschen, die ich liebe, zusammen zu sein, muss ich die ganze Zeit daran denken, dass in jeder Minute alles vorbei sein könnte. Das macht mir Angst. Es fühlt sich so an, als würde ich mir erlauben, glücklich zu sein ... Gott, es tut mir leid, aber ich bin nur ... Ich habe es einfach satt, weißt du?"

„Ich weiß, Liebling."

Er hielt sie lange, bevor sie wieder sprach. „Vielleicht *sollten* wir vorsichtiger sein. Jetzt schwanger zu werden, ist keine gute Idee. Ich bin durcheinander."

„Ich habe Kondome." Er küsste ihre Schläfe. „Nicht nur du warst leichtsinnig. Wir müssen uns zusammenreißen. Ich habe nachgedacht. Ich denke, wenn wir nach New York zurückkehren, sollten wir uns mit dem FBI zusammensetzen, um zu sehen, welche Fortschritte sie gemacht haben. Ich will nicht prahlen, aber ich habe praktisch unbegrenzte Mittel. Wir werden Carter auf der ganzen Erde suchen, wenn wir das müssen."

．．．

India sah unglücklich aus, nickte aber. „Ich kann dich nicht darum bitten, das zu tun. Ich kann es selbst bezahlen."

„Wir stecken da gemeinsam drin, Baby. Geld bedeutet mir ohne dich nichts."

India seufzte. „Können wir darüber reden, wenn wir wieder zu Hause sind? Ich weiß, das hört sich komisch an, aber gerade hier, mit Sun und Tae an diesem schönen Ort, möchte ich abschalten. Können wir jetzt einfach nur *sein?*"

„Natürlich Baby." Er zog sie zu sich. Sie legten sich wieder hin und versuchten zu schlafen.

In den frühen Morgenstunden rutschte India aus dem Bett und tappte in die Küche, um sich etwas Wasser zu holen. Sie blickte über den im Mondschein liegenden Strand, der dem Ozean ein fremdartiges Aussehen verlieh. Sie spürte einen Arm, der sich um ihre Taille schlang, und Sun lehnte sein Kinn auf ihre Schulter. „Bist du okay?"

Sie lehnte ihren Kopf auf seinen. „Ja. Danke, Sun, dafür, dass du es uns erlaubt hast, hierherzukommen. Das haben wir gebraucht."

„Gern."

India schloss die Augen und lehnte sich an ihren Freund, ihren geliebten Sun. Gott sei Dank hatten sie das Chaos überlebt, das sie letztes Jahr verursacht hatten. „Ist zwischen dir und Tae jetzt wirklich alles in Ordnung? Es sieht so aus."

. . .

„Ja, wirklich."

Es machte India glücklich, die Freude in Suns Augen zu sehen.

„Ich freue mich sehr für dich, Liebling. Du verdienst es, glücklich zu sein."

„Genau wie du, Indy. Ich bewundere Massimo! Er ist absolut der, den ich für dich wählen würde, wenn es nach mir ginge. Er kann dich beschützen."

India kicherte leise. „Feminismus, Sonnenstrahl."

Er grinste sein Engelsgrinsen. „Ich habe nicht gesagt, dass du *ihn* nicht auch beschützen kannst."

India lachte leise. „Touché. Ich denke, er ist ein wenig verwundert über diese Welt. Unsere kleine, heile Märchenwelt."

„Jeder wäre es. Wir waren viel zu lange darin verloren, Indy. Es wird Zeit, dass wir merken, dass wir bereits erwachsen sind."

„Sagt der 23-Jährige."

. . .

„Hey, ich bin ganz schön erwachsen geworden. Insbesondere im letzten Jahr." Er lehnte seine Stirn an ihre. „Nicht, dass ich unsere gemeinsame Zeit bereuen würde."

„Ich auch nicht. Nie. Aber es war irgendwie ein Abschied."

„Aber auch der Beginn der nächsten Phase unserer Freundschaft."

Sie lächelte ihn an. „Du *bist* erwachsen geworden. Ich meinte es ernst, als ich sagte, dass ich mich für dich und Tae freue. Ihr gehört zusammen."

Im Schatten hörte Massimo ihnen zu und lächelte in sich hinein. Er war froh, dass India doch noch Frieden gefunden hatte, aber er hatte ernst gemeint, was er gesagt hatte. Wenn sie in die Staaten zurückkehrten, würde er darauf bestehen, zum FBI zu gehen.

Diese Hölle, in der India zwölf Jahre lang gelebt hatte, würde jetzt aufhören.

Sofort.

KAPITEL ZWEIUNDDREISSIG – SET FIRE TO THE RAIN

Sie verbrachten die nächsten Tage mit Sun und Tae und begannen allmählich wieder, sich zu entspannen. Sie behielten ein Auge auf die Enthüllung ihrer Beziehung, aber zu ihrer Erleichterung war die Aufregung nur von kurzer Dauer, und die Paparazzi konzentrierten sich schon bald auf anderen Klatsch und andere Prominente.

Dennoch zögerten sie, ihren sicheren und glücklichen Hafen zu verlassen. Sun und Tae sorgten dafür, dass sie sich vollkommen willkommen fühlen und ermutigten sie sogar, so lange zu bleiben, wie sie wollten, und schienen glücklich darüber, dass sie zu einem Teil ihrer kleinen Familie geworden waren.

Massimo hatte sich immer noch nicht an die ungewöhnliche Konstellation gewöhnt, aber es gefiel ihm. Sun und Tae waren liebevoll, herzlich und lustig, und er hatte das Gefühl, als würde er sie schon ewig kennen, genau wie er das auch bei India am Anfang empfunden hatte. Ihm war, als wäre es vom Schicksal bestimmt, dass er India und diese beiden Männer kennengelernt hatte – sie sollten eine Familie sein.

Er war mehr als ein Jahrzehnt älter als die drei, aber er spürte es nicht. Bei ihnen war er so ausgelassen wie noch niemals zuvor. Er war zehn

Jahre mit Valentina zusammen gewesen und dabei schnell erwachsen geworden, war anspruchsvoll geworden und hatte Spaß für Eleganz getauscht.

Jetzt, mit Indy, Sun und Tae, konnte er herumalbern, sie necken, Spiele spielen, am Strand entlanglaufen und sich frei fühlen. Es war berauschend.

Trotzdem war es an der Zeit, nach New York zurückzukehren. „Wir können es nicht länger aufschieben", sagte India mit bittersüßer Stimme und zog eine Grimasse, „Und außerdem ist da noch die Wohltätigkeitsveranstaltung meines Vaters."

„Warum hast du dich bereit erklärt, es zu tun?" Tae schüttelte den Kopf. „Sag doch der Presse einfach die Wahrheit über ihn. Stelle dein eigenes Konzert für die Wohltätigkeitsorganisationen auf die Beine."

„Der Meinung bin ich auch", sagte Sun, und Massimo nickte.

„Ich auch. Sag ihm, er solle es vergessen."

India lächelte, sagte aber nichts. Massimo sah für eine kurze Sekunde etwas in ihren Augen, das er nicht identifizieren konnte.

Sie verbrachten ihren letzten Tag mit Sun und Tae am Strand außerhalb ihres Hauses. India und Sun taten sich gegen Tae und Massimo in einem Volleyballspiel zusammen. Die Regeln waren schnell vergessen, als sie lachten und sich durch mehrere Spiele mogelten, bis sich Indy und Sun schließlich triumphierend zum Sieger erklärten.

„Auf keinen *Fall*", sagte Tae spöttisch, „Du kannst Indy nicht hochheben, um den Ball zu werfen und mir dann sagen, dass das kein Betrug ist."

Sun, dessen blonde Haare wirr um seinen Kopf standen, grinste seinen Geliebten an. „Gut, dann ... gibt es ein Entscheidungsspiel."

India, die außer Atem war, winkte mit den Händen ab. „Ich kann nicht mehr, ich bekomme keine Luft mehr."

Massimo widersprach ebenfalls, und so vereinbarten Sun und Tae, am Strand entlang gegeneinander zu laufen. „Wir sind die Schiedsrichter." India sank in den Sand, und Massimo schloss sich ihr an und legte ihr seinen Arm um die Schultern, während sich die beiden Männer aufstellten.

„Auf die Plätze, fertig", sagte Massimo, „LOS!"

Die beiden Koreaner liefen am Strand entlang, und India und Massimo lachten und beobachteten, wie sie sich zankten und aneinander zerrten, während sie liefen und dann versuchten, den Vorteil zu nutzen.

Dann ganz plötzlich, mit einem vertrauten, knackenden Geräusch, wurde Sun nach hinten geschleudert. Zuerst reagierte niemand, als Sun stehenblieb und ihn ein feiner roter Nebel umhüllte, doch dann schrie India, als Tae schwankend zum Halten kam und schrie, als Sun unbeholfen in den Sand stürzte.

Sie liefen zu ihm, noch bevor ihnen voll bewusst war, was sie gesehen und gehört hatten. Alle drei eilten dem am Boden liegenden Mann zu Hilfe, der auf seinem Rücken lag und dessen Augen sich schnell öffneten und schlossen, verwirrt darüber, dass sich Blut auf seiner Brust ausbreitete. „Was ...?"

Sein Atem kam in panischen Stößen, als Tae, India, und Massimo sich an seine Seite knieten, unsicher darüber, was sie als nächstes tun sollten. Nate und Suns Sicherheitsteam kamen angelaufen, um zu sehen, was sie tun konnten. Tae schluchzte und hielt Suns Kopf in seinem Schoß. „Was ist passiert? Was ist passiert?"

Auf Sun war geschossen worden. Das war jetzt allen klar. India, blind vor Tränen der Trauer und Verzweiflung, drückte ihre Hand auf die Wunde, um die Blutung zu stoppen. In all der Verwirrung spürte sie, wie jemand die Arme unter ihre schob, sie von ihrem geliebten Freund wegriss und den Strand hinunter, wegtrug. Sie schrie und krallte sich in die Arme des Mannes, aber Nate ließ nicht los. „Wir müssen dich von hier wegbringen, India."

„*Sun!*" Sie schrie und schrie, als Sun von Leuten umgeben wurde, die versuchten, ihn zu retten.

Die nächsten Stunden waren ein schlimmer Alptraum. Sun wurde ins Krankenhaus geflogen und direkt operiert. Auf Drängen Indias gingen sie mit ihm und saßen in einem privaten Aufenthaltsraum, India hielt die ganze Zeit Taes Hand, während sie auf Neuigkeiten warteten. Das Zimmer war von Sicherheitspersonal und Polizei umgeben. India versuchte Tae zu trösten, aber es war nutzlos. Er starrte gebrochen vor sich hin.

„Er wird das durchstehen, ich weiß, dass er es wird." India wusste, dass ihre Worte nichts bedeuteten, aber sie musste sie sagen, musste versuchen, sie wahr zu machen. Sun, schöner, schöner, gutherziger Sun ... wie? *Warum?*

Sie hatte keine Ahnung, wer ihm so etwas antun würde.

Tae hüstelte spöttisch. „Viele Leute mögen es nicht, wenn zwei Männer ineinander verliebt sind", sagte er grimmig. „Die Welt ist noch nicht so weit." Er rieb sich die Augen. „Aber warum haben sie nicht auch auf mich geschossen?"

Sie bekamen ihre Antwort ein paar Stunden später. Ein Blumenstrauß war verschickt worden, war aber an India adressiert. Stirnrunzelnd öffnete sie die Karte, keuchte auf und ließ sie fallen, als wäre sie vergiftet worden.

Massimo hob sie auf. „*Einer weniger. Jeder, den du liebst, muss gehen. Immer dein, Braydon Carter ...*

„Nein, nein, nein, *nein, nein* ..." India brach zusammen, ihre Beine gaben nach, ihr Kopf drehte sich, ihr Herz brach, und es brauchte sowohl Massimo als auch Tae, um sie vom Boden zu heben. Tae umarmte sie fest.

„Das ist *nicht* deine Schuld", flüsterte er der schluchzenden India eindringlich zu. „Es ist das Werk eines Verrückten."

Aber India war untröstlich und als der Chirurg kam, um ihnen zu sagen, dass Sun stabil war, war auch die Erleichterung nicht groß genug, um sie zu trösten.

Tae war blass und erschöpft, aber trotzdem hatte er unzählige Fragen an den Arzt. „Wird er sich erholen?"

Der Arzt nickte. „Es wird natürlich lange dauern, und wir können nicht garantieren, dass es keine Komplikationen geben wird."

Tae durfte Sun sehen, nachdem er operiert worden waren, aber Massimo und India hielten sich zurück, um ihnen ihre Privatsphäre zu lassen. „Sag ihm einfach, dass wir ihn sehr lieben und dass es mir leidtut. Bitte, Tae."

Tae hielt India fest. „Das werde ich, versprochen. Aber ich weiß, dass er dich bald sehen wollen wird."

India nickte und küsste Taes Wange. „Ich liebe euch beide so sehr", sagte sie, ihre Stimme brach, und Tae nickte langsam und wischte sanft ihre Tränen weg.

„Wir lieben dich auch. Vergiss das nie."

Massimo fand das Krankenhaus nachts zu ruhig. India hatte sich entschuldigt, um das Badezimmer zu benutzen, und er saß jetzt bei Nate und war erschöpft.

„Armer Junge", sagte er. „Ich habe Sun und Tae sehr liebgewonnen."

Nate nickte. „Es sind gute Menschen."

„Die Besten." Massimo schaute auf seine Uhr. „Hast du die Flüge neu gebucht?"

„Ja. Ich habe es offengelassen, wann du und Indy zurückfliegen wollt. Ich habe eure Pässe abgeholt. Ich habe es India gesagt. Nur für den Fall, dass wir einen kurzen Kurzurlaub machen müssen."

Nate nahm die Jacke, die er in dem privaten Aufenthaltsraum über den Stuhl gelegt hatte, und griff in die Innentasche. Er runzelte ratlos die Stirn, zog nur einen heraus. Massimo sah die Hülle. Ein italienischer Pass. „Wo ist Indias?"

Die beiden Männer starrten sich an. Beide standen gleichzeitig auf und stürmten zur Damentoilette. Keiner von ihnen dachte daran, eine Krankenschwester zu bitten, ihnen zu helfen, beide platzten einfach herein.

Zum Glück war niemand dort.

Leider war niemand dort.

„Oh, gottverdammt, nein ..."

Auf einem der großen Spiegel war mit Make-up eine Notiz geschrieben worden.

Es tut mir leid. Ich bringe Unglück. Folge mir nicht. Ich liebe dich. India.

„*Mio Dio*, nein, nein, nein ..." Massimo fühlte sich schwach, als er auf die Knie sank. Massimo wusste, was ihr Plan war.

Sie ging nach Hause. Sie würde sich in die Hände von Braydon Carter begeben, um das alles ein für alle Mal zu beenden, und dabei die Menschen, die sie liebte, in Sicherheit zu bringen. India opferte sich selbst.

Massimo wollte schreien.

KAPITEL DREIUNDDREISSIG –
CLOSER TO GOD

New York City

India hatte ein paar Dinge gelernt, während sie so viele Monate lang die Presse meiden und sich verstecken musste. In dem Moment, in dem er merkte, dass sie weg war, würde Nate handeln, aber sie hoffte, dass sie ihm und seinen Männern lange genug ausweichen konnte, um den Flug nach New York zu erreichen.

Glücklicherweise hatte sie jetzt aufgrund der Reiserei und Flucht vor dem Psycho im letzten Jahr ausreichend Bargeld bei sich, um nicht aufgespürt werden zu können, obwohl Nate herausfinden würde, dass sie ihren Reisepass benutzt hatte und er Leute am JFK Flughafen auf sie warten lassen würde.

Also flog sie zuerst nach Rio de Janeiro, dann nach Seattle, dann zurück nach Manhattan. Ein Teil ihres Sicherheitsteams war dort, aber sie hatte sich zu diesem Zeitpunkt bereits verkleidet.

Wohin ging sie? Irgendwohin, wo *niemand* sie vermuten würde.

Sie fuhr mit dem Bus zu den Hamptons, ihre langen dunklen Haare hatte sie unter eine blonde Perücke gestopft und eine riesige Sonnenbrille verdeckte ihr Gesicht. Sie bat den Fahrer, sie ein paar Meilen vor dem Bahnhof abzusetzen, und ging die restliche Strecke zu Fuß.

Am Tor des Sommerhauses ihres Vaters sah sie der Wachmann skeptisch an, als sie ihm sagte, wer sie war, aber ihm war gesagt worden, er solle sie durchlassen.

Philip LeFevre stand vor der Tür seines Hauses und sah etwas überrascht aus. „India. Was machst du hier?"

India atmete tief durch, bevor sie ruhig erklärte: „Ich brauche einen Ort, an dem niemand nach mir sucht, während ich einen Plan mache. Nur für ein paar Tage. Ich habe dich nie um etwas gebeten. Aber *diesen* Gefallen musst du mir tun."

Philip studierte sie lange. „Und niemand weiß, dass du hierhergekommen bist?"

Sie zuckte halbherzig mit den Schultern und deutete auf die schlechte Perücke und die Sonnenbrille. „Ich habe mein Bestes gegeben. Ich habe Vorsichtsmaßnahmen getroffen."

Philip starrte sie an und fragte sich, was er als nächstes tun sollte, trat dann zur Seite und deutete ihr hereinzukommen. India atmete tief durch, trat ein und unterdrückte ihre Abneigung gegenüber diesem Mann. Wenn ihre Vermutungen richtig waren, dann würde sie es nicht mehr lange aushalten müssen.

Sie fühlte sich wie betäubt als man ihr ihr Zimmer zeigte und sie die wenigen Besitztümer, die sie geschafft hatte mitzubringen, auspackte: Unterwäsche, eine Zahnbürste und Toilettenartikel. India fragte sich, wie lange es dauern würde, bis ihr Vater den Gefallen einforderte.

Nun, du bekommst, was du wolltest, Papa, dachte sie. *Ich habe mich dir ausgeliefert.*

Doch sie brauchte das, brauchte diese Zeit, um durchzuatmen, um zu heilen. Sie holte ihr Tablet heraus und überprüfte die Nachrichten auf eventuelle Neuigkeiten über Suns Zustand. Keine Änderung. Sie sagten immer noch, er sei stabil, warnten aber vor voreiliger Hoffnung. India eilte ins Badezimmer, um sich zu übergeben.

Oh, Gott, Sun ... mein Sonnenstrahl ... Es tut mir so leid, dass du das wegen mir durchmachen musst, mein Engel ...

Ihn in diesem Zustand zu verlassen hatte sie fast zerbrochen, aber es war besser so. Je weiter sie von denen entfernt war, die sie liebte, desto besser.

Und sie wusste, dass ihr Vater durchsickern lassen würde, wo sie war, es zu seinem eigenen Vorteil nutzen würde. Das bedeutete, dass Carter sie finden würde. Der Tod kam in einer kombinierten Form von Verrat und Rache und Ehrgeiz, und sie wusste es.

Sie bezweifelte, dass ihr Vater überhaupt um sie trauern würde. Nachdem sie tot war, würde er eine herzzerreißende Geschichte erzählen und um Mitleid heischen. Er würde es so drehen, dass es seinen politischen Zielen half. *Verflucht sei er.*

India legte sich zurück, schloss die Augen und wartete. *Gut. Lass uns das hinter uns bringen.* Sie hatte darüber nachgedacht, alles selbst zu beenden, aber sie wollte, dass das Monster, das versucht hatte, ihren geliebten Sun zu töten, für das bezahlte, was er getan hatte. Sie würde nicht still sterben.

Aller Wahrscheinlichkeit nach würde er sie töten, bevor sie ihn verletzen konnte, und sie würde nie wieder jemanden sehen, den sie liebte, selbst das Kind, das sie vor allen geheim gehalten hatte. Aber nach ihrem Tod wäre Carter zufrieden, und sie wären alle in Sicherheit.

India wollte nur, dass der Schmerz ein Ende hat.

Ein nervös aussehendes Zimmermädchen erschien mit einer Kiste an ihrer Tür. „Mr. LeFevre dachte, Sie würden sich gern zum Abendessen ankleiden. Ich hoffe, die Größe stimmt."

India starrte abwesend auf das weiße Kleid. Es bestand aus einem weichen Stoff, und sah bequem aus. „Es ist in Ordnung, danke."

Sie duschte und nahm sich Zeit, sich vorzubereiten. Sie hatte kein Make-up. Sie trocknete ihre Haare und ließ sie offen nach unten fallen. Es war ihr egal.

Sie wappnete sich und ging nach unten, um Philip zu treffen, der im Speisesaal auf sie wartete. India nickte ihm zu, nahm sein angebotenes Getränk an und fragte sich, was er hineingetan hatte. Gott, Paranoia war nicht hilfreich.

„Wie wirst du es anstellen?"

„Wie werde ich was anstellen?"

India grinst. „Die Wendung. Die Geschichte, die du zweifellos für die Presse vorbereitest."

„Ich dachte, du brauchst etwas Ruhe. Mein Zuhause gehört so lange dir, wie du es brauchst."

India stellte ihr Glas ab und sah ihn fest an. „Philip, hör auf, den besorgten Vater zu spielen. Wir sind allein. Du brauchst mich, um die jüngeren Wähler zu gewinnen. Ich brauche einen Ort, wo mich niemand findet, zumindest für ein paar Tage. Könnten wir bitte aufhören so zu tun, als ob wir uns etwas bedeuten?"

Philip studierte sie für einen langen, stillen Moment. „Fein."

Das Essen wurde serviert, und India merkte, wie hungrig sie war. Hungrig und erschöpft.

„Du siehst erschöpft aus", bemerkte LeFevre

„Das passiert, wenn man in Lebensgefahr schwebt."

„Braydon Carter."

India nickte. „Er hat versucht, meinen Freund zu töten. Einen unschuldigen Jungen. Hat kaltblütig auf ihn geschossen. Um an mich heranzukommen." Als sie es laut aussprach, wollte sie schreien. „Aber Sun ist ein Kämpfer." Bitte, Gott, lasst das wahr sein ...

„Es tut mir leid."

India wusste, dass es ihm egal war, aber es tat seltsam gut, die Worte von ihm zu hören. „Wegen Sun? Oder wie du meine Mutter behandelt hast?"

„Beides. Und es tut mir leid, wie ich dich behandelt habe, als ich dich zuletzt gesehen habe."

Unbewusst berührte India ihren Hinterkopf, wo er sie bei den Haaren gepackt hatte. „Warum meinen manche Männer, dass Gewalt der einzige Weg ist, eine Frau zu behandeln?"

„Es tut mir leid."

India wandte ihren Blick ab und zuckte mit den Schultern. Sie hasste dies, hasste es, bei ihm zu sein, aber wenn sie schon hier war … „Warum wolltest du uns nicht? Mich. Mama. War der Gedanke so furchtbar?"

Philip seufzte. „Ich wollte nie Kinder. Ich habe deiner Mutter gesagt, dass unsere Affäre nur flüchtig sein kann. Ich hatte eine Position in der Gesellschaft, auf die ich achten musste."

India gab ein Würgen von sich, und Philip lachte. „Du meinst vielleicht, ich sei ein Snob–"

„–nein, ich denke, du bist ein Arschloch."

Philips Lächeln verschwand. „Pass auf, was du sagst. Ich bin immer noch dein Vater."

India wandte ihren Blick ab. Gott, war das wirklich so eine gute Idee gewesen? „Also, wann wirst du es an die Presse durchsickern lassen?"

„Das wird nicht passieren. Deine Privatsphäre hier ist garantiert."

India rieb sich die Augen. Obwohl sie ihm nicht glaubte, diskutierte sie es nicht. Ihr zerbrochenes Herz konnte nicht mehr verkraften. „Danke. Bitte entschuldige mich jetzt."

„Gute Nacht, India."

Sie schaffte es, ihre Schlafzimmertür zu verriegeln, bevor sie schluchzend zusammenbrach.

Seoul

Massimo legte seine Hände auf Taes Schultern. „Geh, hol dir einen Kaffee, Tae. Schnapp etwas Luft. Ich werde eine Weile bei ihm sitzen."

Tae zögerte, hasste es, seinen bewusstlosen Geliebten zu verlassen, der mit Maschinen verbunden dalag. Er stand auf und beugte sich hinunter, um Suns Stirn zu küssen. Er sprach leise auf Koreanisch zu ihm.

„Er wird in Ordnung kommen, Tae." Massimo wusste, dass seine Worte nicht durch die Schichten der tiefen Trauer drangen. Außerhalb des Krankenhauses hatten sich Tausende von Sun-Fans versammelt, die Mahnwachen für ihn hielten. Suns Eltern hatten gerade erst das Krankenhaus verlassen. Sie waren ein freundliches Paar, im gleichen Alter wie Massimo selbst, und mit Tae als Übersetzer, hatte er ihnen gesagt, er würde alles tun, um den Mann zu finden, der dies ihrem schönen Sohn angetan hatte. „Er wird es schaffen, ich glaube es von ganzem Herzen."

Das Herz, das in eine Million Stücke zerbrochen war. Als er jetzt bei Sun saß, zog er sein Telefon heraus und überprüfte es zum millionsten Mal an diesem Tag. Keine Nachrichten. Zu wissen, dass India ihn verlassen hatte, untergetaucht war, um sie alle zu beschützen, half nichts.

Als Lazlo in New York ihm mitteilte, dass sie in die Staaten gereist war, seither aber spurlos verschwunden war, verspürte Massimo eine tiefe Panik.

Und außerdem war er wütend. Wütend und verletzt, dass sie ihm nicht genug vertraute, um zu bleiben. Und als Lazlo ihn gebeten hatte, in Seoul zu bleiben, war er fast ausgeflippt.

Lazlo hatte ihm zugehört und dann freundlich und ruhig auf ihn eingeredet. „Massi, was sie getan hat, war rücksichtslos. Ich habe mit einem Psychologen gesprochen. Die Schüsse auf Sun könnten ihr PTSD ausgelöst haben."

„Wo zum Teufel ist sie hingegangen, Laz? Wie konnte sie einfach so vom Radar verschwinden? Sie ist verdammt nochmal India Blue, um Gottes willen!"

„Und wir bereiten eine Geschichte für die Presse vor. Morgen mache ich eine offizielle Vermisstenmeldung. Das FBI rät mir, ihr Verschwinden öffentlich zu machen."

Massimo seufzte. „Ich muss da sein."

„Das du in Seoul bist, könnte das einzige sein, was sie dazu bringt, aus ihrem Versteck zu kommen. Sie wird dankbar sein, dass du ihren Wunsch, ihr fernzubleiben respektiert hast."

„Das ergibt keinen Sinn."

„Nichts von all dem ergibt Sinn."

Schweigen senkte sich über sie. „Laz ... ihr Vater. Glaubst du, dass er etwas mit Carter zu tun hat?"

„Ja. Ja, das tue ich. Ich habe nur leider keinen Beweis dafür."

Massimo zögerte. „Sie hätte nicht... Ich meine, es gibt keine Möglichkeit, dass sie zu ihm gegangen ist, oder?"

Lazlo lachte hohl. „Philip LeFevre ist die letzte Person, zu der sie gehen würde."

Jetzt saß Massimo bei Sun und beobachtete, wie die Maschinen für diesen jungen Mann atmeten, diesen schönen Mann, der kaum seine Jugendzeit hinter sich hatte, und fragte sich, ob Lazlo Recht hatte. Ob LeFevre die letzte Person sein würde, zu der India gehen würde ... denn sie konnte sich sicher sein, dass niemand dort nach ihr suchen würde.

Massimo setzte sich auf. *Ich muss dort sein. Ich muss sie finden ...*

Als Tae zurückkam, schaute er sich Massimos Gesicht an. „Geh", sagte er und umarmte Massimo. „Sun wird in Ordnung kommen. Komm zurück, wenn du unser Mädchen gefunden hast."

Massimo umarmte ihn. „Ich verspreche es. Wir werden alle bald wieder zusammen sein."

Er war in weniger als einer Stunde auf dem Rückflug nach New York.

India schlief unruhig, gab der Erschöpfung nie ganz nach, aber trotzdem hörte sie nicht, wie sich die Schlafzimmertür kurz nach drei Uhr morgens öffnete. Das Erste, was sie mitbekam, war das Gewicht des Körpers einer anderen Person auf ihr. Sie öffnete ihre Augen und sah ihren schlimmsten Albtraum.

Braydon Carter.

Sie versuchte zu schreien, aber er legte ihr eine Hand auf den Mund. „Hallo, mein Liebling."

Panik und Entsetzen überkamen sie. Sie kratzte und trat um sich und bekam schließlich ihren Mund frei, um zu schreien. Braydon schlug sie fest genug, um sie zum Schweigen zu bringen.

„Pass auf." Sie hörte die Stimme ihres Vaters. „Ihr Blut darf nirgendwo zu finden sein, damit man mich damit nicht in Verbindung bringen kann."

Inmitten ihres Entsetzens fragte sich India, wie etwas gleichzeitig schockierend und doch so gar nicht überraschend sein konnte.

„Du *Bastard*", keuchte sie, als Braydon sie auf ihre Füße zog. „Spielst den besorgten Vater. Auch wenn er mich tötet ..."

„Nicht 'wenn', Liebling", sagte ihr Vater, und seine Stimme und seine Augen waren kalt. „*Wann*. Mr. Carter hat es gejuckt, dein Blut an seinen Händen zu spüren. Heute Abend wird er es tun. Es nützt nichts, wenn du schreist. Wir sind nur zu dritt hier." LeFevre schaute Carter an. „Sorg dafür, dass es wehtut. Ich habe diese kleine Schlampe so satt."

India spürte Carters Atem am Hals. „Dafür kann ich garantieren."

India spürte den Stachel einer Nadel in ihrem Nacken. Das Letzte, was sie sah, war, wie der Mann, der sie gezeugt hatte, den Mann, der sie töten wollte, breit angrinste.

KAPITEL VIERUNDDREISSIG –
GONER

ew York

Massimo war nicht überrascht, dass Lazlo, der sichtlich genervt war, am Flughafen auf ihn wartete. Massimo hielt seine Hände verteidigend hoch. „Laz, bevor du etwas sagst ... sie ist bei LeFevre. Sie hätte sonst nirgendwo hingehen können."

„Wir wissen das nicht, Massi, und jetzt bist du in Gefahr."

„Glaubst du wirklich, dass mir das wichtig ist? Ehrlich? *Hör* mir zu. India war wegen dem, was mit Sun geschehen ist, am Boden zerstört, und sie ist wütend. *Wütend.* An wem könnte sie das besser auslassen, als an Philip LeFevre, während sie sich bei ihm versteckt?"

„Ahnt India nicht das, was wir ahnen?"

Massimo lächelte grimmig. „Das glaube ich nicht, sie war nicht wirklich fähig zum Denken. Und wir haben nie mit ihr über unseren Verdacht gesprochen."

„Das war ein Fehler."

„Ich weiß." Massimo seufzte. „Indem wir sie davor beschützten, haben wir sie erst recht in seine Arme getrieben. Ich spüre es in meinen

Knochen, Laz. India ist bei ihm, und er hat Carter an der Leine. Wir müssen zu ihm."

Lazlo starrte ihn an, und Massimo wartete darauf, dass er nachgab. Schließlich nickte Lazlo. „Fein. Lass uns gehen."

India wachte auf dem Rücksitz von Carters Auto auf. Ihre Handgelenke waren hinter ihrem Rücken zusammengebunden, und ihre Beine waren verschnürt, so dass sie sie nicht bewegen konnte. Erinnerungen an die Nacht vor zwölf Jahren überfluteten sie. Nach dem Mord an ihrer Mutter, nachdem Carter India vergewaltigt hatte, war sie auch so auf dem Rücksitz gefesselt gewesen.

India schüttelte den Kopf. *Nein. Nicht noch einmal.* Sie zerrte an ihren Fesseln: scharfe Plastikschnüre, die sich in ihre Haut gruben.

„Du hast keine Chance, dich zu befreien, meine Schöne, also hör auf zu kämpfen. Es ist fast vorbei."

„Fick dich."

„Oh, das werde ich mit dir tun. Immer wieder, mein Liebling India, bevor du stirbst."

„Versuche es, und ich werde dich töten."

Carters Lachen weckte ihren Zorn. Sie trat gegen den hinteren Teil des Fahrersitzes. Er lachte noch lauter. „Oh, kleines Mädchen, es gibt einen Grund, warum ich dich wie verrückt liebe."

„Verrückt ist richtig, aber es ist keine Liebe. Liebe entführt niemanden und versucht, denjenigen zu töten, Arschloch. Du bist erbärmlich."

Ein Teil ihres Gehirns schrie sie an, den Mund zu halten, um die Dinge nicht noch schlimmer zu machen, aber India machte sich deshalb keine Gedanken mehr. Sie kochte vor Wut über Suns Erschießung und war verzweifelt, dass sie nicht bei Massimo war ...

Verursache einen Unfall. Ändere seine Pläne.

Sie benutzte ihre Beine, um gegen die Rückseite seines Sitzes zu treten, was Carter schließlich aufregte. Er richtete eine Waffe auf ihren Kopf.

India lächelte grimmig. Sie wusste, dass er sie nicht erschießen würde. Seine Pläne waren viel intimer als eine einfache Kugel in ihren Kopf zu jagen. Aber das Treten gegen die Rücklehne seines Sitzes brachte nichts.

Sie versuchte, die Fesseln um ihre Handgelenke zu lockern, und zerrte so fest daran, dass sie fühlte, dass Blut von ihnen tropfte und ihre Finger taub wurden. Sie keuchte erschöpft und versuchte sich zu überlegen, was sie tun konnte, um einen Unfall zu verursachen, und lachte dann fast laut, als ihr eine Idee kam.

Sie kämpfte sich in eine Sitzposition und grinste Braydon im Rückspiegel breit an. Das machte ihn wütend. „Was zur Hölle—?"

Sie stürzte sich auf ihn, die Zähne gefletscht, und biss ihn, so fest sie konnte, in den Nacken. Sie fühlte, wie sein Fleisch nachgab, hörte, wie Braydon vor Schmerzen schrie und das Auto heftig zu schlingern anfing. „Verdammte Schlampe!"

Adrenalin pumpte durch Indias Körper. *Ja ... Ja ...* Sie würde das gewinnen. Für ihre Mutter ... für Sun ... für sich selbst ... Als Carter versuchte, die Kontrolle über das Auto zurückzugewinnen, wippte India zurück, riss ihre Füße nach oben, ließ sie gegen seinen Kopf krachen und hörte zufrieden, wie sein Kopf gegen die Seitenscheibe des Autos krachte.

Braydons Kopf fiel nach vorn. Das Auto kam von der Straße ab, überschlug sich und sie wurde eine gefühlte Ewigkeit wie eine Stoffpuppe herumgewirbelt.

Sie hörte ihren linken Arm am Ellenbogen knacken, als das Auto schließlich zum Stillstand kam und für einen Moment umgab sie nichts als Stille und das Ticken des Motors.

Schmerz. Gott, so viel Schmerz. Sie ignorierte die Schmerzen in ihrem gebrochenen Arm und schaffte es, schreiend ihre Hände vor ihren Körper zu bekommen. Sie roch das Salz und das Eisen ihres eigenen Blutes.

Im Mondlicht konnte sie sehen, wie Braydon über dem Lenkrad hing, bewusstlos oder vielleicht sogar tot. Sie trat die Tür auf und schaffte es, stöhnend vor Schmerzen herauszukriechen.

Sie lebte und war frei. Und jetzt, da sie ihre Hände benutzen konnte, fand sie heraus, dass er ein Seil benutzt hatte, um ihre Beine zu binden. Und dann stellte sie fest, dass es nicht einfach war, einen Knoten mit einem gebrochenen Arm zu lösen. Ihr Kopf dröhnte, aber sie lockerte den Knoten weit genug, um ihre Beine zu befreien, und im selben Moment hörte sie ihn.

„Verdammte kleine Hure. Glaubst du, dass du bestimmen kannst, wo es langgeht, India? Ich habe zwölf Jahre auf diesen Moment gewartet."

Sie rappelte sich auf und trat ihm gegenüber. Braydon war mit Blut bedeckt, das aus der Wunde sickerte. Sie konnte ihn noch schmecken. *Denke nicht darüber nach. Übergib dich jetzt nicht.*

In Braydons Hand war ein Messer. Er hielt es hoch. „Zeit zu sterben, meine Schöne."

Und dann war er über ihr.

Philip LeFevre öffnete die Tür selbst, was Massimo überraschte. Er war immer noch so gekleidet, als würde er zu einem geschäftlichen Meeting gehen wollen. Um vier Uhr morgens?

„Gentlemen, was für ein unerwartetes Vergnügen."

Massimo schob sich an dem Mann vorbei, ging ins Haus und schrie: „India?"

„Warum zur Hölle sollte India *ausgerechnet hier* sein?"

„Weil es der letzte Ort ist, an dem jemand nach ihr suchen würde?"

„Dann bitte, durchsuchen Sie das Haus. Ich denke, Sie werden keine Beweise finden, dass sie hier war."

Massimo war schon auf halbem Weg die Treppe hinauf. Er ging in jedes Zimmer und dachte, dass es seltsam war, dass sich niemand sonst in dem großen Haus befand. LeFevre, eine Persönlichkeit der Öffentlichkeit, ein Milliardär, ohne Personal, ohne Schutz?

Auf keinen Fall.

Als er in das Gästezimmer kam, in dem India gewesen war, blieb er stehen und schloss die Augen. Das Fenster war offen, und es wehte eine sanfte Brise hinein, aber der Duft war unverkennbar. India mochte die Kleidung gewechselt haben, hatte sich eventuell verkleidet, aber sie hatte das Deodorant, das sie immer trug, den frischen, tröstlichen Geruch, den er liebte, nicht verändert – frische Wäsche und Baumwollbettwäsche.

India ...

Egal wo. LeFevre hatte jede Spur entfernt, aber er konnte ihre Präsenz nicht vollständig ausradieren.

Massimo ging wieder nach unten. „Sie war hier." Er packte LeFevre und schmetterte ihn gegen die Wand. LeFevre hatte keine Chance gegen Massimos Stärke und die Wucht seines Zorns. „Du hast sie ihm *ausgeliefert,* du Hurensohn. Wo sind sie?"

LeFevre lachte ihm arrogant ins Gesicht. „Was für einen Scheiß redest du? Wer zum Teufel ist Braydon Carter?"

Massimos Augen loderten vor Wut, und er schlug ihm hart vor den Kopf. „Haben wir seinen Namen gesagt? Wo ist sie?" Er schrie jetzt, war kurz davor seine Selbstbeherrschung zu verlieren, und Lazlo legte eine warnende Hand auf seinen Arm.

Massimo ließ Philip los, der zu Boden stürzte. Massimo und Lazlo warteten, blickten einander an und registrierten die Panik in den Augen des anderen. „LeFevre, das ist Ihre einzige Chance. Wenn Sie wissen, wo India ist, sagen Sie es uns. Jetzt."

Philip wischte sich träge über seine blutige Lippe. „Sie ist weg. Das ist alles, was ich Ihnen sagen kann. India ist weg." Er schaute beide an und fing dann an zu lachen. „Und das ist gut so."

Diesmal versuchte Lazlo nicht einmal, Massimo aufzuhalten.

Es war ein vertrauter Schmerz, als das Messer tief in ihrem Körper versank, aber dieses Mal weckte es ihren Überlebensinstinkt. India zuckte zur Seite und versuchte die Schmerzen zu ignorieren, die durch ihren Bauch schnitten, und rammte Carter hart mit dem Kopf. Damit hatte er nicht gerechnet. Er schwankte nach hinten und kam dann mit reinem animalischem Blutdurst wieder auf sie zu. India rollte zur Seite und versuchte, es ihm schwer zu machen, das Messer in sie zu stoßen, aber er erwischte sie zweimal. Einmal fest in die Seite und das zweite Mal in das weiche Fleisch ihres Bauches. India wurde schwindelig.

Nein. Nein, verliere es jetzt nicht dein Bewusstsein oder du bist tot. Als Carter sich darauf vorbereitete, erneut zuzustechen, ließ sie sich plötzlich fallen.

Stell dich tot. Stell dich tot.

Sie ließ ihre Atmung in abgerissenen Stößen kommen und riss ihre Augen weit auf und starrte nach oben, als ob sie sterben würde – von dem sie annahm, dass sie es tat – und sah das Lächeln auf Carters Gesicht. Er kauerte neben ihr und streichelte ihr Gesicht mit einer blutigen Hand. „Es war immer geplant, dass es so zu Ende geht, Indy. Immer."

Sie wappnete sich für den letzten Angriff. Er stach auf sie ein, trieb ihr das Messer tief in den Bauch – und ließ es dort zurück, als sie sich aufwölbte, nach Luft schnappte und dann still liegenblieb.

Carter blickte auf ihren Körper herab. Sein schönes Mädchen, endlich tot. Ihre Augen waren offen, aber er konnte sehen, dass sie nicht atmete. Die Spannung wich von ihm. Es war erledigt. India war tot.

Er hob seine Hand, um ihre Augen zu schließen ... und da sah er die Bewegung. Er konnte nicht mehr rechtzeitig reagieren. India riss sich das Messer aus dem Bauch und rammte es tief zwischen seine Beine.

Der Schmerz war qualvoll. Carter schrie schockiert, voller Pein auf und taumelte zurück. India rappelte sich auf und sah entsetzlich schön aus, als sie sich auf ihn stürzte. Das Messer in seiner Brust fühlte sich an wie eine Million Kugeln, als sie ihn angriff.

Der Spieß war umgedreht, und nun erkannte Carter, dass dies auch unvermeidlich gewesen war. India hielt ihm das Messer an die Kehle und als sein Blut aus ihm strömte, beugte sie sich nach vorn, ihr schönes Gesicht verzerrte vor Wut. „Das ist für Mama, für Sun, für mich, und für alle, die du wegen mir verletzt hast, Arschloch. Du hast verloren."

Sie rammte ihm das Messer in die Kehle, und alles wurde schwarz.

India riss Carter die Klinge aus der Kehle und sah zu, wie er verblutete. Sie überprüfte seinen Puls: nicht mehr vorhanden. Sie schnitt ihre Fesseln durch und warf dann das Messer so weit weg, wie sie konnte. Ihre Wunden bluteten heftig, und ihr wurde schlecht. Sie übergab sich – meist Blut – und wusste, dass sie sterben würde.

Aber Braydon Carter war tot. Und Massimo, Lazlo, Gabe, Sun und Tae waren jetzt sicher.

Die Morgendämmerung begann über den Horizont zu kriechen, und India konnte sehen, dass sie nicht weit von der Straße entfernt war. Sie schwankte darauf zu, aber bevor sie sie erreichen konnte, tauchten dunkle Flecken in ihren Augenwinkeln auf. Sie sank zu Boden und rang um Sauerstoff.

„Massimo ... Ich liebe dich", flüsterte sie und schloss die Augen.

KAPITEL FÜNFUNDDREISSIG –
BREATHE

ew York State

Das FBI versicherte Massimo und Lazlo, dass sie alle auf der Suche nach India und Carter wären, aber dass sie LeFevre nicht ohne Beweise verhaften könnten. „Lazlo, Massimo, ich weiß, das ist frustrierend, aber der Duft von einem Deodorant wird vor Gericht nicht zählen. Unsere einzige Hoffnung ist es, LeFevre zu überführen, wenn wir India finden."

Aber sie lebend zu finden, wurde immer unwahrscheinlicher. Im Morgengrauen schickten sie Hubschrauber und zwei Stunden später hörten Massimo und Lazlo ihren FBI-Agenten nach ihnen rufen.

„Sie haben sie gefunden." Sein Gesichtsausdruck jagte Massimo einen eisigen Schauer über den Rücken. *Nein, nein, bitte ....*

„Sie ist am Leben, aber in kritischem Zustand. Komm, wir fliegen dich zu ihr. Massi, Lazlo ... es sieht nicht gut aus."

„War sie bei Carter?"

Der Agent nickte. „Er ist tot. Wir denken, es hat einen Kampf gegeben – ein ziemliches Gerangel. Carter wurde erstochen. Auch auf India ist eingestochen worden. Heftig. Wir glauben, dass sie Carter getötet

hat." Er wartete, bis sie sich im Hubschrauber befanden, bevor er fort-
fuhr. „So wie es aussieht war es Selbstverteidigung. Sie hat Spuren
von Fesseln an ihren Beinen und Armen als wir sie fanden, aber
Carter hatte Bissspuren im Nacken, eine schlimme Wunde, die auf
einen ziemlich heftigen Kampf hindeuten."

„Hat er sie –" Massimo brachte die Worte nicht heraus.

Der Agent schüttelte den Kopf. „Nicht, dass wir wüssten. Wir nehmen
an, dass er gefahren ist und sie ihn dazu gebracht hat, einen Unfall zu
bauen. Wir werden später mehr wissen."

„Und ihre Wunden?" Lazlo fühlte sich, als würde er durch die Hölle
gehen.

„Es wurde mehrmals auf sie eingestochen. Bauchwunden. Als man sie
fand, war sie bewusstlos. Aber sie hat einen Puls und sie atmet. Das ist
ein guter Anfang."

„Aber es sieht nicht gut aus?"

Er nickte. „Es tut mir leid. Wir werden bald im Krankenhaus sein."

Es fühlte sich an wie eine Ewigkeit, bevor man sie in ein privates
Zimmer im Krankenhaus brachte. Die Presse verstellte den Eingang
zum Krankenhaus. Das FBI, die örtliche Polizei und Lazlos und
Massimos eigene Sicherheitsteams hatten damit zu tun, sie beiseite-
zuschieben. Als Massimo in Wartezimmer war, kam der operierende
Arzt zu ihnen. „Wir haben India stabilisiert, aber sie ist sehr schwach.
Sie hat viel Blut verloren."

Lazlo, der gehetzt aussah, meldete sich zu Wort. „Doktor? Können wir
sie sehen?"

„Sie ist im Moment auf der Aufwachstation und immer noch bewusstlos. Vielleicht später. In der Zwischenzeit können Sie es sich hier
bequem machen." Der Arzt schenkte ihnen ein halbherziges Lächeln.
„Ich wünschte, ich hätte bessere Nachrichten, aber India kämpft. Das
ist alles, auf was wir im Moment hoffen können."

Schließlich schauten sich Massimo und Lazlo an. „Sie lebt", sagte Lazlo schließlich. „Wir müssen daran glauben, dass sie es schaffen wird."

„War das beim letzten Mal auch so? Diese ... riesige Angst, dass sie stirbt?"

Lazlo nickte. „Ja. Und ich warne dich, es wird nicht besser. Auch wenn sie aufwacht ... sie wird psychologisch traumatisiert sein. Sie hat einen Mann getötet." Er seufzte. „Letztes Mal ist sie aufgewacht, und wir dachten, es wäre ein Wunder. Aber sie hat sechs Monate lang nicht gesprochen. *Sechs Monate.* Ich sage nur, dass die Dinge noch lange nicht normal sein werden, selbst wenn sie es schafft."

Massimo zuckte zusammen, und lachte hohl. „Was ist schon normal? Ich glaube nicht, dass irgendetwas an Indys und meiner Beziehung normal ist."

„Stimmt." Lazlos Handy klingelte, und er meldete sich. „Tae. Du hast es schon gehört? Ja, Himmel. Sie ist stabil, aber es geht ihr schlecht. Wie geht es Sun?"

Massimo hörte Lazlo eine Weile zu, dann reichte Lazlo ihm das Telefon.

„Massi?"

„Hallo, Tae."

„Gott, es tut mir so leid, Massi. Sie wird es schaffen, ich weiß, dass sie es schaffen wird."

Massimo verspürte Dankbarkeit gegenüber seinem neuen Freund. „Danke. Wie geht es Sun?"

„Er ist aufgewacht", sagte Tae leise. „Er ist wach und macht Witze, zumindest bis wir von Indy gehört haben. Was ist passiert?"

Massi erzählte ihm die ganze Geschichte und als er Tae erzählte, dass Indias leiblicher Vater involviert war, wurde Tae wütend. „Dieser Hurensohn."

„Er wird dafür bezahlen, Tae, glaub mir."

Es entstand eine Stille, dann sagte Tae: „Du sagst, Indy hat Carter getötet. Sie hat den Mann getötet, der auf Sun geschossen hat?"

„Ja, so sieht es aus. Und ich weiß, Tae, ich weiß, dass sie in diesem Moment nicht an sich selbst gedacht hat. Sie hat es für ihre Mutter und für Sun getan. Sie lag im Sterben und wollte Gerechtigkeit für sie."

„Ich zweifle nicht daran." Tae seufzte. „Hört zu, haltet mich auf dem Laufenden, ja? Und wenn du sie siehst, sag ihr, dass wir sie so sehr lieben. Sag ihr, dass sie den Mann getötet hat, der auf meinen Sun geschossen hat."

„Das werde ich tun. Alles Gute für dich und Sun. Wir hören uns."

Der Chirurg ließ sie weitere fünf Stunden warten, bevor sie India sehen durften. Bei ihnen war ein am Boden zerstörter Gabe und eine besorgt aussehende Jess.

India war blass, ihre sonst honigfarbene Haut war fahl und dunkelviolette Schatten lagen unter ihren Augen. Von einem Blutbeutel tropfte die kostbare Flüssigkeit in ihren Körper.

Alles, was sie tun konnten, war abzuwarten.

24 Stunden später teilte jemand vom Sicherheitsteams Massimo mit, dass eine Frau, die sich als seine Mutter ausgab, hier war, um ihn zu sehen.

Massimo blinzelte. „Was?"

Und als er dem Leibwächter folgte, stand dort Giovanna Verdi, ihre grünen Augen groß und wachsam. „Massimo?"

„Mamma ... Was machst du hier?"

„Wir haben die Nachrichten in Italien gehört", sagte sie vorwurfsvoll, doch dann wurde ihr Ausdruck warm. Sie berührte seine Wange. „Wie geht es India? *Mio Dio*, Massimo, ich kann es nicht glauben, eine so schreckliche Tragödie."

Massimo seufzte und fühlte sich von der Anwesenheit seiner Mutter getröstet. „Es gibt so viel mehr, als du weißt, Mamma. Wenn du wüsstest, was India in ihrem Leben durchgemacht hatte ... was sie geopfert hat ..."

„Erzähl es mir, mein Sohn. Erzähl es mir, und wir werden deine Freundin zusammen besuchen."

Als Massimo sie Lazlo vorstellte, küsste Giovanna Lazlo auf die Wange. „Es tut mir so leid, mein Lieber."

Sie traten an Indias Bett, und Massimo beobachtete, wie sie Indias Hand nahm und sich vorbeugte, um sie auf die Stirn zu küssen. Sie murmelte ein Gebet auf Italienisch. Massimo empfand eine tiefe Dankbarkeit dafür, dass sie zu ihnen gekommen war, als sie sie brauchten. Und er war dankbar, dass seine Mutter endlich begriffen hatte, dass India die Liebe seines Lebens war.

Das Warten war jedoch entsetzlich. Nichts anderes schien zu existieren als das Warten darauf, dass seine Geliebte ihre Augen endlich öffnete.

Eine Woche später betrat Lazlo den Raum und schaltete den Fernseher ein. Er sah wütend aus. „Schau dir dieses Arschloch an."

Auf dem Bildschirm hielt Philip LeFevre, in einem schwarzen Anzug mit schwarzer Krawatte, eine Rede. Sein Make-up-Künstler hatte die blauen Flecken von Massimos Schlägen verdeckt, und er sah niedergeschlagen aus und sprach von seiner ‚Tochter'.

„Diese Tragödie dient dazu, uns daran zu erinnern, dass die Gewalt gegen Frauen auf einem Allzeithoch ist. Wir werden, denn wir *müssen*, *zusammenarbeiten*, um dieser Flut von Gewalt gegen Frauen Einhalt zu gebieten."

„Er hat mich an Carter ausgeliefert."

Sowohl Massimo als auch Lazlo wirbelten herum und sahen India an, die mit offenen Augen auf ihren Vater im Fernsehen starrte. „Er hat mich bereitwillig an Carter ausgeliefert – er hat es geplant. Er hat meinen Mord geplant. Er hat Carter gesagt, er solle mich abschlachten."

Massimo konnte kaum atmen. Ihre Stimme war kräftig, obwohl sie kratzig klang. Dann sah sie ihm in die Augen, und all die Wut wich aus ihrem Blick, und zu seiner Freude, lächelte India ihn an. „Ich liebe dich, Massimo Verdi", sagte sie.

Lazlo lachte begeistert, als Massimo strahlte und zu ihr ging und sie sanft auf den Mund küsste. „Und ich dich, India Blue. Gottverdammt, du kleine Kämpferin."

„Das weißt du doch." India grinste ihn an und dann ihren Bruder. „Hey, Laz. Wie geht es?"

Lazlo beugte sich vor, um sie auf die Wange zu küssen. „Ich bin verdammt froh, dich zu sehen, kleine Schwester." Er lächelte sie an und streichelte ihr über die Haare. „Gabe ist auch hier, und Jess. Ich werde sie holen."

„Bitte."

Als sie allein waren, hielt India Massimos Hand, während er ihr seine andere Hand an die Wange legte. „Sun?"

„Ihm geht es gut, Baby", sagte Massimo zu ihr. „Er ist wach und macht anscheinend schlechte Witze. Aber er und Tae warten verzweifelt darauf, gute Nachrichten von dir zu hören. Sie lieben dich so sehr."

India lachte und die Bewegung zog an den Nähten in ihrem Bauch. Ihr Lächeln verblasste ein wenig. „Carter?"

„Er ist tot, Baby. Vorbei." Er nickte zum Fernseher. „Und jetzt, da du wach bist, geht auch dieses Arschloch unter. Ich bin so stolz auf dich, Baby."

„Es gibt nichts, auf das man stolz sein kann", sagte India leiser Stimme. „Es war dumm von mir, Seoul zu verlassen und wegzulaufen. Ich wollte einfach nicht, dass jemand anderes wegen mir verletzt wird."

Massimo streichelte ihr die Haare. „Indy ... hast du ... ich meine ... hast du gehofft, dass er dich holen würde?"

India schluckte. „Ich wollte es hinter mir haben, auf die eine oder andere Weise. Es tut mir leid, aber ich hatte das Ende meiner Geduld erreicht. Wirklich. Als Sun ... Gott, ich kann die Worte kaum aussprechen. Als er wegen mir verletzt wurde, hat sich ein Schalter in meinem Kopf umgelegt, und ich wusste, dass ich damit nicht leben könnte, wenn Carter auch dir etwas antun würde. Massimo Verdi, ich kann nicht ohne dich leben." Tränen traten ihr jetzt in die Augen, und Massimo küsste sie weg, als sie ihre Wangen herunterliefen.

„Nicht weinen, meine Schöne. Wir sind jetzt für immer zusammen."

„Versprochen?"

Massimo lächelte. „Ich verspreche es dir, Indy, meine Liebe, meine *Bella*. Ich verspreche es dir bis in alle Ewigkeit."

KAPITEL SECHSUNDDREISSIG –
SECRET LOVE SONG

chtzehn Monate später ...

INDIA WAR NICHT IM GERICHTSSAAL, ALS PHILIP LEFEVRE, IHR leiblicher Vater, wegen Entführung und Verschwörung zum Mord zu lebenslanger Haft verurteilt wurde. Sie hatte natürlich gegen ihn ausgesagt, dem Gericht alles erzählt und nichts ausgelassen. Zu ihrem Entsetzen fand sie heraus, dass er auch hinter dem Mord an ihrer Mutter und ihrer eigenen Vergewaltigung und Messerstecherei zwölf Jahre zuvor gestanden hatte – oder zumindest hatte er Carter damals auch eingestellt. Carter war nur mit ihrem Mord beauftragt worden. Er hatte aufgrund seiner Besessenheit von India von sich aus ein paar entsetzliche Taten hinzugefügt.

ABER CARTER WAR TOT, UND PHILIP LEFEVRE WAR MIT SANG UND Klang untergegangen. Indias Genesung dauerte lange und war mühsam, und die Öffentlichkeit hatte dank des Interesses an dem Fall daran teilgenommen. Deshalb beschlossen sie und Massimo schließlich, wieder abzutauchen.

Sie waren in Apulien und genossen einen Sommertag im Garten, als Jess mit dem Urteil anrief. Massimos Geschwister spielten Volleyball mit Sun und Tae, die Jugendlichen lachten und gebärdeten sich wie Wilde. Sun hatte sich schnell und vollständig von seiner Schusswunde erholt und seine natürliche Fröhlichkeit war unverändert. Er und Tae waren so sehr verliebt ineinander, dass India die Tränen kamen, wenn sie sie zusammen sah.

Giovanna saß jetzt neben ihr und strickte und bat India, ihr beim Entwirren der Wolle zu helfen. Sie und India waren sich in den letzten Monaten unglaublich nahegekommen. Giovanna versuchte ihre anfängliche Abneigung wiedergutzumachen. Valentina besuchte sie immer noch und war spürbar weniger manipulativ und akzeptierte die Tatsache, dass Massimo sich neu verliebt hatte. India traute der Ex ihres Mannes immer noch nicht ganz, aber sie hatte sich mit ihr angefreundet. Massimo zu verlieren war etwas, was India verstehen konnte.

Und Massimo ... Gott, sie liebte ihn. Sie hatten beschlossen, ihre ganze Beziehung noch einmal von vorn anzufangen: sich verabreden, gemeinsam reisen – ohne sich zu verstecken – und sogar gemeinsame Interviews geben und zusammen auf den roten Teppich gehen. Er hatte in ihr eine Seite hervorgebracht, von der sie nie gewusst hatte, dass sie existierte – fröhlich, extrovertiert und fast schon extravagant. Am wichtigsten jedoch war, dass der Schatten, der über ihr geschwebt hatte, verschwunden war. Sie hatten *Spaß*. Sie neckten sich und scherzten gemeinsam vor der Kamera, und India ließ sich sogar dazu überreden, einen Instagram-Account zu eröffnen, der wegen der amüsanten und urkomischen Fotos, die sie postete, schnell Millionen von Followern gewann.

. . .

Und sie erzählte Massimo schließlich von ihrer Tochter. Er hatte Verständnis. Sie tat ihm leid, und er hatte sie gefragt, ob sie wieder mit ihr in Kontakt treten wollte. Doch India lehnte ab. „Es wäre egoistisch von mir. Sie ist glücklich. Sie wird geliebt und gepflegt. Ich habe sie nur ausgetragen. Sie ist jetzt die Tochter von anderen Leuten."

India hatte ihre Erholungszeit genutzt, um ein neues Album zu schreiben und mit Leuten zu arbeiten, mit denen sie schon immer zusammenarbeiten wollte. Sie hatte sogar einen Song mit Sun und Tae geschrieben und an einer Single mitgewirkt, die ihrer Band großen Erfolg in den Vereinigten Staaten und in Europa bescherte.

Doch jetzt, kurz vor der Veröffentlichung des neuen Albums, machte sie eine Pause. Giovanna hatte sie sowie Tae und Sun gebeten, zu Besuch zu kommen, um ihren siebzigsten Geburtstag zu feiern. India und Massimo waren wenige Tage zuvor nach Italien geflogen.

Massimo kam mit einem Tablett mit Getränken aus dem Haus, und die Jugendlichen griffen durstig vom Herumtollen zu. India grinste Sun an. „Ehrlich, woher nimmst du die ganze Energie?"

Sun lächelte und wechselte einen kurzen Blick mit Tae, der kicherte. India strahlte sie an. Sie hatte es für unmöglich gehalten, dass sie ihnen noch näher sein könnte, aber es war so. Sie standen sich jetzt so nah wie eine Familie.

Massimo schlang seine Arme um Indias Taille und küsste ihren Hals. „Hey, Schöne", murmelte er, und seine Lippen lagen an ihrer Haut. Sie drehte sich in seinen Armen und drückte ihre Lippen auf seine.

„HALLO, MEIN LIEBLING." IHRE BLICKE VERSANKEN INEINANDER, UND beide lächelten, als ob sie die Gedanken des anderen lesen könnten.

AM MORGEN HATTEN SIE SICH ALLE DARAUF GEEINIGT, IN DER STADT einkaufen zu gehen, aber India und Massimo erzählten den anderen, dass sie ihre Meinung geändert hatten und beschlossen, zu Hause zu bleiben. Grinsend verließen die anderen sie, weil sie genau wussten, warum die beiden zurückblieben.

SOBALD DIE ANDEREN WEG WAREN, HOB MASSIMO INDIA HOCH, WAS SIE zum Lachen brachte, und trug sie ins Haus.

IM SCHLAFZIMMER STELLTE ER SIE AUF DIE FÜßE UND BEGANN, SIE MIT demselben Verlangen auszuziehen, das sie auch empfand. Sie küssten sich innig, und sie knöpfte ungeduldig sein Hemd auf. Sie fielen nackt zusammen auf das Bett.

MASSIMO KÜSSTE IHRE LIPPEN, IHRE KEHLE, NAHM JEDE BRUSTWARZE nacheinander in den Mund, fuhr dann mit seinen Lippen über ihren Bauch, küsste jede Narbe, alte und neue, und dann weiter nach unten, um ihre Klitoris in seinen Mund zu nehmen. India stöhnte leise, als seine Zunge begann, sie zu necken und zu quälen. Massimos Hände hielten ihre Oberschenkel auseinander, und seine Finger gruben sich in das weiche Fleisch dort.

„OH GOTT, MASSIMO ... *MASSIMO* ..."

. . .

IHR HÖHEPUNKT KAM IMMER NÄHER, BIS SIE ES KAUM NOCH ERTRAGEN konnte.

„ICH WILL DICH SCHMECKEN, MEIN LIEBLING."

SIE ERWARTETE, DASS ER SICH VON IHR LÖSTE, ABER STATTDESSEN drehte er sich um, damit sie sich gegenseitig Lust spenden konnten. India nahm seinen langen, dicken Schwanz in den Mund, fuhr mit ihrer Zunge über seine heiße Länge und ließ sie dann über die empfindliche Spitze schnellen. Gott, sie liebte den Geschmack von ihm, so vertraut jetzt, aber immer wieder berauschend.

SIE WOLLTE, DASS ER IN IHREM MUND KAM, UND ALS ER ES TAT, schluckte sie alles. Dann kam sie, und ihr Körper vibrierte vor Lust und Erlösung.

ER ZOG SICH AUS IHREM MUND ZURÜCK UND DREHTE SICH UM, UM SIE in den Arm zu nehmen. Als sie ihre Beine um ihn schlang, stieß er seinen Schwanz tief in sie, stieß heftig zu und fixierte sie mit seinem Blick. Seine Hände drückten sie auf das Bett, ihre harten Brustwarzen lagen an seiner Brust, während sie fickten und das Bett unter der Heftigkeit ihrer Bewegungen schaukelte. India drängte ihn weiter in sich, bis sie beide schrien, nach Luft schnappten und immer wieder kamen.

SCHLIEßLICH SANKEN SIE ERSCHÖPFT AUF DAS BETT, ABER MASSIMO konnte seine Hände nicht lange von ihr fernhalten. Er fuhr mit seiner Hand über ihren Körper, über ihre vollen Brüste, die weiche Kurve ihres Bauches, und er lehnte sich immer wieder zu ihr, um sie zu küssen, da er ihre süßen Lippen unwiderstehlich fand.

. . .

„Ti amo, India Blue", murmelte er, ein Lächeln auf seinem Gesicht.

„Ti amo, Massi." Sie versuchte immer noch, zu Atem zu kommen, aber sie rollte sich herum, setzte sich auf ihn und streichelte seinen Schwanz, der an ihrem Bauch lag.

Massimo sah sie verliebt an. „Es gibt keinen schöneren Anblick als das, was ich jetzt sehe", verkündete er glücklich, fuhr mit einem Finger zwischen ihren Brüsten entlang und über ihren Bauch und legte ihn sanft auf ihren Nabel, bevor er ihn in die Falte zwischen ihren Beinen gleiten ließ.

India lächelte ihn an, ihre Augen voller Lust und Zufriedenheit. „Doch, das gibt es. Das, was *ich* sehe."

„Ha."

Er streichelte ihre noch empfindliche Klitoris und beobachtete, wie ihr Kopf zurückfiel, ihre Augen sich schlossen und ihre langen dunklen Haare in weichen Wellen wie ein Wasserfall über ihrem Rücken fielen. Die Sonne, die durch das Fenster schien, brachte ihre goldene Haut zum Leuchten. Sie sah aus wie ein Engel.

Massimo lächelte. „India?"

„Ja, mein Liebling?"

. . .

„Sposami? Willst du mich heiraten?"

India grinste ihn an, und Massimo wusste ohne jeden Zweifel, wie ihre Antwort lauten würde ...

Ende.

Ihr geheimes Verlangen ist eine Buchreihe, die in der Welt der Unterhaltungsindustrie spielt. Das erste Buch, Seine geheime Liebe, ist eine Geschichte, die von einer wunderschönen Sängerin handelt. Dies ist eine Playliste, die dazu beigetragen hat, diese Erzählung zu inspirieren. Warum nicht darin eintauchen, während Du Indias und Massimos Geschichte liest?

* * *

PLAYLISTE:

Wicked Game by Chris Isaak

I'll Be Seeing You by Billie Holiday

Let's Get Lost by Bat for Lashes and Beck

Faded by Alan Walker

Pretty by The Cranberries

Here with Me by The Killers

Rid of Me by PJ Harvey

Two Weeks by FKA Twigs

Million Dollar Man by Lana Del Rey

Every Breath You Take by The Police

Perfectly Lonely by John Mayer

Angel by Massive Attack

Love is a Losing Game by Amy Winehouse

Broken-hearted Girl by Beyonce

Hunger by Ross Copperman

Waiting Game by Banks

Scared to be Lonely

Dusk Till Dawn by ZAYN and Sia

Hardly Wait by Juliette Lewis

Pillow Talk by ZAYN

All the Stars by Kendrick Lamar ft. SZA

Hurts by Emeli Sande

8 Letters by Why Don't We

Fresh Blood by Eels

Never Let Me Go by Florence + the Machine

Him & I by G-Eazy ft Halsey

Fake Love by BTS

You and Me by Lifehouse

The Limit to Your Love by Feist

Strangers by Halsey and Lauren Jauregui

Runaways by The Killers

One Last Time by Ariana Grande

Set Fire To The Rain by Adele

Closer to God by Nine Inch Nails

Goner *by Twenty-One Pilots*

Breathe by Maria McKee

Secret Love Song Part II by Little Mix

* * *

Weiter geht es im Buch zwei, klicken Sie auf den Link für den Download:

Feuriges Blut: Eine alleinerziehender Vater Milliardär Romanze (Das geheime Begehren des Milliardärs 2)

https://geni.us/liebesromane2

* * *

Vielen Dank für das Lesen!
Wenn Ihnen die Geschichte gefallen hat, nehmen Sie sich bitte eine Minute, um den Autor zu unterstützen und hinterlassen Sie eine Bewertung auf Amazon:

Hier klicken, um Deine Rezension für „Seine geheime Liebe (Das geheime Begehren des Milliardärs 1)" zu schreiben.

Melde Dich an, um kostenlose Bücher zu erhalten

Möchtest Du gern Eifersucht und andere Liebesromane kostenlos lesen?

Tragen Sie sich für den Jessica F. Newsletter ein und erhalten Sie ein KOSTENLOSES Buch exklusiv für Abonnenten indem Du diesen Link in deinem Browser eingibst:

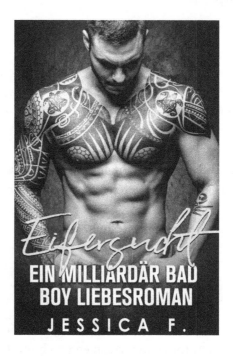

Eifersucht: Ein Milliardär Bad Boy Liebesroman

Neue Liebe entsteht, aber auch eine Eifersucht, die sie zu zerstören droht.

Ich habe meine winzige Heimatstadt und ihre Einschränkungen hinter mir gelassen. Dann erschien ein bekanntes Gesicht in der Bar, in der ich arbeite, und brachte mich wieder dorthin zurück, wo ich angefangen hatte …

https://www.steamyromance.info/kostenlose-bücher-und-hörbücher

Du erhältst ebenso KOSTENLOSE Romanzen-Hörbücher, wenn Du Dich anmeldest

✿ Erstellt mit Vellum

CPSIA information can be obtained
at www.ICGtesting.com
Printed in the USA
BVHW041054080321
601999BV00006B/376

9 781648 089558